suhrkamp taschenbuch 4533

Galen ist 22 und lebt mit seiner Mutter auf einer Walnussplantage in Kalifornien. Seine einzigen Bezugspersonen sind die dominanten Frauenfiguren der Familie. Die Mutter erdrückt ihn mit ihrer Liebe, seine siebzehnjährige Cousine erkennt ihre erotische Macht über ihn und nutzt sie schamlos für sich. Die demente und wohlhabende Großmutter lässt ihn nicht studieren, und auch seine Tante hat nur Hohn für ihn übrig. Bei einem Familienausflug in die Wälder enthüllt seine Mutter ein wohlgehütetes Geheimnis. Plötzlich setzt Galen alles daran, endlich frei zu sein ...

David Vann, geboren 1966 auf Adak Island/Alaska, lebt in Kalifornien und lehrt an der University of Warwick in England. Seine Romane sind vielfach preisgekrönt und erscheinen in 22 Ländern.

Miriam Mandelkow, 1963 in Amsterdam geboren, lebt als Übersetzerin in Hamburg. Zuletzt hat sie Werke von Pat Barker, NoViolet Bulawayo und Anne Landsman ins Deutsche übertragen.

Im Suhrkamp Verlag sind von David Vann erschienen:
Goat Mountain. Roman (2014), *Die Unermesslichkeit*. Roman (st 4438) und *Im Schatten des Vaters*. Roman (st 4331).

David Vann

Dreck

Roman

Aus dem amerikanischen Englisch
von Miriam Mandelkow

Suhrkamp

Die Originalausgabe erschien 2012 unter dem Titel
Dirt
bei Harper Collins, New York.

Umschlagfotos: Tim Daniels/Arcangel Images (Vorderseite),
Magnus Fond/Johnér Images/Corbis (Rückseite)

Erste Auflage 2014
suhrkamp taschenbuch 4533

Druck und Bindung: CPI – Ebner & Spiegel, Ulm
Umschlag: ZERO Werbeagentur, München
Printed in Germany
ISBN 978-3-518-46533-2

Dreck

Galen wartete unter dem Feigenbaum auf seine Mutter. Zum hundertsten Mal las er *Siddhartha*; der junge Buddha, der in den Fluss blickt. Er spürte die mächtige Präsenz des Feigenbaums, lauschte dem Nicht-Wind, der Stille. Sommerhitze, die alles nach unten drückte, die Erde plan. Ein Schweißfilm praktisch am ganzen Körper, glitschig.

Dieses alte Haus, die Bäume uralt. Vom langen Gras juckende Beine. Aber er versuchte, sich zu konzentrieren. Den Nicht-Wind zu hören. Nur zu atmen. Das Nicht-Ich vorüberziehen zu lassen.

Galen, rief seine Mutter im Haus, Galen.

Er atmete tiefer, versuchte, seine Mutter vorüberziehen zu lassen.

Ach, da bist du, sagte sie. Wie wär's mit Tee?

Er antwortete nicht. Konzentrierte sich auf seinen Atem, hoffte, sie würde weggehen. Allerdings wartete er ja hier auf sie, wartete auf den Tee.

Hilf mir mit dem Tablett, sagte sie, also ließ er seufzend das Buch sinken und stand auf, die Beine steif vom Schneidersitz.

Da bist du ja, sagte sie, als er in die Küche trat. Altes Holz, das sich unter seinen bloßen Füßen bog. Rau von abblätterndem Lack. Er nahm das Tablett, das schwere alte Silber, die verzierte Silberteekanne, die weißen Porzellantassen, all das deprimierende Zeug, und als er mit vollen Händen dastand, beugte sie sich von hinten zu ihm und gab ihm einen Kuss, ihre Lippen an seinem Hals und dazu ihr kleines Schniefen, das niedlich sein sollte und ihn zusammenzucken ließ, innerlich aufheulen. Aber er ließ das Tablett nicht fallen. Er trug es zum schmiedeeisernen Tisch im Schatten der Feige, gleich neben der Wand des Schuppens mit der kleinen Wohnung im Dachboden. Er überlegte, hierher zu ziehen, weg von ihr, raus aus dem Haus.

Jetzt war sie neben ihm, seine Mutter mit den Häppchen, Gurke und Brunnenkresse. Sie waren nicht in England. Hier war nicht England. Sie waren in Carmichael, einem Vorort von Sacramento, in Kalifornien, im Central Valley, einer langgestreckten, heißen Senke Stumpfsinn, erdenklich weit weg von England, doch jeden Nachmittag *tea time*. Sie stammten nicht mal aus England. Die Großmutter aus Island, der Großvater aus Deutschland. Nichts in ihrem Leben würde jemals zusammenpassen.

Setz dich, sagte seine Mutter. Schöne Lektüre?

Sie schenkte ihm Tee ein. Sie trug Weiß. Eine sommerliche weiße Bluse zu einem langen Kleid, alles weiß, mit Sandalen. Bauschige Oberschenkel, ihre untere Hälfte wuchs schneller als die obere.

Ein Sandwich, sagte sie. Du musst was essen.

Die Häppchen mit abgeschnittenen Kanten. Gurke und Frischkäse. Selbst, wenn er hungrig gewesen wäre, hätte das ganz weit unten auf seiner Liste aller auf der Welt erhältlichen Lebensmittel gestanden.

Du siehst abgemagert aus.

Er kehrte zum Atem zurück. Wann immer sie sprach, kehrte er zu seinem Atem zurück, dem Ausatmen, um alle Bindung an die Welt entweichen zu lassen. Er atmete zehn Mal aus, dann nippte er an seinem Tee, der heiß war und minzig und süß.

Du hast ganz eingefallene Wangen, und es sieht aus, als hättest du Knochen vorne am Hals.

Ich habe keine Knochen vorne am Hals.

Aber es sieht so aus. Du musst was essen. Und du musst dich duschen und rasieren. Du bist so ein hübscher Junge, wenn du dir ein wenig Mühe gibst.

Der Atem beschleunigt, die Wut stets ein Auflodern, breiter in Nacken und Schultern, die Schädeldecke weg. Er könnte alles sagen in solchen Augenblicken, aber er bemühte sich, nichts zu sagen.

Es ist bloß Essen, Galen. Himmel noch mal, da ist nichts bei. Schau her, ich zeig's dir. Und sie hob ein Gurkenhäppchen in die Luft, ein kleines Viereck, das sie sich langsam in den Mund schob.

Galen blickte auf seine Teetasse, der Tee eine Art Fleck im Wasser, dunkler zum Boden hin. Welke grüne Minzblätter, borkig mit winzigen Höckern. Die Welt eine große Flut, in der nichts stillstand, nie. Die sich nicht kontrollieren, die sich nicht aufhalten ließ. Die anschwoll und sich zusammenzog, sich ballte. Das Semester fängt in einem Monat an, sagte er. Ich sollte aufs College gehen. Und nicht noch ein beschissenes Jahr damit zubringen, Tee zu trinken.

Nun, du kannst gern gehen.

Wir haben kein Geld. Schon vergessen?

Das ist nicht meine Schuld. Wir behelfen uns mit dem, was wir haben. Und wir wohnen an diesem wunderschönen Ort, ganz für uns.

Jeder andere wäre mir lieber.

Seine Mutter hob das Löffelchen und rührte in ihrem Tee, und Galen wartete. Warum willst du mich kränken?, fragte sie.

Die Luft war nicht atembar. So heiß, sein Hals ein vertrockneter Tunnel, seine Lunge dünn wie Papier und nicht dehnbar, und er hatte keine Ahnung, wieso er nicht einfach ging. Sie hatte ihn zu einer Art Ehemann gemacht, ihren eigenen Sohn. Sie hatte ihre Mutter, ihre Schwester und ihre Nichte rausgeworfen und diese Zweisamkeit geschaffen, und jeden Tag hatte er das Gefühl, es nicht einen einzigen weiteren Tag auszuhalten, und jeden Tag blieb er.

Nach dem Tee ging Galen auf sein Zimmer. Das Elternschlafzimmer, seine Mutter schlief in ihrem alten Kinderzimmer. Also schlief er dort, wo seine Großeltern geschlafen hatten, in einem langgestreckten offenen Raum aus dunklem Holz, mit geölten, abgetretenen Dielen. Holz an den Wänden, der Sims in Brusthöhe. Darüber alter Stoff, dunkelblaues Fleur-de-Lis-Muster in meterbreiten Bahnen, durchbrochen von dunklen, bis unter die Decke reichenden Balken. Die Decke eine Reihe von ebenfalls dunklen Holzpaneelen mit Schnitzereien über dem Kronleuchter. Ein schnörkeliger, schwerer Raum, zu pompös für sein unerhebliches Leben, etwas aus einer anderen Zeit.

Galens Bettgestell war aus Walnussholz, das von dieser Plantage stammte. Das zumindest passte. Wenn er nach draußen ging, konnte er sich auf den Stumpf des Baumes setzen. Ansonsten aber hatte er keine Ahnung, wie alles so gekommen war oder was aus ihm werden sollte.

Er ging hinunter, um am Auto auf seine Mutter zu warten. Eine Kreisauffahrt vor dem Haus, dahinter ein langer, inzwischen überwucherter Heckenweg. Blumen in der Mitte des Kreisels, ebenso überwuchert. Disteln und hohes Gras, braun von der Sonne. Es hatte mal einen Gärtner gegeben, und noch immer wurde ein wöchentlicher Fonds für einen Gärtner ausbezahlt, nur lebten jetzt Galen und seine Mutter von diesem Geld. Davon und von dem Fonds für die wöchentliche Haushaltshilfe.

Der Wagen jetzt zwölf Jahre alt, ein Buick Century 1973 mit weit geschwungenen Kotflügeln. Ein Schiff. Orangemetallic, vor einem Jahr neu lackiert, weil seine Mutter Geld zum Fenster rauswerfen musste. Tun wir's, hatte sie gesagt. Tun wir's einfach.

Die Metallic-Farbe ein riesiger Reflektor, vor dem Galen schmorte, ohne Hut oder Sonnenbrille, mit dunkel und rissig gewordener Haut. Rund hundert Meter weiter eine riesige Eiche und kühler Schatten, eine Zweierbank aus Holz, aber Galen blieb hier stehen. Riss die Augen so weit wie möglich auf im gleißenden Licht.

Er spürte, wie die Erde sich der Sonne entgegenneigte, wie das Land voranpflügte und den heißen Sack Schmelze hinter sich herzog.

Und dann erschien seine Mutter. Sonnenhut und mehrere kleine Taschen in den Händen, mit den Schlüsseln hantierend, sechzehn Sachen dabei, obwohl sie nur drei Meilen weit fuhren. Jeden Tag nach dem Tee besuchten sie seine Großmutter im Altersheim. Alles eine Inszenierung, und der Star jeder Inszenierung seine Mutter.

Mit einem Lächeln kam sie auf ihn zu, einem breiten, reizenden Lächeln, das Schönste an ihr. Ein langer Weg von der Tür zur Auffahrt, links und rechts Rasen, der zum Teil noch grün war. Die Wasserrechnung für die Sprinkler wurde direkt aus dem Treuhandvermögen bezahlt.

Da bist du ja, sagte sie. Wollen wir?

Für seine Mutter hatte es noch nie einen schwierigen Moment gegeben. Sie hatten sich beim Tee eben nicht gestritten. Sie hatten sich noch nie gestritten. In ihrem ganzen Leben war nie etwas Unangenehmes passiert. Galen wusste nicht, was er sagen sollte. Also starrte er auf die Kühlerhaube, eine blendende Sonne, und versuchte, die Augen zu dehnen.

Galen, sagte seine Mutter. Mach die Tür auf und steig ein. Die Beine zuerst. Es ist nicht schwer, und es hat wirklich keine Bedeutung.

Galen machte die Tür auf, setzte ein Bein hinein und beschloss dann, das andere nachzuziehen, ohne die Arme zu benutzen. Er schlug schwer auf dem Kies auf, mit der Schulter zuerst. Die Beine verknotet in der Türöffnung.

Herrgott noch mal, sagte seine Mutter. Ich habe heute wirklich keine Zeit für so was, Galen. Sie lief ums Auto herum packte ihn unter den Achseln, verfrachtete ihn auf den Sitz und schloss die Tür, ohne sie zu knallen.

Du hältst dich für ganz schlau, sagte sie, als sie sich mit eingezogenem Kopf auf die Fahrerseite setzte. Sie schloss ihre Tür, und schon fuhren sie über knirschenden Kies den Heckenweg hinunter.

Bei Bel-Air gibt es leckeren Kürbiskuchen, sagte er, als sie am Shoppingcenter vorbeifuhren.

Lass das, sagte seine Mutter.

Sie machen wirklich herrlichen Kuchen, sagte er. Genau das hatte seine Großmutter jeden Tag gesagt, bevor seine Mutter sie ins Altersheim steckte.

Seine Mutter versuchte, ihn zu ignorieren, was ihr nicht immer gelang. Vor allem Kürbis, sagte er.

Seine Mutter hielt sich für eine gute Mutter und eine gute Tochter und einen guten Menschen, also verkniff sie sich hässliche Worte. Sie sah angeschlagen aus, das Gesicht düster, kein Lächeln mehr.

Wenn ich doch bloß nicht ins Altersheim gesperrt wäre, sagte er. Dann könnte ich noch mal Kürbiskuchen essen.

Galens Großmutter war bei bester Gesundheit, nur am Gedächtnis haperte es. Suzie-Q, sagte sie, als Galens Mutter hereinkam. Sie umarmten sich, und dann war Galen dran.

Galen mochte keine Umarmungen. Seine Familie bestand nur aus Frauen, und dauernd umarmten sie ihn, viele Male am Tag. Er hätte es vorgezogen, in seinem ganzen Leben nie wieder umarmt zu werden.

Sieh einer an, sagte sie. Mein hübscher Enkel. Bereitest du dich aufs College im Herbst vor?

Galens Oberarme steckten fest in ihren Händen. Er versuchte, seine Arme locker zu lassen, als gehörten sie jemand anders. Aber sie ließ nicht los. Ihr Gesicht war sehr nah. Ein anderes Gesicht als vor einigen Monaten. Neue Zähne, irgendwie hatten die ihr Gesicht vollkommen verändert, es runder, weicher und fremd gemacht. Als wäre sie nie seine Großmutter gewesen, sondern jemand anders, der sich darin versteckte.

Diesen Herbst nicht, sagte er schließlich. Ich warte noch ein Jahr.

Sie betrachtete ihn eingehend, musterte Gesicht und Augen, versuchte vielleicht, sich zu erinnern. Nicht erinnern konnte sie sich daran, dass dies sein fünfter Aufschub war. Ja, sagte sie. Ja, natürlich, warte noch ein bisschen. Wir haben ja darüber gesprochen. Immer eine gute Idee. Vielleicht ein bisschen reisen, erst mal die Welt sehen.

Das Phantasie-Jahr in Europa, der gut betuchte junge Mann mit dem kleinen Koffer, der in Ozeandampfer und Züge stieg und in hundert alten Kammern die Fensterläden aufstieß, um über Türme und Steine zu blicken. Im Leinenanzug, in Cafés, plaudernd in einem halben Dutzend Sprachen. Galen war wütend, weil es hätte sein können. Wenn er einen Vater und eine normale Mutter gehabt hätte, Eltern mit Arbeit und eine Großmutter ohne Gedächtnisverlust, hätte das überschüssige Geld seiner Großmutter die Phantasie verwirklichen können. Stattdessen ging es für das Altersheim drauf, für Autolack und für eine Mutter, die nie arbeiten würde.

Mom, du reißt Galen die Arme aus.

Ja nun, sagte seine Großmutter und ließ los. Weißt du, dass du mein Lieblingsenkel bist?

Weißes Haar, das sich in einem Bob wellte, blaue, noch immer strahlende Augen. Bevorzugung war eigentlich nicht sehr nett, aber er mochte seine Großmutter. Er hatte sie immer lieber gemocht als alle anderen.

Danke, Grandma, sagte er. Du bist meine liebste Grandma.

Hm, sagte sie und umarmte ihn wieder.

Das Zimmer war sehr klein, und Galens Großmutter teilte es mit einer älteren Frau, die ans Bett gefesselt war. Ihre Augen waren immer feucht, und jetzt lächelte sie Galen an und sah aus, als würde sie weinen.

Vielleicht sollten wir spazieren gehen, sagte Galen. Er musste aus diesem Zimmer raus. Linoleumböden und schlichte weiße Wände, Plastikvorhänge um die Betten. Ein Ort zum Sterben, aber seine Großmutter war gesund. Ein Doppelzimmer, weil seine Mutter so viel wie möglich vom Treuhandvermögen sparen wollte, und es war nicht klar, ob seine Großmutter sich daran erinnerte, dass sie Geld hatte.

Gute Idee, sagte seine Mutter. Wir machen einen Spaziergang im Garten.

Den Letzten beißen die Hunde, sagte seine Großmutter.

Also veranstalteten sie ein kleines Wettrennen in den Garten. Winkten den Schwestern im Korridor zu, als würden sie für immer verschwinden. Galens Mutter mit einem Lächeln, weil sie etwas Besonderes waren. Sie war zu gern etwas Besonderes.

Ah, atmete sie aus, als sie den Garten erreichten und das Rennen beendet war. Sie nahm ihre Mutter beim Arm und beugte sich zu ihr. Das hat Spaß gemacht, nicht wahr?

Der Garten ein Betonhof mit Pflanzkübeln auf Rädern. Sie waren beweglich, also war es nie derselbe Garten. Keine der Pflanzen war höher als eineinhalb Meter, Schatten gab es nicht.

Galen Großmutter schenkte ihm ein breites Lächeln. Er wollte es erwidern, aber es fühlte sich an wie ein windschiefes Grinsen mit geschlossenem Mund, ein bisschen gedehnte Haut. Vielleicht hatte er eine andere Wangenmuskulatur. Von allein hob sie sich nicht.

Seht nur, die vielen Blumen, sagte seine Mutter, und es stimmte, überall Blumen. Sie zogen einen Kübel Petunien heran, weiß und rosa und violett in der Sonne. Wie kleine Gesichter, sagte seine Mutter.

Wie spät ist es?, fragte Galens Großmutter.

Sieh nur, Mom, die Rosen.

Sie gingen zu den Rosen, rot und lose und dornig. Galen beugte sich vor, um an ihnen zu schnuppern. Er mochte den Duft roter Rosen.

Wie Ferdinand, der Stier, sagte seine Mutter.

Danke, sagte Galen.

Erinnerst du dich an Ferdinand, den Stier, Mom?

Aber Galens Großmutter blickte sich besorgt um. Wie spät ist es?, wiederholte sie.

Das ist der Stier, der nur rumliegt und an Blumen schnuppert.

Vielleicht sollten wir gehen, sagte Galens Großmutter. Es wird spät. Wir sollten nach Hause fahren.

Sieh doch hier, sagte Galens Mutter. Sie haben Kapuzinerkresse.

Wir sollten nach Hause fahren.

Galen versuchte, sich aufs Ausatmen zu konzentrieren.

Wo ist hier der Ausgang?, fragte seine Großmutter und blickte sich um. Schweiß auf ihrem Gesicht von der Hitze, das Hemd allmählich dunkel. Kein Schatten. Nie kann ich mich erinnern, wo der Ausgang ist.

Hier entlang, Mom. Wir gehen zurück auf dein Zimmer.

Wir müssen nach Hause.

Vielleicht können wir Karten spielen, sagte Galen im Bemühen zu helfen. Er konnte das alles nicht ertragen.

Das ist eine tolle Idee, sagte seine Mutter. Lass uns eine Runde Karten spielen, Mom.

Ich will nach Hause. Warum bringt ihr mich nicht nach Hause?

Als Galen und seine Mutter nach Hause zurückkehrten, warteten Galens Tante und Cousine bereits auf sie. Seine Tante an der Tür, seine Cousine Jennifer hingelümmelt auf der Zweierbank unter der Eiche. Wie Gangster. Galens Mutter parkte hinter deren scheppprigem Oldsmobile.

Seine Mutter ging zur Tür, und Galen schlenderte zu seiner Cousine. Zu dieser Eiche mit Ästen, die sich fünfzehn Meter in alle Richtungen streckten. Als Kinder hatten sie hier gespielt, endlose Stunden im Schatten mit Barbies und G. I. Joes.

Hey, sagte Jennifer.

Galen bemühte sich, nicht hinzusehen. Aber sie hatte einen Fuß auf die Bank gestellt, das gebeugte Knie weit hochgezogen und trug einen kurzen Rock. Er konnte ihren Schlüpfer sehen, hellblau, und die weiche Haut ihres Schenkels. Sie war siebzehn, und seit mindestens vier Jahren erhaschte er solche Blicke, unerträglich. Er sah zu Boden, auf das Gras, das ihm bis zu den Waden reichte.

Hey, sagte sie. Du siehst gut aus. Echt scharf. Dieser Look, als würdest du nie wieder duschen – das gefällt mir. Penner sind so was von sexy.

Du duschst genug für uns beide.

Stimmt, sagte sie. Meine Haut ist hinterher immer so

schön weich. Sie fuhr mit den Fingern über die Innenseite ihres Schenkels. Unglaublich, sagte sie. Willst du mal fühlen?

Hör auf, sagte er und ging weg, ins Haus. Das Wohnzimmer kühl und dunkel, die Vorhänge vorgezogen, dort verharrte er einen Augenblick am Fuß der Treppe. Der Stutzflügel, auf dem keiner spielen konnte. Die alten Fotos an den Wänden. Die staubigen breiten Dielen. Er stieg die knarrende Treppe hoch in sein Zimmer und schloss die Tür ab. Holte einen *Hustler* hervor und legte sich aufs Bett.

Die Lust nichts anderes als Verzweiflung, ein tiefes, schlimmes Bedürfnis, und seine Phantasie, schrecklich. Samsara, die Welt des Leidens. Also legte er die Zeitschrift beiseite, ließ die Hand ruhen, und sein Schwanz blieb steif. Er nahm den Kassettenrekorder vom Nachttisch, setzte die Kopfhörer auf, hörte Kitaro. Machte die Augen zu und sah Kamele in der Wüste, lange Wanderungen durch Sand und Wind und Zeit. Spürte, wie sein Geist Leben überspannte und Inkarnationen, spürte Freiheit. Der Körper ein bloßer Traum.

Das Hämmern an seiner Tür war allerdings kein Traum, und schließlich musste er den Kopfhörer abnehmen. Komme, rief er. Himmel. Die Welt geht nicht unter, wenn wir nicht zu Abend essen.

Er zog Unterhose und Shorts hoch und beschloss dann, stattdessen Jeans anzuziehen. Jeans konnten einen Steifen verbergen. In ihrer Nähe bekam er sofort einen Steifen. Unaufhaltsam.

Als er die Treppe hinunterging, empfand er eine tiefe

Beklemmung, wie ein Tier, das zur Schlachtbank geführt wird. Das Mahl der hundert Demütigungen, murmelte er, weil es besser war, der Sache vorher einen Namen zu geben. Um ihr etwas von ihrer Macht zu nehmen. Er bewegte sich langsam, nackte Füße auf dem Holz, das verglichen mit der Luft beinahe kühl war.

Warum trägst du Jeans?, fragte seine Mutter.

Mir war so, sagte er. Alle drei sahen ihm auf die Hose.

In dieser Hitze?

Er setzte sich. Ein langer, schmaler Tisch für zwölf. Er saß in der Mitte, seiner Cousine gegenüber, kaum einen Meter entfernt. Mutter und Tante weiter weg zu beiden Enden. Sie aßen bereits, Würstchen im Schlafrock. Und sie hatten ihm eins auf den Teller gelegt, ein halber Hotdog im Teigmantel, gebacken. Ketchup und Senf als Beilagen.

Du musst essen, sagte seine Tante. Selbst deine Augenhöhlen stehen allmählich vor.

Galen schloss die Augen. Sie befanden sich in einem riesigen heißen Tal, einem Staubbecken, dem Central Valley of California, und er hoffte auf einen Wirbelwind, einen heißen, trockenen Tornado, der sich über dreihundert Meilen aufbaute und durch die Walnussplantage zog und das Haus sprengte. Tante und Mutter und Cousine, die es von ihren Stühlen hob und durch die Luft jagte, Holzsplitter, die wie Schrapnells umherflogen, kleine Würstchen, die aus ihren Schlafröcken schossen.

Himmlischer Vater, sagte seine Cousine. Gib uns unser täglich Hals und Bäckchen und sonstiges Fleisch.

Lass das, Jennifer, sagte Galens Mutter.

Ich finde, wir sollten dafür beten, dass der arme Galen wieder ganz wird.

Ich sagte, lass das.

Suzie-Q, sagte seine Tante.

Schön, sagte seine Mutter. Ich werde deinen kleinen Engel nicht schelten, Helen.

Galen machte die Augen auf. Jetzt, da das Kreuzfeuer eröffnet war, befand er sich vielleicht in Sicherheit.

Das ist stark, sagte seine Tante. Galen wird an deiner Brust nuckeln, bis er fünfzig ist. Erzähl du mir nichts von Verhätschelung.

Galen lächelte. Er mochte seine Tante. Sie hielt sich nicht zurück. Er stellte sich vor, wie er sich an die Brust seiner Mutter klammerte, mit kleinem Babygaumen im ansonsten ausgewachsenen Körper. Er lachte, und das gefiel ihm, also streckte er sich und kultivierte das Lachen, gluckste und fügte kleine Japser hinzu.

Okay, Galen. Das reicht, sagte seine Mutter.

Aber Galen lachte weiter, ließ es blubbern, und irgendwie machte es sich selbstständig, er fühlte sich viel besser, leichter, beinahe frei.

Seine Mutter stand auf und ging, und ohne ihren Ansporn erstarb das Lachen. Galen hatte Tränen in den Augen. Ah, sagte er. War das gut.

Du bist ein Freak, sagte Jennifer. Aber irgendwie war es ganz lustig. Vielleicht solltest du zum Zirkus gehen.

Wir sind schon im Zirkus.

Seine Tante lächelte – jedenfalls zeigte sie das, was bei ihr als Lächeln galt, nämlich gerade zurückgezogene Lippen – und blickte mit verschränkten Armen an die gegenüberliegende Zimmerdecke. Tja, sagte sie. Tja, tja, tja.

Galen betrachtete das kleine Würstchen. Er war Vegetarier. Außerdem war er am Verhungern, heftige Krämpfe, die sein Inneres zusammenknautschten, die es falzten und tackerten. Es tat so weh, dass er kaum aufrecht sitzen konnte. Seine Mutter wusste, dass er Vegetarier war, und das hier hatte sie ihm vorgesetzt. Einen roten Hotdog-Stummel, der aus dem Teig lugte. Würzsaucen als Beilage.

Dir ist schon klar, sagte seine Tante, dass du irgendwann mal was werden musst. Du musst studieren oder arbeiten oder irgendwas. Du kannst nicht ewig Kind bleiben.

Da wär ich mir nicht so sicher, sagte Galen. Sieh dir zum Beispiel meine Mutter an.

Seine Tante lachte. Stimmt, sagte sie. Stimmt. Kleine Suzie-Q.

Du bist der Hammer, sagte Galen. Ich mag dich.

Na ja, sagte seine Tante.

Die Tür zur Kammer ging auf, und Galens Mutter kam zurück. Sind wir jetzt fertig?, fragte sie.

Wir haben gerade erst angefangen, flötete Galen.

Lächelnd schob Jennifer ihm unterm Tisch ihren Fuß in den Schritt. Ihr nackter Fuß auf seiner Jeans, ganz leicht, und er wurde wieder steif.

Wie ging es Mom heute?, fragte seine Tante seine Mutter.

Gut.

Geht es genauer?

Fahr selber hin, wenn du es genauer wissen willst.

Reicht es nicht, dass du ihr Liebling bist? Und dass du in diesem Haus wohnst und die Schecks kassierst? Musst du auch noch patzig werden?

Du wirst hier nicht mehr eingeladen, wenn du dich weiter so benimmst.

Keine leeren Drohungen, bitte.

Herrgott, sagte Galen. Ihr solltet euch mal hören.

Es ist das einzige Geräusch auf der Welt, sagte seine Tante. Wie könnten wir irgendwas anderes hören?

Jennifer drückte stärker auf seinen Steifen, angenehm zunächst, und dann tat es eher weh. Er versuchte, ihren Fuß mit der Hand wegzuschieben, aber sie war zu stark. Er sah sie an, und sie lächelte. Zu viel Wimperntusche, Kinderschminke. Blaue Augen, hell wie Murmeln. Aber was ihm immer am meisten auffiel, war der Flaum, richtiger Flaum auf Hals und Wangen. Er sah die winzigen blonden Härchen, so weich. Etwas, das er an seiner Wange spüren wollte.

Was treibt ihr beiden da?, fragte Galens Mutter.

Bloß wer am längsten gucken kann, sagte Galen. Wer zuerst blinzelt, muss hier sitzen bleiben und mit euch beiden reden.

Hört auf damit, sagte Galens Mutter. Jennifer, du siehst aus wie eine kleine Schlampe. Ihr solltet alle aufhören damit. Wieso könnt ihr nicht einfach normal sein? Wieso können wir nicht einfach eine Familie sein?

Galen seufzte. Na gut, sagte er. Reicht ihr mir bitte die Würstchen?

Danke, sagte seine Mutter. Und sie reichte ihm den

Teller. Ein Dutzend Würstchen im Schlafrock. Galen schob sie alle auf seinen Teller und stopfte sie sich dann mit beiden Fäusten in den Mund, heißes, teigiges Innereienfleisch, das nach Metzgereiboden, Zungen und Hufen schmeckte. Seine Cousine lachte, und seine Mutter war wieder weg, und er stopfte und kaute und schluckte diese kleinen Widerlichkeiten, bis nur noch Fitzel auf dem Teller lagen, die Trümmer des Gelages, und dann beugte er sich zum Teller, um ihn abzulecken, stand auf mit wogendem Magen und schleppte sich die Treppe hinauf, ins Bad, und kotzte ins Klo. Als er fertig war, verschränkte er die Arme auf der Klobrille, mit saurem Geschmack im Mund, und legte ein Nickerchen ein. Schloss die Augen und schlief auf dem Klo mit dem Dreckwasser unter sich und erwog, den Kopf zum Trinken reinzustecken, und hätte es getan, hätte seine Mutter zugesehen.

Als Galen aufwachte, war es dunkel. Das Haus still. Die Zeit des Friedens. Wie er sich die Welt wünschte. Ohne Menschen.

Er musste seinen Arm schütteln, um ihn aufzuwecken. Er spülte die Toilette und putzte sich die Zähne. Dann ging er barfuß die Treppe hinunter, so leise wie möglich, ohne Gewicht. Sein Körper erhob sich in die Luft, schwerelos. Diese Welt ein Traum, das Haus aus Erinnerungen gemacht. Seine Mutter als Kind, das über dieselben Stufen geht.

Hinaus durch die Kammer, dann weiter unter den riesigen Blättern des Feigenbaums, er roch die Früchte, ließ Jeans und Unterwäsche und Hemd zu Boden gleiten, stand nackt. Beinahe Vollmond, und als er um den Schuppen herum in die Walnussplantage ging, sah er die Knochenschar. Lange Reihen weißer Stämme und Äste, die sich in diesem Licht allesamt in Knochen verwandelt hatten. Jeder Ast hohl und zu groß, leuchtend. Die Blätter als Schatten zu substanzlos, um zu verhüllen.

Galen rannte, wie er es in den Büchern von Carlos Castaneda gelesen hatte, ließ die nackten Füße ihren Weg durch die Nacht finden, ihren eigenen Pfad, schloss die Augen und streckte die Arme zur Seite, Handflächen nach oben. Die Erdklumpen bröckelig unter seinen Füßen, die Steine hart, kleine Zweige und Blätter. Das tat weh und hielt ihn auf, aber er wollte abheben, frei sein. Er wollte ohne Geräusch oder Gefühl über dem Boden schweben, die Füße von einer magnetischen Kraft eben über dem Grund gehalten. Stattdessen sanken sie tief in die Furchen, stockten und strauchelten, und nie wusste er, was als Nächstes kam. Er machte die Augen auf und ging weiter, ließ die Arme sinken.

Der Mond der hellste Knochen. Dunkle Flecken, die ein offenes Schlangenmaul bildeten, darunter ein kleiner Mann, der meditierte. Immer derselbe Mond. Nie drehte er sich, nie änderte er sich. Immer Schlangenmaul und kleiner Mann, eingeätzt in eine Knochenscheibe.

Die Bäume standen stramm vor dem Mond, aufgereiht, hochgereckt. Selbst die Furchen wurden von ihm angezogen. Die ganze Erde wollte sich ausbreiten, die Lücke schließen. Die Luft so dünn, was hielt Erde und Mond auseinander?

Galen saß im Schneidersitz da, im Kreuz eine Furche, und starrte in den Mond. Die Handflächen offen auf den Knien. Langes Ausatmen, tiefes Einatmen. Ausatmen. Kein Gedanke, nur diese leuchtende Scheibe, dieser Spiegel.

Aber dann dachte er an seine Cousine, an die Innenseite ihrer Schenkel, ihre Lippen, an ihren Fuß in seinem Schritt. Samsara, ein ewiger Eindringling. Aber vielleicht war es zu etwas nütze. Vielleicht konnte es Kraft spenden.

Galen stand auf und legte die Hand auf seinen Steifen. Streichelte ihn ein wenig und versuchte dann, so die Furche entlangzulaufen, mit der rechten Hand streichelnd, die linke nach außen gekehrt, Handfläche nach oben, eine Meditationspose mit geschlossenen Augen. Er versuchte, sich von seinen Beinen führen zu lassen, von seinem Steifen führen zu lassen, über die Furchen dem Mond entgegen. Und die Füße fühlten sich tatsächlich leichter an. Er wurde schneller, die Erde ein Geriesel weiter unten, die Luft zunehmend präsent, und vielleicht war das der Schlüssel. Nicht irgendein Erdmagnetismus, sondern die Anziehungskraft der Luft. Die Luft war das Medium, nicht die Erde.

Er versuchte, seinen Körper zu verlassen, versuchte, sein Bewusstsein nach außen zu verlagern, sich selbst aus weiter Ferne zu betrachten. Weiße Knochenbeine, die liefen, zum Leben erweckt wie die Baumstämme.

Sein Atem aber zu hastig, er fesselte ihn an diese Welt, hielt ihn fest, wo er sich doch lösen wollte. Hohes Unkraut, das an ihm zerrte, nach ihm schlug, eine Schlinge zwischen den Zehen, und beinahe wäre er hingefallen. Er musste die Augen aufmachen und ausweichen, um das ärgste Gewächs herum. Und das war das Problem. Stets eine Unterbrechung. Wann immer er einem Ziel nahe kam.

Also hielt er an. Hörte auf zu laufen, hörte auf zu streicheln. Er versuchte, niemals zu kommen, weil er gelesen hatte, der Mann verliere dabei seine Kraft. Aber er wollte so gern kommen. Und er hatte es satt, dass es immer nur seine Hand war.

Galen legte sich in die Kuhle zwischen zwei Furchen, er lag auf der Seite, eingerollt. Keuchend, schweißnass, die Luft kühl auf seiner Haut. Stirn auf der Erde, im

Dreck. Die Welt nur eine Illusion. Diese Plantage, die langen Baumreihen, bloß ein Seelenraum, hier, um an der Illusion des Selbst und der Erinnerung festzuhalten. Fahrten mit seinem Großvater auf dem alten grünen Traktor, das Knattern des Motors. Der Panamahut seines Großvaters, braunes Hemd, Weinfahne, Riesling. Der spürbare Vorwärtsdrang des Traktors, das Schlingern, wenn die Vorderräder über eine Furche fuhren. Alles eine Übung, um die Grenzen zu spüren, das Hinübergleiten, nichts davon wirklich. Die einzige Frage war, wie er über die Ränder des Traums gleiten konnte. Die Erde fühlte sich wirklich an wie Erde.

Galen wachte ein ums andere Mal auf in der Nacht, zitternd. Der Mond ein Reisender, der seitlich durch die Sterne krebste. Galen auf der Oberfläche der Erde. Der Planet nicht glaubwürdig, so wie er sich drehte, Tausende von Meilen pro Stunde. Wenn das stimmte, müsste man es hören können. Ein Brummen oder Vibrieren. Das Erdreich jedoch war lautlos und fühlte sich zu leicht an, als wäre die Kruste gerade mal einen Meter tief. Im Grunde wollte Galen, dass die Kruste aufbrach, damit er hineinfallen konnte, Tausende von Meilen durch leeren Raum zum Erdmittelpunkt, immer schneller, und dann am Mittelpunkt vorbei auf die andere Seite, um schließlich von der Schwerkraft gebremst zu werden. Bis er die Unterseite der anderen Seite der Welt erreichte und sie mit den Fingerspitzen streifte und dann zurückfiel. Nie würde er Boden unter die Füße bekommen, und das wäre gut.

Galen fror so heftig, dass er mit den Zähnen klapperte. Aber er stand nicht auf. Er schlief immer wieder ein, und die Nacht war endlos. Jede Nacht ein Leben, und immer das Warten auf das Ende.

Als es schließlich kam, als der Himmel heller, das Schwarz blau wurde, war Galen noch nicht bereit. Zu schnell würde sich die Luft aufheizen, würde sich die Erde aufheizen, würde sich der Tag wiederholen. Tee mit seiner Mutter und der Besuch bei seiner Großmutter und der Besuch von Tante und Cousine. Galen hatte das Gefühl, er würde es nicht noch einmal durchstehen.

Er musste so dringend, dass er schließlich aufstand und in hohem Bogen einen Baum anpinkelte, dann steckte er sich die Daumen unter die Achseln und sandte ein lautes *Kikerikiiii* ins Morgengrauen. Stolzierte nackt umher, flappte mit den Armen, wärmte sich, begrüßte den Tag. Sein Magen eine leere Grube, ein Loch, das ihn von innen her schrumpfen ließ. Aber er stolzierte weiter, joggte zwischen den Bäumen, dann zum Haus. Stellte sich unter das Fenster seiner Mutter, krähte so laut er konnte und stampfte im Gras.

Verdammt noch mal, Galen, hörte er endlich. Jetzt bin ich wach, und du weißt genau, dass ich nicht wieder einschlafen kann.

Galen spürte, wie ein Lächeln, ein echtes, sein Gesicht erfasste, wie die Wangen sich von allein hochzogen. Nichts Verkümmertes, sein Gesicht nicht verzerrt. Er hörte auf zu krähen, ging zum Feigenbaum, um seine Kleider zu holen, und dann durch die Kammer ins Haus. Leise die Treppe hinauf in sein Zimmer, er schloss die

Tür, duschte, um endlich sauber zu sein, vergrub sich unter den Decken, in einem warmen Nest, und fiel in tiefen Schlaf.

Galen wachte mit Jennifers Schlüpfer vor der Nase auf, Schenkel zu beiden Seiten seines Kopfes.

Guten Morgen, Vetter, sagte sie. Es ist eine Sünde, weißt du, heimlich die eigene Cousine zu begaffen. Aber du gaffst die ganze Zeit. Also dachte ich mir, gebe ich dir mal was zum Gaffen.

Blaue Seide, ein anderer Ton als die blaue Baumwolle gestern. Enger. Er spürte die Hitze. Er wollte sie riechen, aber sie roch nur nach Seife.

Er wagte nicht zu sprechen. Damit es nicht aufhörte.

Die zweiundzwanzigjährige Jungfrau, sagte sie. So nah warst du noch nie dran, stimmt's?

Stimmt, sagte er.

Warum nicht?

Keine Ahnung. Einfach nicht sehr beliebt wahrscheinlich.

Und ein Muttersöhnchen. Du verlässt ja nie das Haus.

Die geistige Existenz wird nicht genug geschätzt.

Du meinst, Freaks werden nicht gefickt. Du kannst wichsen. Du kannst wichsen, während du mich anguckst.

Also langte er nach unten und fing an, zu ziehen und fest zu drücken, und genoss den Schmerz.

Ich dreh mich um, sagte sie. Damit ich zusehen kann.

Sie stellte sich aufs Bett, das wankte wie ein Ozean,

und ließ sich andersherum wieder herab. Und schlug beide Decken zurück, sodass er entblößt dalag. Er zog fester. Diesen Ausblick hatte er noch nie gehabt. Schenkel und Po von hinten, so perfekt geformt, herrlich rund, und die Höhlung und Wölbung vorne. Der Saum ihres Schlüpfers auf weicher, cremiger Haut.

Kannst du deinen Schlüpfer zur Seite ziehen?, fragte er. Ich will gucken.

Nein, sagte sie. Noch nicht. Erst mal kriegst du nur den Schlüpfer.

Noch nicht, sagte er.

Wieso willst du das überhaupt? Wenn dir die geistige Existenz so wichtig ist?

Galens Schwanz war so steif wie noch nie. Er strich ihn langsamer, um es hinauszuzögern, und er sah, dass sie feucht wurde, die Seide in der Mitte dunkler.

Du wirst feucht, sagte er.

Ja, sagte sie. Das gefällt mir. Das Zusehen. Ich will, dass du jetzt kommst.

Also machte er schneller und schob die Hüfte vor, spürte, wie sich der gesamte Körper anspannte, und dann kam er, und sein Hals bog sich nach hinten, und er bebte vor Lust. Er machte die Augen wieder auf, ihr Schlüpfer dunkel und feucht über ihm, und er wollte sie im Mund haben. Bitte, sagte er. Lass mich gucken oder lass mich bloß lecken.

Jennifer richtete sich auf und stieg vorsichtig mit nackten Füßen auf den Boden. Nein, sagte sie. Aber hat Spaß gemacht. Es ist immer nett, Zeit mit der Familie zu verbringen.

Galen lachte. Das Lachen tat gut, und er bemühte sich, erneut die kleinen Japser einzufügen.

Du bist ein Freak, sagte sie. Ich gehe jetzt. Aber sie lächelte, und Galen hatte sich noch nie so gut gefühlt. Als sie weg war, lag er einfach da und starrte lächelnd die Zimmerdecke an.

Dann klopfte seine Mutter an die Tür. Steh auf, sagte sie. Wir essen rasch zu Mittag, und danach kümmern wir uns um die Walnüsse.

Die Walnüsse hatte Galen ganz vergessen.

September, rief er. Die Ernte ist erst im September. Aber sie war schon wieder unten.

Es war erst Ende Juli, aber seine Mutter würde verlangen, dass sie alle Trockengestelle rausholten und prüften.

Galen stand auf, wusch sich und suchte dann grüne Kleidung zusammen. Er würde sich als unreife grüne Walnuss verkleiden. Ein grünes Sweatshirt und grüne Gummistiefel hatte er. Was ihm fehlte, war eine grüne Hose. Aber im Flurschrank, in den Regalen, die nach Mottenkugeln rochen, fand er zwei grüne Handtücher. Er schlang alte Gürtel um die Schenkel, um die Handtücher zu fixieren, und zog dann die grünen Stiefel an.

Galen ging vorsichtig die Treppe hinunter und fühlte sich dabei wie ein alter Ritter, der in den Kampf zog. Er würde sich mit einer Riesengurke als Schwert bewaffnen oder mit einem Spargelspeer.

Mutter, sagte er, als er ins Esszimmer trat. Grüne Walnuss meldet sich zum Dienst.

Galens Tante quiekte vor Lachen, und Jennifer schnaubte ihre Milch auf den Teller. Galens Mutter aber schnitt weiter die Kante von ihrem Fleischwurst-Sandwich. Schön, sagte sie. Iss was, Grüne Walnuss.

Ich hoffe, meine Unreife verdrießet Euch nicht.

Seine Mutter schnitt das Sandwich diagonal in vier Teile und nahm ein Dreieck. Heute ist ein besonderer Tag für mich, sagte sie. Immer um diese Zeit des Jahres haben Mom und Dad die Trockengestelle rausgeholt, um sie zu inspizieren. Wir haben natürlich früher angefangen, im Morgengrauen, wenn es noch kühl war. Und wir haben in aller Stille gearbeitet. Man spürte, wie der Tag aufheizte, und mittags war es wunderbar, ein Päuschen einzulegen, im Schatten des Feigenbaums zu sitzen und Limonade zu trinken.

Vergiss den Wein nicht, sagte Helen. Damit fing es auch schon früh an.

Wir haben Limonade getrunken, sagte Galens Mutter. Und Sandwiches gegessen, sie waren so geschnitten, und wir waren eine Familie.

Bis die Zankerei losging, sagte Helen. Ich weiß nicht recht, wo du die Zankerei unterbringst.

Hör auf, sagte Galens Mutter. Hör einfach auf. Warum kannst du nicht an die schönen Augenblicke denken?

Tja, warum wohl? Vielleicht, weil ich nicht das süße Püppchen war? Vielleicht, weil ich älter war und wusste, was gespielt wurde?

Das ist unfair.

Aufwachen, kleine Suzie-Q.

Galen schenkte sich ein Glas Limonade ein und sah sich an, was es zu essen gab. Fleischwurst und Schinken in Plastik, Scheiblettenkäse in Plastik, Salzcracker in Plastik, Schnittbrot in Plastik. Ich glaube, ich esse ein Plastiksandwich, sagte Galen.

Mom und Dad hatten ihre Meinungsverschiedenheiten, aber du scheinst einfach nicht zu begreifen, dass wir glücklich waren, hier in diesem Haus, bei der gemeinsamen Walnussernte.

Dad hat Mom geschlagen. Hier in diesem Esszimmer hat er sie geschlagen und in der Küche und in ihrem Schlafzimmer. Was davon begreifst du nicht?

Er hat sie nie geschlagen.

Ach, herrje.

Galen wollte kein Brot mit Senf essen, das war die eine Möglichkeit, und entschied sich für die Cracker. Er nahm eine Handvoll, bröckelte sie in sein halbvolles Glas Limonade, stocherte mit einer Gabel nach, dann trank er die Limonade und löffelte den Rest. Salzig und süß und eigentlich gar nicht so schlecht.

Seine Mutter war noch mit ihrem Sandwich zugange, und anscheinend war genug Zeit, also machte er sich noch ein Glas. Diesmal etwas crackerlastiger, breiiger, mit mehr Substanz. Eine ordentliche Mahlzeit zum Auftakt eines langen Arbeitstages.

Als seine Mutter fertig war, stand sie auf und trug ihren Teller in die Küche. Sie kehrte ins Esszimmer zurück und sah alle an, die dort saßen. Einen Moment hatte Galen ein schlechtes Gewissen. Weil er so angezogen war und ihr diesen besonderen Tag vermieste. Sie sah gekränkt aus, und das mochte er nicht sehen. Nicht so richtig.

Ich mache mich an die Gestelle, sagte sie. Wer sich mir

anschließen möchte, kann das gerne tun. Sie hatte ihr Haar gelockt. Lange braune Wellen. Und sie trug Make-up. Galen fragte sich, ob sie es aufgetragen hatte, weil es ein besonderer Tag war oder weil er sie so früh wachgekräht hatte.

Und dann war sie weg. Unversehens war er aufgestanden. Grüne Walnuss muss alles wiedergutmachen, sagte er. Grüne Walnuss war sehr ungezogen.

Halleluja, Bruder, sagte Jennifer.

Sie hat es verdient, sagte seine Tante. Du bist der perfekte Fluch für sie.

Aber Galen beachtete sie nicht, stürmte durch die Kammer hinaus und stakste, darum bemüht, die Handtücher nicht zu verlieren, auf demselben Weg wie gestern Nacht zum Schuppen.

Das große Tor stand offen. Der grüne Traktor, schmale Vorderreifen, enge Schnauze mit Lüftungslamellen. Ein Relikt der Vergangenheit. Aber er wollte sich nicht ablenken lassen. Trat in die dunkle Hälfte des Schuppens, wo seine Mutter tief zwischen den gestapelten Gestellen verborgen war.

Einfach raustragen?, fragte er. Geruch von Staub und Moder, Geruch von Walnussschalen. Geruch seiner Kindheit. Wenn er die Augen schloss, war er wieder dort, und zweifellos ging es seiner Mutter genauso. Wir haben dieselbe Kindheit, sagte er. Wegen des Geruchs hier.

Nicht dieselbe, sagte sie. Du hast ja keine Ahnung. Du kannst dir nicht vorstellen, wie es war.

Schön, sagte er. Deine Besonderheit ist unantastbar. Also, wohin willst du die Gestelle haben?

Je mehr er sich an die Dunkelheit gewöhnte, desto deutlicher sah er sie, viereckige Holzrahmen mit Maschendraht. Wie Backsteine zu einer Mauer gestapelt.

Ich sage dir nur, wie es ist, sagte sie. Es war eine andere Zeit. Ich bin nicht der Feind.

Er knirschte mit den Zähnen und knurrte und schüttelte die Arme. So war ihm gerade zumute.

Das könntest du dir mit niemandem sonst erlauben. Du behandelst mich schlechter als irgendeinen anderen Menschen. Ich bin mit meiner Geduld am Ende.

Deiner Geduld?, fragte Galen. Er nahm ein Gestell und ging um den Traktor herum in die knallheiße Sonne. Pochender Puls. Auf dem Sammelplatz zehn Meter weiter legte er das Gestell auf die Erde. Er kniete sich hin und häufte große Erdklumpen wie gesegnete Walnüsse aufs Gestell. Dunkle, krustige Gebilde, bereits trockener als die Sonne, so wurde das Gestell sinnvoll genutzt.

Die Handtücher ließen sich nur mit Mühe halten, also ließ er sie fallen. Nackte Beine und Unterhose, ein grünes Sweatshirt und grüne Stiefel. Auf dem Rückweg zum Schuppen lief er mit gesenktem Blick an ihr vorbei. Ich habe dir nichts getan, zischte er.

Wie ein Lanzenturnier, dachte er. Einander zugeneigt, kurzer Kontakt. Er trat in die Dunkelheit, nahm ein Gestell und legte es auf den Boden, nahm noch eins und legte es darauf, dann ein weiteres. Sie waren schwer, aus Holz, und er wusste nicht, ob er drei tragen konnte, aber er hob sie hoch, sein Rücken gab erst ein wenig nach, dann fing er sich, stolperte hinaus, die Wange am Holz, und wankte zum Sammelplatz.

Seine Mutter war damit beschäftigt, die Dreckklumpen aus dem Gestell zu klauben. Die sind noch nicht trocken, sagte er. Aber sie reagierte nicht. Sie kniete dort in ihrer Arbeitshose und einem alten Arbeitshemd ihres Vaters, mit Sonnenhut und Handschuhen, und entfernte den Dreck.

Er setzte die drei Gestelle ab und ging Nachschub holen. Nahm noch mal drei und trug sie in die Sonne. Dann kam ihm eine Idee.

Er fügte alle sechs Gestelle nebeneinander zu einer langen Reihe und legte sich darauf, vorsichtig, um den Maschendraht nicht zu durchstoßen. Er achtete darauf, dass Po, Kopf und Fesseln von den Holzkanten getragen wurden. Eine weitere Kante schnitt ihm in den Rücken.

Warum tust du mir das an?, fragte seine Mutter. Ihre Stimme leise wie ein Flüstern.

Grüne Walnuss muss trocknen, sagte er. Auf den Trockengestellen. Er versuchte, direkt in die Mittagssonne zu blicken. Er dampfte in seinem Pullover, und seine nackten Beine und das Gesicht würden verbrennen. Er wollte für den Rest des Tages hier draußen bleiben. Die Holzkanten so hart unter dem Rücken und Nacken, dass er nicht wusste, wie er die nächsten fünf Minuten überstehen sollte, aber er war fest entschlossen. Es war eine Meditation, und wer wusste schon, was ihn auf der anderen Seite erwartete.

Die Opfer, die ich seit über zwanzig Jahren für dich bringe, sagte seine Mutter leise. Steh auf, bevor Helen und Jennifer dich so sehen.

Galen hörte Tante und Cousine beim Schuppen reden und auf ihn zukommen. Was macht es, wenn sie mich sehen?, fragte er. Reine Neugier. Sollen sie mich doch sehen.

Steh einfach auf.

Nein, sagte er. Ich bleib den ganzen Tag so liegen.

Die Sonne so hell, dass Galen seine Mutter nicht sehen konnte, nicht einschätzen konnte, was als Nächstes passieren würde. Aber sie ging einfach weg.

Er versuchte, dem harten Holz nachzugeben, wollte Fleisch und Knochen ermöglichen, sich dem Holz anzuschmiegen. Die Kanten, die ihm in den Po schnitten, machten seine Beine taub, und die Kante unterm Rücken erschwerte ihm das Atmen, aber am schärfsten war die im Nacken. Er versuchte auszuatmen, die Sonne anzustarren, seine Existenz zu vergessen, etwas anderes zu finden.

Du siehst jetzt schon aus wie Dörrfleisch, sagte seine Tante.

Seine Schenkel sind weiß, sagte Jennifer.

Stimmt, sagte seine Tante. Vermutlich sollen sie zum Gesicht und zum Hals passen.

Galen blind und benommen, die Augen voller Blitze und Punkte, aber er hörte die Arbeit auf allen Seiten, ein nutzloses Unterfangen. Die Gestelle mussten weder gesäubert noch geölt noch sonst wie instandgesetzt werden, es sei denn, ein Gittersieb war kaputt. Nur wusste keiner von ihnen, wie man ein Sieb repariert. War eins kaputt, sortierten sie das Gestell einfach aus, auf den Haufen gleich hinter dem Traktor, und benutzten es nicht weiter. Heute trugen sie also alle Gestelle aus dem Schuppen heraus, um sie danach wieder zu verstauen.

Wir spulen alles so ab, sagte Galen. Mechanisch.

Wie bitte?, fragte seine Tante.

Unser ganzes Leben, sagte Galen. Alles nur die Imitation einer Vergangenheit, die es eigentlich nie gegeben hat.

Die hat es sehr wohl gegeben, sagte seine Mutter. Du warst bloß nicht dabei. Du glaubst, was nichts mit dir zu tun hat, existiert nicht.

Und mein Vater?, fragte Galen. Kannst du beweisen, dass er existiert? Kannst du es wenigstens auf zwei, drei Männer eingrenzen?

Keine Antwort. Nie gab es darauf eine Antwort. Nur Schritte, ihre Schuhe auf dem Boden, das Hochheben und Zurücktragen von Gestellen.

Ich habe noch mehr Fragen, sagte Galen. Ich bin noch nicht fertig.

Aber keiner hörte ihm zu, so schien es, und sein Rücken war schon so mitgenommen, dass Sprechen zu sehr schmerzte. Also machte er die Augen zu, sah Grellpink mit weißen Glimmspuren und Sonneneruptionen, eine endlos variable, explosive Welt. Sein Körper kreiselnd im Licht. Gesicht und Schenkel glühend heiß, Stecknadeln. Aber er würde hier bleiben, bis zum Ende.

Schmerz an sich eine interessante Meditation. Oberflächlich immer beängstigend, man will weglaufen. Sehr schwer, sich nicht zu bewegen, nichts zu tun, zumindest am Anfang. Schmerz erzeugt Panik. Unter der Oberfläche allerdings war der Schmerz etwas Schwereres, dumpf und unkompliziert. Er konnte ein verlässlicher Fokus werden, präsent und beständig, besser noch als der Atem. Und das Tolle an diesen Gestellen war, dass sie den Schmerz über den ganzen Körper verteilten. Er fürchtete, sein Nacken und Rücken könnten tatsächlich Schaden nehmen, und auch das gehörte zum Schmerz, die Angst vor Verstümmelung, davor, dauerhaft einen Teil des Körpers zu verlieren. Das will nicht mal ein Insekt. Niemand will ein Bein oder einen Arm oder die Kraft des Rückens einbüßen; wenn man sich also diesem Augenblick nähert, nähert man sich etwas Universellem, und wenn man hindurchsehen kann, sich davon lösen kann, erkennt man vielleicht die Leere hinter dem Universellen, betritt einen Raum der Wahrheit.

Hör auf zu denken, sagte Galen zu sich. Denken ein Trug, der ihn der unmittelbaren Erfahrung beraubte. Und schwachsinnig, sagte er laut. Alles Schwachsinn. Ich liege bloß auf einem Gestell, weiter nichts.

Mutter, Tante und Cousine tranken jetzt Tee. Keine Geschäftigkeit mehr, nichts zu hören. Nur die Fliegen und Bienen auf ihren nahen Flugbahnen, die trockenen Landungen von Grashüpfern, hin und wieder ein vorbeifahrendes Auto. Die Welt in ihrer Unermesslichkeit, ihrer enttäuschenden Nichtigkeit. Galen rollte sich ab, hinunter von den Gestellen, auf die Erde. Einfach so. Kein Entschluss, er rollte sich einfach ab, und jetzt war sie weg, die ganze Erfahrung, alles dahin, und er lag wieder im Dreck. Nichts gelernt, nichts gewonnen.

Galen versuchte, sich hochzustemmen, aber er war wie zerstört. Scheiße, sagte er. Er lag mit dem Gesicht nach unten. Die Erde, die sich an seinen verbrannten Schenkeln rieb, war schmerzhafter, als er sich vorgestellt hätte. Das Sweatshirt ein Ofen, ein Kokon. Eine Schweißschicht darunter, und er hatte Durst. Das Gesicht brannte.

Seine Pomuskeln erwachten, Blut schoss ihm in die Schenkel, und seine Beine fühlten sich an wie hohle Röhren, Muskeln und Knochen unverbunden. Er schob sich auf die Knie, versuchte aufzustehen, die Beine wie Strohhalme. Schmerzpunkte überall an ihren Rändern, die Muskeln unerreichbar, keine Verbindung. Doch er schaffte einen Schritt und dann noch einen. Da sein Rücken so lange geknickt gewesen war, fühlte es sich an, als ginge er gebeugt.

Fast hätte ich dich gehabt, sagte er. Fast hättest du zugeben müssen, dass du eigentlich gar kein Körper bist. Eine Fälschung, eine Illusion, und jetzt sehe ich dir dabei zu, wie du dich berappelst. So viel Gedöns, um den Traum wieder zusammenzusetzen.

Er torkelte um den Schuppen herum zum Feigenbaum, wo die anderen Illusionen gerade ihren Tee austranken.

Du siehst ein wenig steif aus, sagte seine Tante lächelnd.

Und auf einmal begriff er. Seine Tante hasste ihn. Schlagartig wurde ihm das klar. Er mochte sie und hatte sich eingebildet, sie möge ihn, doch nun verstand er, dass sie seine Mutter hasste und ihn als ihre Verlängerung ebenso. Ihr Lächeln durch und durch böse.

Wow, sagte Galen. Heilige Scheiße.

Was?, fragte Jennifer.

Nichts, sagte er.

Wir sind fertig, sagte seine Mutter. Wir fahren in ein paar Minuten zu Grandma.

Galen ging vorsichtig zum freien Stuhl und setzte sich. Schmiedeeisen, kein Kissen. Sein Po könnte wieder einschlafen. Aber Sitzen war gut, und der Schatten war grandios. Er schloss die Augen und roch die Feigen, ein so üppiger Duft, dass die Luft körperlich wurde. Wow, sagte er. Die Feigen.

Fast reif, sagte seine Mutter. Noch höchstens eine Woche. Und sie schenkte ihm ein Glas Orangensaft ein. Hier, sagte sie. Selbst wenn sie ihn am wenigsten mochte, sorgte sie für ihn. Und das war der Unterschied. Seine Tante würde ihn in den Abgrund stoßen, wenn sich die Gelegenheit bot. Seine Mutter niemals.

Galen legte beide Hände um das kühle Glas Orangensaft und fragte sich, ob er es trinken solle. Er hatte Durst, unglaublichen Durst. Und der Orangensaft wäre köstlich, kühl und aromatisch, mit etwas Fruchtfleisch, und er liebte das Fruchtfleisch. Aber ihm war schwindelig, sein Scheitel offen, ein Schwebezustand, den er nicht verlieren wollte. Er hatte das Gefühl, jetzt alles klarer zu sehen. Der Orangensaft könnte dem ein Ende bereiten.

Zu kalt, zu viel Säure, ein Ruck, der alle Aufmerksamkeit auf den Magen richtete, und dann würde er nicht mehr frei schweben.

Was für ein Freak, sagte Jennifer.

Galen schloss die Augen und versuchte, sich zu konzentrieren. Was wollte er? Er hielt den Orangensaft mit beiden Händen und führte ihn näher heran, so nah, dass er die Nase ins Glas stecken und die süße Frucht riechen konnte. Er atmete Orangensaft, ein und aus, ein und aus.

Ich kann mir das nicht ansehen, sagte seine Mutter. Wir fahren in fünf Minuten.

Galen gefiel der Zeitdruck nicht. Das Erlebnis veränderte sich dadurch. Ein Ende wurde nun erzwungen, und das verdarb alles. Verdammt, sagte er.

Boah, sagte Jennifer.

Er wollte sie nicht hier haben. Seine Tante auch nicht. Er wollte allein sein mit dem Orangensaft.

Und dann beschloss er, es einfach zu tun. Er neigte das Glas und schmeckte den Saft, süß und bitter und überwältigend, und er behielt ihn im Mund, weigerte sich zu schlucken.

Mjam mjam?

Er versuchte, Jennifer zu ignorieren, versuchte, sich ganz und gar auf den süßen Saft in seinem Mund zu konzentrieren, aber es war unmöglich. Er schluckte, und was er befürchtet hatte, passierte. Er spürte den Saft den ganzen Weg hinunter in den Magen, das Gewicht seines Magens, das beißende Bedürfnis. Sein Bewusstsein in den Dreck gezogen, sein Scheitel nicht mehr offen. Ein sinkender Stein, der unten aufschlug und dort steckenblieb.

Danke, sagte er. Danke, dass du mir das versaut hast.

Was denn genau?, fragte seine Tante.

Nichts, sagte er.

Eben, sagte sie.

Galen öffnete die Augen, leerte sein Glas und stellte es auf den Tisch.

Herzlich willkommen, sagte seine Tante. Wir sind die Erdlinge.

Ihr seid leere Hüllen, sagte er. Hülsen und sonst nichts. Er stand auf und ging ins Haus, musste sich am Geländer abstützen, um die Treppe hochzukommen.

Er setzte sich auf die Bettkante und beugte sich vorsichtig vor, um seinen schweißnassen Pullover auszuziehen. Aua, sagte er. Das tut weh. Er konnte kaum atmen. Er zog die Stiefel aus, streifte seine Unterhose ab und stieg vorsichtig unter die Dusche. Duschte kalt, seiner Beine wegen, und selbst das kalte Wasser tat weh. Er tupfte sich vorsichtig mit einem Handtuch ab und cremte Beine, Gesicht und Hals mit Aloe ein. Im Spiegel leuchtete er unnatürlich. Grellpink unter der dunklen Gesichtshaut, eine Art sekundärer Schein.

Galen, schrie seine Mutter. Wir warten.

Ich komme, schrie er zurück. Er zog eine saubere Unterhose an, ein sauberes T-Shirt und Tennisschuhe und ging vorsichtig die Treppe hinunter.

Verdammt noch mal, sagte seine Mutter. Zieh dir eine Hose an. Sie stand in der Diele, eine Hand am Türknauf. Tante und Cousine entspannt im Wohnzimmer.

Meine Beine sind verbrannt.

Natürlich sind sie verbrannt. Zieh dir eine Hose an.

Schön, sagte er. Er ging nach oben und holte alte Badeshorts, die so klein waren, dass sie höchstens ein paar Zentimeter Bein bedeckten.

Süß, sagte Jennifer. Ich mag den Look. Noch besser würde es aussehen, wenn du die weißen Socken hochziehst, bis zu den Knien.

Halt den Mund, Jennifer, sagte seine Mutter.

Ich warne dich, sagte seine Tante.

Dann war seine Mutter draußen, und alle folgten ihr. Er setzte sich auf die Rückbank, und Jennifer rutschte neben ihn, seine Tante vorne. Als sie auf die Straße einbogen, hatte er bereits einen Steifen. Ringsum Vorstadt, Wohnsiedlungen. Ihre Plantage war meilenweit das einzig unerschlossene Gelände. Zehn Morgen Walnüsse, einige Morgen für Haus und Garten, ein paar Morgen Zufahrtsstraße. Alle anderen waren auf Grundstücke gepfercht, die höchstens einen Viertelmorgen groß waren.

Frisch geteerte Straßen, gewunden, mit paarweise angeordneten jungen Bäumen. Bald jedoch fuhren sie durch den alten Teil, mit Häusern aus den Fünfzigern. Und der alten Einkaufsmeile.

Bei Bel-Air gibt es leckeren Kürbiskuchen, sagte er.

Aufhören, sagte seine Mutter.

Sie machen dort wirklich leckeren Kuchen.

Wir wär's, wenn du es einfach mal sein lässt, Galen, sagte seine Tante.

Ich habe so lange keinen Kürbiskuchen mehr gegessen.

Danach nur noch Autogeräusche. Ein kehliger Motor,

ein großer 350er oder so, hatte seine Mutter ihm mal erzählt. Um ihn neugierig zu machen, vielleicht im Glauben, er würde dann das Öl wechseln und dergleichen, eine kleine Geldersparnis. Doch Autos scherten ihn einen Dreck. Ihn interessierte überhaupt nichts, was andere Leute interessierte. Er war nicht hier, um sich an Häuser und Autos und Jobs und Ehe und Kinder und Fernsehen und den ganzen Scheiß zu versklaven.

Er legte die Hand auf seinen Steifen, drückte ein wenig, eng in den Shorts. Jennifer starrte aus dem Fenster. Als sie ausstiegen, versuchte er, seinen Schwanz unter dem Gummizug zu verbergen und das T-Shirt drüberzuziehen. Sah vielleicht offensichtlich aus, und er wusste nicht, wie er seine Hände halten sollte, wusste aber auch nicht, was er sonst machen sollte, und seine Tante und seine Mutter sahen ihn sowieso nicht an.

Suzie-Q, sagte seine Großmutter, als sie hereingeschlurft kamen. Sie sah wirklich nicht alt aus. Es leuchtete überhaupt nicht ein, dass sie hier war. Alle warteten darauf, dass sie starb, aber das konnte noch lange dauern, zwanzig Jahre oder länger. Sie war erst einundsiebzig.

Sie umarmte Galens Mutter, und sie umarmte Galen. Fest.

Mein hübscher Enkel, sagte sie. Bereitest du dich aufs College vor?

Diesen Herbst nicht, murmelte Galen. Ich warte noch ein Jahr.

Na, sagte sie. Das ist eine gute Idee, finde ich. Wir sprachen ja darüber. Ein Jahr aussetzen. Erst mal die Welt sehen.

Galen konnte weder seine Tante noch Jennifer ansehen. Seine Großmutter drückte ihn noch einmal fest an sich, dann ließ sie ihn los.

Komm, setz dich, sagte seine Großmutter. So nett, dass ihr mich alle besucht.

Es gab keinen Platz zum Sitzen. Einen Stuhl in der Ecke, dann die beiden Betten mit ihren Vorhängen, in einem die alte Frau mit den feuchten Augen, die jetzt Galen anlächelte.

Setzt euch auf mein Bett, sagte seine Großmutter. Sie taten wie geheißen, was bedeutete, dass sie in alle Richtungen blickten, voneinander weg, die Rücken starr wie die halb eingegrabenen Steine von Stonehenge, wartend. Galens Großmutter nahm den Stuhl aus der Ecke und trug ihn zum Bett, um sich zu setzen.

Da seid ihr alle, sagte sie lächelnd.

Wie geht es dir, Mom?, fragte Galens Mutter.

Ach, gut, sagte sie. Wie lange ist es her, dass ihr mich besucht habt? Ein Jahr? Und ist das Jennifer?

Natürlich ist das Jennifer, fauchte seine Tante. Und es ist erst einen Monat her. Höchstens.

Suzie-Q besucht mich jeden Tag. Galen auch, obwohl er sich aufs College vorbereiten muss, im Herbst geht's los. Sie lächelte ihn an, dieses neue, fremde Gesicht mit den dritten Zähnen, nicht das Gesicht, mit dem er aufgewachsen war. So ist das, sagte seine Großmutter. Wie nett.

Ich möchte mit dir reden, Mom, sagte Galens Tante. Über das Treuhandvermögen und über die Collegegebühren für Jennifer. Sie kommt jetzt in die Abschlussklasse, und dann geht sie aufs College, und darum müssen wir uns kümmern.

Ach, das hat noch viel Zeit.

Ich möchte aber jetzt darüber reden, Mom.

Das ist vielleicht etwas früh, sagte Galens Mutter. Das hat doch bestimmt bis zum Spätherbst Zeit? Oder sogar bis zum Winter.

Halt den Mund, Suzie-Q.

Hör auf damit, Helen. Nicht in diesem Ton mit deiner Schwester. So warst du schon immer.

Galens Tante atmete tief ein und schloss die Augen.

Ich dachte, fürs College ist kein Geld da, sagte Galen. Gibt es Geld fürs College?

Ach, ich habe kein Geld, sagte seine Großmutter.

Das stimmt, sagte Galens Mutter. Es ist gerade genug da für dieses gute Altersheim.

Galens Tante senkte kopfschüttelnd den Blick. Das widert mich an, sagte sie. Das widert mich so an, dass ich es gar nicht aussprechen kann. Die geballten Fäuste im Schoß. Lügen mein ganzes Leben lang. Alle beide. Nichts als Lügen.

Hör auf, Helen.

Weil ich böse war. Helen hat die Wahrheit gesagt, und weil wir die Wahrheit hassen, hassen wir Helen.

Hör auf, sagte Galens Großmutter wieder. Du bist schrecklich. Nie gibst du Ruhe.

Stimmt. Ich war immer die Schlimme. Ich bin es, die man prügeln muss, nachdem du verprügelt wurdest. Aber nie Suzie-Q. Nie die kleine Suzie-Q. Dank Suzie-Q können wir so tun, als wären wir gut.

Mom, das müssen wir uns nicht anhören. Ich gehe mit dir in den Garten. Sie stand auf, ging zu ihrer Mutter, und flugs waren die beiden zur Tür raus.

Galen hörte den zittrigen Atem seiner Tante, wütend. Und sie kriegt alles im Testament. *Alles*.

Was soll das heißen?, fragte Galen.

Hat sie dir nichts erzählt?

Nein.

Deine Mutter kriegt alles. Du kriegst nichts. Jennifer kriegt nichts. Ich kriege nichts. Es geht alles an deine Mutter. Andererseits wird deine Mutter in ihrem Testament alles dir überschreiben. Also bist du am Ende fein raus.

Die drei saßen da mit gesenktem Blick, und schließlich stand seine Tante auf. Ich bin im Wagen, sagte sie.

Jennifer stand auf und zog den Plastikvorhang ums Bett. Steh auf, flüsterte sie. Galen stand auf. Schieb deine Shorts runter.

Galen schob seine Shorts runter.

Und deine Unterhose.

Also hing Galen dort ganz entblößt.

Krieg ihn hoch, sagte sie.

Galen spürte überhaupt keine Lust. Nach dem hier?, fragte er. Unmöglich.

Jennifer hob den Rock und schob ihren Schlüpfer beiseite.

Wow, sagte Galen. Hellblondes Haar, ein paar Büschelchen, und dann zog sie mit den Fingern ihre Lippen auseinander, sodass er rosa sah. Oh, sagte er und spürte, wie sein Schwanz wieder steif wurde, nach und nach, bis er ganz hart war und schmerzte. Galen ging auf sie zu, aber da ließ sie ihren Rock fallen.

Stell dich seitlich hin, sagte sie. Und nimm die Hände auf den Rücken.

Okay, sagte er.

Ich werde jetzt deinen Schwanz schlagen, doll, und du darfst dich nicht bewegen und keinen Mucks von dir geben.

Was?

Wenn du dich bewegst oder einen Mucks machst, siehst du meine Muschi nie wieder.

Warum machst du das?

Stillhalten.

Sie holte mit der flachen Hand aus, und er spürte eine Schmerzexplosion. Er wollte schreien, schluckte es aber hinunter. Behielt die Hände auf dem Rücken und die Augen geschlossen und spürte Tränen. Dann wieder ein heftiger Schlag, und er wimmerte, bebte.

Sie beugte sich vor und flüsterte ihm ins Ohr. Wie fühlt sich das an?

Warum hast du das gemacht?

Sie griff nach seinen Hoden. Nicht bewegen, flüsterte sie.

Nein, sagte er. Bitte.

Doch sie drückte zu, immer fester, und der Schmerz stieg ihm in den Bauch, der Schwindel. Bitte, japste er.

Jennifer ließ los, dann schlug sie einen seiner verbrannten Schenkel, so kräftig, dass er hätte aufjaulen mögen. Nicht vergessen, sagte sie. Und verschwand durch den Schlitz im Vorhang.

Galen versuchte es mit Geistchirurgie. Auf dem Bett sitzend stellte er sich einen kleinen goldenen Haken vor, der an seiner rechten Hand baumelte. Er führte die Hand über seinen verletzten Schwanz und ließ den Haken heilend hindurchfahren. Eigentlich hätte die linke Handfläche darunter sein sollen, um ein elektromagnetisches Feld für die Heilung zu schaffen, doch erschien es ihm unpassend, einfach auf seiner Hand zu sitzen. Auf jeden Fall brauchte man Luft von allen Seiten. Also drehte er sich auf die Seite, hielt die linke Hand hinter seinem nackten Po und führte die rechte vor seinem Schwanz hin und her. Jetzt hing der goldene Haken allerdings gerade herunter. Galen musste sich gedanklich von der Schwerkraft befreien. Es gab keinen Grund, weshalb der goldene Haken nicht seitwärts hängen konnte. Schließlich handelte es sich hier um eine Geistheilung. Doch seine Gedanken kamen nicht davon los, dass der Haken nach unten hing. Galen konnte sich nicht richtig in die Atmung begeben. Und sein Schwanz tat weh. Er war rot und geschwollen auf einer Seite, obwohl er ganz schlaff war. Und an der Wurzel war ein kleiner Bluterguss, als wäre das ganze Ding am Schaft abgebrochen worden.

Ihm war schleierhaft, wie Jennifer das tun konnte. Auch seine Hoden taten weh, wenn er sie berührte.

Galen schloss die Augen und versuchte sich den Haken vorzustellen. Wie er an einer schlanken goldenen Kette stramm zur Seite pendelte. Da wurde ihm klar, dass er sich die Kette noch gar nicht vorgestellt hatte. Sollte der Haken an einer Kette hängen oder allein da schweben? Und brauchte er wirklich Luft? Wie funktionierte die Geistheilung?

Er versuchte, sie zu spüren, versuchte, sie geschehen zu lassen, aber sie geschah nicht. Er erinnerte sich an eine Passage über Fehlerdiagnose in dem Buch über ätherische Heilung. Irgendetwas über die Wiederherstellung eines Feldes. Also verharrte er mit den Handflächen Zentimeter hinter dem Po und Zentimeter vor dem Schwanz und versuchte, das Kraftfeld dazwischen zu spüren. Er drückte sie leicht aufeinander zu, als würde er Zuckerwatte plustern, spürte nun die Energie in der Handmitte, spürte, wie die Handflächen gegeneinanderdrückten.

Okay, sagte er.

Und jetzt versuchte er, die Energie im Schritt zu spüren, versuchte, den Pfad dieser Energie von Handfläche zu Handfläche zu spüren, während er drückte und plusterte. Eine Wärme, der Äther stets erleuchtet und warm, ein wenig knisternd vor Elektrizität, aber nein, nicht knisternd. Bloß weiche Wärme und Licht, und jetzt konnte er seine rechte Hand eintauchen und den Haken durch diese Wärme schwingen. Er spürte, wie es zog, und zwar nicht dort, wo er erwartet hatte, nicht an seinem Schwanz, sondern tiefer in den Weichteilen, an irgendeinem Grund, und das war das Schöne an der Geistheilung. Sie fand die richtigen Stellen, die Quellen, und füllte sie wieder auf. Sie ließ sich nicht von den Oberflächen täuschen. Und der Haken brauchte keine Kette. Er schwang dort ganz allein.

Galen atmete tief in die Heilung aus. Tief und tiefer, sinkend, der Haken ein Art Schmetterling, der in ihm flatterte, und als er aufwachte, hämmerte seine Mutter an die Tür, und seine Wange lag in einer Speichelpfütze.

Hm, sagte er. Hm. Noch fand er keine Worte. Er wischte sich die Wange an einer sauberen Kopfkissenstelle ab und rollte sich auf den Rücken.

Und schließ nicht immer die Tür ab, brüllte sie.

Hm, sagte er, und ihre Schritte entfernten sich auf der Treppe.

Galen war, als würde er aus einem tiefen Brunnen klettern. Wenn er am Nachmittag schlief, konnte ihn das richtig schaffen.

Er setzte sich auf die Bettkante, die Welt drehte sich noch ein bisschen. Erneuerte sich, alle Erscheinungen fügten sich wieder zusammen. Er öffnete die Handflächen nach oben und versuchte, ein paar Zentimeter in der Luft zu schweben, solange die Welt nicht auf der Hut war, sich noch nicht wieder gefestigt hatte.

Komm schon, sagte er. Er beschwor den Äther, seinen Po anzuheben, doch die Schwerkraft hielt ihn fest, und es war zu spät. Die Welt hatte sich erneuert. Er war nicht schnell genug gewesen. Scheiße, sagte er. Ich muss schneller werden.

Er sah sich nach einer Unterhose um. Mehrere auf dem Fußboden verstreut, ungefähr ein Dutzend, und er wusste nicht mehr, welche die saubere von diesem Nachmittag war. Also nahm er sich die nächstbeste in der Hoffnung, es sei die richtige.

Er zog T-Shirt und Shorts an, was weh tat, cremte die Beine mit Aloe ein, eine herrlich kühlende Erleichterung, und schnürte die Schuhe, war aber noch immer so benommen, dass er sich wieder hinlegte.

Galen!, rief seine Mutter.

Er stand auf und taumelte zur Tür, die Stufen hinunter ins Esszimmer. Sie hatte den Tisch mit Kerzen gedeckt, obwohl es noch gar nicht dunkel war. Teller an den Stirnseiten des langen Tisches, das alte polnische Porzellan mit den rot und blau bemalten Rändern. Ein großes rundes Sauerteigbrot in der Tischmitte, eine weiße Creme.

Ich habe Zwiebeldip gemacht, sagte sie.

Er ging zum Tisch und schaute sich den Dip an. Weiß mit braunen Streifen, den Zwiebeln. Cracker auf einem Holzbrett und Gemüseschnitze. Brokkoliröschen und Blumenkohl, ganze Karotten und Paprikastreifen.

Ich habe dir was Vegetarisches gemacht, sagte sie. Frisches Gemüse, nicht mal gekocht.

Danke, Mom, sagte er. Das sieht toll aus. Er nahm sich einen Teller und häufte Gemüse und Cracker und einige Brocken Sauerteigbrot darauf, dann einen Schlag Dip. Er kam um vor Hunger. Wow, sagte er.

Er setzte sich, und seine Mutter sah zufrieden aus. Danke, Mom, sagte er wieder. Dann dippte er ein Brokkoliröschen und steckte es sich in den Mund. Cremig und köstlich, der Brokkoli schön knackig. Er machte die

Augen zu und summte. Das passierte nur beim leckersten Essen.

Nahrungsaufnahme war eine Meditation, eine Gelegenheit. Er saß hochaufgerichtet, gerade auf seinem Stuhl, das Kronenchakra geöffnet, und ließ das Essen durch sich hindurchsurren. Mit geschlossenen Augen tastete er nach seinem Teller, tauchte die Finger in den köstlichen Dip und sog an ihnen, atmete das Brot ein, bevor er es aß, kaute geräuschvoll Paprikastreifen, so saftig und frisch.

Herrlich, sagte er.

Wollen wir die Teller an den Kamin mitnehmen?, fragte seine Mutter.

Gern, sagte er. Das haben wir schon lange nicht mehr gemacht. Er nahm sich noch mehr Gemüse, und dann gingen sie ins Wohnzimmer mit dem Flügel und den hohen Decken. Genau in der Mitte des Hauses war eine riesige Feuerstelle aus Granitplatten aus der Sierra Nevada, davor ein paar Läufer. Galen legte sich hin, Ellbogen auf einem Kissen, und aß weiter. Seine Mutter legte sich hin und sah ihn an.

Wo sind wir?, fragte sie. Das war ihr Spiel, seit er denken konnte.

In den Bergen, sagte er. Vor größeren Bergen.

Mongolei, sagte sie. Vielleicht die Mongolei.

Und wir sind über die weite Steppe geritten.

Schnee und Winter, sagte sie. Die Pferde mit Decken.

Die Steppe hatte nur Grasbüschel, keine Nahrung für die Pferde.

Wir laufen vor jemandem weg.

Oder allen.

Ja. Seine Mutter war aufgeregt, auf einen Ellbogen gestützt jetzt, vorgebeugt. Ihre grauen Augen goldgesprenkelt, ähnlich dem Granit. Vor allen davon. Genau. Sie verstehen uns nicht, und wir sind allein. Wir können mit niemandem sprechen.

Sie war zu nah. Er spürte ihren Atem im Gesicht. Er setzte sich auf. Ich brauche noch Dip, sagte er, nahm seinen Teller und ging zum Tisch. Sie hatten dieses Spiel Monate nicht mehr gespielt, und jetzt kam es ihm seltsam vor. Manchmal lagen sie stundenlang flüsternd am Kamin. Dachten sich Orte und Leben aus und verrieten einander Geheimnisse über Menschen, die es gar nicht gab. Schon immer hatten sie das gemacht, aber jetzt kam es ihm gruselig vor. Er wusste nicht, wieso. Vielleicht, weil Jennifer ihn ein Muttersöhnchen genannt hatte. Oder weil er Jennifer von Nahem gesehen hatte. Irgendwas mit Jennifer jedenfalls. Vielleicht, weil seine Mutter und Jennifer auf eine Weise gleich waren, nur durch das Alter getrennt. Er mochte nicht darüber nachdenken. Er gruselte sich vor sich selbst.

Galen löffelte Dip auf seinen Teller und kehrte zum Kamin zurück, setzte sich jetzt aber auf den breiten Steinsims.

Schmeckt dir dein Essen?, fragte sie. Sie legte sich wieder hin, sah ihn an.

Ja, sagte er, schloss die Augen, konzentrierte sich aufs Kauen. Der Dip salziger als beim ersten Probieren.

Das freut mich, sagte sie. Ich dachte, wir gönnen uns was, wo die Schreckschrauben nicht da sind.

Galen versuchte, sich auf eine Karotte zu konzentrieren, auf das Knacken zwischen den Zähnen. Er spürte, wie sie entzweiging, alle Festigkeit mit einem Mal zerborsten, ein Hinweis darauf, wie man die Welt einen Moment lang ins Wanken bringen konnte. Entfernung von der Welt. Distanz. Das brauchte er. Schrecklich, wie schnell er das vergessen konnte.

Es war so hässlich von Helen, vor unserer Reise einen Streit anzufangen. So typisch. Bei ihr kann nichts einfach mal gut sein. Sie ist ein unglücklicher Mensch. Immer schon gewesen.

Was für eine Reise?, fragte Galen. Er hielt die Augen geschlossen und versuchte, sich aufs Kauen zu konzentrieren.

Wir fahren morgen zur Hütte.

Morgen?

Galen. Seit zwei Tagen ist der Kofferraum gepackt. Wir fahren um acht.

Acht Uhr? Galen machte die Augen auf. So früh mag ich nicht aufstehen.

Ein Tag. Das wird dich nicht umbringen.

Aber wozu? Warum können wir nicht um zwölf los? Das sind doch nur anderthalb Stunden von hier.

Galen.

Schön. Kommt Grandma mit?

Ja. Natürlich kommt sie mit.

Stimmt es, dass das Testament nur auf dich ausgestellt ist?

Wer hat das gesagt?

Helen.

Galens Mutter setzte sich auf, nahm ihren Teller und ging in die Küche. Ich habe keine Lust, darüber zu reden, sagte sie.

Aber Galen folgte ihr. Und was ist mit College? Gibt es Geld fürs College? Wieso hat sie für Jennifer gefragt?

Seine Mutter stellte den Teller in die Spüle und drehte den Wasserhahn auf. Helen lebt im Märchenland. Immer schon.

Aber Grandmas Geld oder das Treuhandvermögen würden die Kosten fürs College decken?

Sie drehte den Wasserhahn zu und legte die Hände auf den Rand der Spüle. Hör zu, sagte sie. Die Auszahlung von Geld aus dem Treuhandvermögen ist an Bedingungen geknüpft. Es kann für medizinische Zwecke oder Ausbildung oder sogar ein Haus verwendet werden. Helen hat's schon mit einem Haus probiert. Sie will alles. Aber dafür ist nicht genug Geld da. Mom lebt vielleicht noch zehn Jahre, und dieses Altersheim ist teuer.

Wie viel Geld ist denn da?

Galen.

Im Ernst. Wie viel? Wut wallte in ihm auf wie eine Hitzewelle. Erstaunlich, wie schnell sie kommen konnte. Galen stand hinter seiner Mutter, direkt vor ihm ihr Nacken, Zentimeter entfernt.

Hör auf, sagte sie und ging zur Hintertür hinaus, aber Galen folgte ihr auf den Rasen. Lass mich in Ruhe, sagte sie. Sie sah verängstigt aus, und auf einmal wurde ihm bewusst, wie klein sie war, wie zerbrechlich. Sie wich vor ihm zurück.

Ich hätte schon vor vier Jahren aufs College gehen können, zischte er. Dazu ist das Treuhandvermögen da. Wenn da steht, dass es für Ausbildung benutzt werden kann, dann ist es dafür da. Aber das hast du mir nicht erzählt. Weil du alles behalten willst.

Hör auf, Galen. Das verstehst du nicht. Sie wich in Richtung Schuppen zurück. Arme ausgestreckt, in Abwehr.

Wie viel Geld ist da?, brüllte er. Wie viel Geld, verdammt?

Galen, du machst mir Angst.

Knurrend packte er sie an den Schultern, packte fest zu und schob sie an die Schuppenwand.

Hilfe!, schrie sie. Helft mir!

Galen ließ los. Scheiße, sagte er. Als würde ich dir was tun wollen. Was denkst du denn für eine Scheiße? Dass ich dir im Ernst was tue? Ich will nur die Wahrheit rausfinden. Wie viel Geld du vor uns versteckst.

Galen sah sie nicht an. Er ging wieder ins Haus und in sein Zimmer. Er zitterte. Er konnte nicht fassen, dass sie geglaubt hatte, er würde ihr etwas antun. Als wäre er ein Monster.

Am nächsten Morgen wurde Galen das Gefühl nicht los, dass seine Mutter der Feind war. Vielleicht schon sein ganzes Leben. Schwer zu sagen, wie lange schon. Wann hatte sie sich gegen ihn gewandt und warum?

Er hatte nicht schlafen können. Er war bis nach vier durch die Plantage gestreunt. Um sieben aufzustehen war demnach die Hölle. Er war ein Geist, aber er hatte nicht die nötige Energie, um sich das auf irgendeine Weise zunutze zu machen. Packen war sinnlos. Ein in den Seesack gestopfter Kleiderhaufen, außerdem hatte er fünf neue Babybatterien in seinen Kassettenrekorder geschoben und alle seine Kassetten eingesteckt. Er nahm seinen alten Fischerspeer mit, der von einem der Männer seiner Mutter irgendwie in seinen Besitz übergegangen war. Packte Taschenmesser und Feldstecher und Wanderkompass ein. Versteckte einige *Hustler*-Ausgaben in seiner Kleidung, dann nahm er noch *Siddhartha*, *Der Prophet* und *Die Möwe Jonathan* mit.

Den kannst du nicht mitnehmen, sagte seine Mutter, als er mit dem Speer hinunterkam.

Ich nehme ihn mit.

Der passt nicht rein.

Ich stecke ihn durchs Fenster.

Seine Mutter trug eine Schürze. Sie hatte bestimmt Sandwiches gemacht, wahrscheinlich war sie seit Stunden auf. Fahrten zur Hütte waren für sie ein Ereignis. Es gibt nichts aufzuspießen, sagte sie.

Forellen, sagte er.

Die Forellen in dem Bach sind zwanzig Zentimeter groß, Galen. Mit Glück. Und das Wasser ist meistens kaum knöcheltief.

Es gibt ein paar Löcher.

Du nimmst den nicht mit.

Dann fahre ich nicht.

Sie ging in die Küche und kam mit einem Sandwich zurück. Mistkerl, sagte sie und warf es nach ihm. Es landete dumpf an seiner Brust und fiel zu Boden, in zwei Teilen. Erdnussbutter nach unten, Erdbeermarmelade nach oben.

Du wirfst wie ein Mädchen, sagte er, nahm das Sandwich, klappte es zusammen und fing an zu essen.

Sie stand vor ihm und weinte. Hängende Schultern, gesenkter Kopf, Haare gelockt, mit Schürze. Sie stand da und weinte.

Normalerweise hätte er ein ungeheuer schlechtes Gewissen gehabt. Normalerweise hätte er es wiedergutmachen wollen. Aber irgendetwas war jetzt anders. Er mochte sie nicht. Ich weiß nicht, wen du für dein Publikum hältst, sagte er schließlich und trug den Speer zum Wagen.

Die Mafia fand sich ein, während er seine Sachen verstaute. Jennifer im rosa Sweatshirt mit Kapuze auf dem Kopf, verschlafen. Schwer zu glauben, dass sie so bösartig gewesen war. Sie sah weich aus, unverdorben.

Die Luft war noch nicht sehr warm, die Sonne aber

bereits so hell, dass Galen blinzelte. Diese Tageszeit bekam er sonst nicht mit. Alles bleich, ausgewaschen. Ohne Tiefe. Eine zweidimensionale Welt, schablonenhaft. Hecke und Walnussbäume auf derselben vertikalen Ebene, obwohl sie dreißig Meter voneinander entfernt waren. Galen streckte die Hand aus, um sie in die Lücke zu stecken.

Was machst du da?, fragte seine Tante.

Es sah eben so aus, als könnte ich den Punkt berühren, wo die Hecke und die Bäume aufeinandertreffen.

Tja, sagte sie. So was habe ich mir gedacht. Vielleicht solltest du es noch mal probieren.

Galen ließ den Arm sinken. Bei seiner Tante fühlte er sich wie ein kleiner dummer Junge, und das Gefühl mochte er nicht.

Was ist?, fragte seine Tante. Du warst nah dran. Los, ran an den Punkt.

Galen ging ins Haus, durch Diele und Esszimmer in die Küche. Seine Mutter saß zusammengesunken auf einem Küchenstuhl. Kann ich helfen?, fragte er.

Ohne aufzusehen, zeigte sie auf einen Picknickkorb auf dem Tisch. Einen Weidenkorb mit rotkariertem Tuch darüber, noch so eine perfekte Idee, der Traum eines Picknickkorbs. Galen trug ihn zum Wagen.

Kleine Suzie-Q, sagte seine Tante. In den Korb würde ich gern mal scheißen.

Galen fühlte sich jetzt für den Korb verantwortlich. Er setzte sich damit auf die Rückbank, nahm ihn auf den Schoß und ließ den Speer zum offenen Fenster hinausstaken, ein archaischer Wächter. Jennifer auf Armeslänge entfernt, an ihre Tür gelümmelt im Bemühen, wieder einzuschlafen, und seine Tante auf dem Beifahrersitz, allesamt in Wartestellung.

Das Auto heizte in der Sonne auf, und Galens Mutter ließ sich Zeit. Kam langsam heraus, stieg wortlos ein und fuhr den Heckenweg hinunter.

Die machen den leckersten Kürbiskuchen, murmelte Galen, als sie am Bel-Air vorbeifuhren.

Keine Reaktion. Das ist wirklich der köstlichste Kuchen, sagte er. Vor allem Kürbis.

Galens Großmutter war noch nicht startbereit. Das war das Problem mit dem Gedächtnisverlust. Nie war man bereit.

Heute?, fragte sie. Sie sah verängstigt aus.

Ja, Mom.

Aber ich habe noch nicht gepackt.

Wir haben deine Sachen letzte Woche gepackt. Wir haben einen Koffer beiseite gestellt.

Ich muss nach Hause, sagte sie. Ich muss nach Hause, meine Sachen holen.

Wir fahren in die Hütte, Mom.

Ich muss nach Hause.

Du magst die Hütte, Mom. Wir sind immer schrecklich gern dort. Wir werfen den alten gusseisernen Ofen an, und du machst uns deinen Hühncheneintopf.

Warum bringst du mich nicht nach Hause?

Galens Mutter drehte sich um, wandte ihrer Mutter den Rücken zu. Ich schaffe das heute nicht, sagte sie leise. Einer von euch muss sie zum Auto bringen. Ihr Koffer ist im Schrank.

Was hast du vor?, fragte Galens Großmutter.

Als Galens Mutter rausging, sah Galen seine Tante an.

Komm zurück, Suzie-Q, sagte Galens Großmutter.

Ich existiere nicht mal, sagte Galens Tante. Frag sie, ob ich hier bin, dann merkst du es. Jennifer existiert auch nicht. Wir sind unsichtbar. Es ist euer Problem.

Grandma, sagte Galen. Wir wollen in die Hütte. Da trinken wir heiße Schokolade.

Wo ist deine Mutter?

Galen ging zum Schrank und holte den kleinen Koffer heraus. Sieht so aus, als wärst du bereit. Mom sitzt im Auto.

Im Auto?

Ja, wir fahren zur Hütte.

Gut, sagte sie, und dann gingen sie einfach.

Galens Großmutter saß vorn. Galen und die Mafia hinten, Jennifer in die Mitte geklemmt. Ihr Schenkel drall und fest an seinem knochigen Bein. Er wünschte, sie trüge Shorts, aber sie trug eine Jogginghose. Wenn nur die anderen sich in Luft auflösen würden.

Der Tag schon jetzt heiß, und die Luft, die zum offenen Fenster hereinkam, heizte sich weiter auf, als sie an trockenen Feldern mit gelbem Gras vorbeifuhren. Galen spürte, wie ihm ein Schweißtropfen über die Brust rollte, und auf einmal wollte Jennifer hektisch aus ihrem Sweatshirt raus. Lauter Ellbogen, eine schimpfende Tante, aber Galen konnte Jennifers nackten Arm und die Achselhöhle sehen, die Rundung ihrer Brust in einem bloßen Top, so nah an seinem Mund. Er wandte sich ab und blickte aus dem Fenster, damit seine Tante ihn nicht ertappte.

Die offenen Fenster bei Highway-Tempo machten eine Unterhaltung unmöglich, was offensichtlich alle erleichterte. Wenn sie in einem Gebläseofen lebten, würden vielleicht selbst seine Mutter und seine Tante miteinander auskommen. Ohne Worte, die machten nur Ärger. Galen genoss den Frieden, sah die Landschaft vorbeiziehen, gelbes, mit Eichen getupftes Grasland, die Hügel, die allmählich Gestalt annahmen, lange Straßenbögen, die in Pinien hineinführten, Goldgräberland, der Sehnsuchtsort seiner Großmutter, die Hallmark-Grußkarten mochte und sich im Fernsehen *Bonanza* anguckte. Ihre perfekte Welt war eine kleine Westernstadt, in der jedes Wort lieblich und leer war.

Galen fand seine Großmutter unfassbar. Er hatte sie heraufbeschworen, um etwas von ihr zu lernen, aber wie sollte man ihr Leben glauben? Scherte sie sich wirklich um diese TV-Ranch mit Hoss und all den anderen?

Pinienduft, die breite Straße und der Buick, der dahinglitt und abtauchte. Sie fuhren höher in die Berge, höhere Bäume, mehr Schatten, und seine Mutter hielt. Ich lasse ihn nur ein bisschen abkühlen, sagte sie. Damit er nicht überhitzt.

Sie stiegen aus. Steiler Fels, der sich am Straßenrand zehn Meter hoch erstreckte. Eine Bergflanke, ausgebohrt und weggesprengt. Die Luft heiß, trotz Höhe und Schatten. Galen ging zum Felsen und kletterte bis zu einer Stelle, wo er sich anlehnen konnte, der Stein kühl an Gesicht und Händen.

Felsenbruder, sagte Jennifer.

Ich berühre eine andere Zeit, sagte Galen. Als sie in diesen Berg hineinschnitten, haben sie eine andere Zeit geöffnet. Welche das wohl war?

Freak, sagte Jennifer. Und alle Tiere waren klapperdürr und rannten blöde durch die Gegend.

Helen lachte. Versenkt, Jennifer, sagte sie.

Ihr seid nicht still genug, um Ruhe zu finden, sagte Galen. Er schloss die Augen und atmete den Felsen ein, alter Geruch. Wäre die ganze Welt eine Illusion, nur eine alte Seele könnte etwas derart Massives herbeigeträumt haben. Wenn aber die Welt wirklich war und nur die Menschen eine Illusion und die Oberfläche der Dinge? Die Oberfläche veränderlich, nicht aber der Kern. Galen war das aus seiner Lektüre nicht klar geworden. Möglicherweise war dieser Felsen wirklich, und in dem Fall sollte er mit einer anderen Ehrerbietung behandelt werden. Galen atmete einen tiefen Ton aus, tief in seiner Kehle, ein uraltes, kehliges Lied für den Felsen.

Verschone mich, sagte seine Tante, aber er achtete nicht auf sie. Er wiederholte den tiefen Ton, immer wieder, dann sang er etwas Hohes, dann wieder etwas Tiefes, und das Lied wallte in ihm auf. Arme und Gesicht flach am kühlen Felsen, und der Felsen warf ein Echo zurück, sehr schwach, aber für ihn vernehmbar. Er sang jetzt mit dem Felsen.

So talentiert, hörte er seine Großmutter sagen. Mein talentierter Enkel. Und das riss ihn aus der Konzentration. Warum konnten sie nicht alle einfach verschwinden?

Ich ertrage das nicht, sagte seine Mutter. Wir fahren. Egal, ob der Wagen überhitzt. Galen, setz dich ins Auto.

Galen versuchte, an seinem Lied festzuhalten und am Felsen, versuchte, dessen Geist zu spüren, aber wenn seine Mutter sich etwas in den Kopf gesetzt hatte, war sie nicht mehr aufzuhalten. An Konzentration war nicht mehr zu denken, also gab er es auf. Ließ die Arme sinken, seufzte und trat vorsichtig über das Geröll auf die Straße.

Beinahe hatte ich es, sagte er.

Was für ein Verlust, sagte seine Tante.

Du hast noch viele Inkarnationen vor dir, sagte Galen. Du stehst noch ganz am Anfang.

Seine Tante lachte, noch beim Einsteigen lachte sie. Auch Jennifer gluckste, ein ansteckendes Lachen.

Hört auf, sagte Galens Großmutter, aber sie lachten weiter, und seine Mutter fuhr wieder auf die Straße, und da war die Luft, die hereinströmte, und ihr Gelächter, das grundgemein war, kein echtes Lachen, keine Freude darin, und Galen sah aus dem Fenster und versuchte, sie zu ignorieren.

Nackter Granit überall, gewaltige Dimensionen. Horsetail Fall, darunter eine enorme Schlucht. Die nackte Wand von Lover's Leap, Granitpyramiden und Grate, getüpfelt mit Pinien, Tannen und Espen, die Luft jetzt kühler. Sie fuhren um eine Kurve, folgten dem Fluss, bogen vom Highway auf eine schmale Brücke über einen breiten flachen Tümpel, in dem Galen, seit er denken konnte, Forellen jagte.

Das Gelände der Forstverwaltung mit den kleinen Hütten an den unbefestigten Wegen, die Ränder mit Piniennadeln bedeckt. Dunkel und schattig, die Bäume jetzt dicht. Galen spürte wie immer schon die Aufregung der Ankunft. Ihre Hütte ein kleines, zweistöckiges Haus mit Spitzdach. Die Wände aus vertikalen, blassgrün gestrichenen dicken Holzbrettern, die Fensterläden ein mattes Weinrot. Die breite Terrasse und das dicke Holzgeländer von derselben Farbe, bedeckt jetzt von Pinienzapfen und Nadeln.

Wir haben es geschafft, Mom, sagte Galens Mutter. Wir sind da.

Wir müssen das Wasser anstellen, sagte Galens Großmutter. Sie öffnete bereits die Tür und stieg aus.

Sehr richtig, Mutter. Du erinnerst dich.

Natürlich erinnere ich mich.

Sie stiegen alle aus und streckten sich, und Galen stellte

den Picknickkorb aufs Autodach und seinen Speer an eine Pinie. Seine Großmutter bereits unterwegs den Hügel hinauf.

Geh mit, Galen, sagte seine Mutter. Also trottete er hinterher und versuchte, sie einzuholen. Um die Terrasse herum und am kleinen Geräteschuppen vorbei. Sie trug eine blassgrüne Hose, die gleiche Farbe wie die Hütte, und eine braune Bluse. Sie setzte ihre Schritte mit Bedacht, blieb stehen und bückte sich an genau der richtigen Stelle, langte ins Gesträuch, nahm ein loses Stück Borke weg und drehte den Haupthahn auf, der sich dort verbarg.

Du wusstest genau, wo er ist, sagte Galen.

Natürlich wusste ich das. Geh vorne rum und mach den Hahn dort auf. Lass das Wasser laufen, bis es klar ist.

Wird gemacht, sagte er und ging wieder hinunter.

Wo ist Mom?, fragte seine Mutter.

Sie hat gesagt, ich soll den Hahn aufdrehen.

Lass sie nicht allein.

Ich dreh den Hahn auf. Er ging am Auto vorbei zur Pinie, an der sein Speer lehnte. Dahinter verborgen ein hoher Wasserhahn, den drehte er bis zum Anschlag auf, und Wasser schoss heraus, etwas dunkel zunächst, dann klar. Fing eine Handvoll auf, eiskalt, und trank. Schön, sagte er. Dann drehte er den Hahn zu.

Seine Mutter schloss die Außentür auf, seine Großmutter gab Anweisungen. Die Mafia stand mit verschränkten Armen auf der Terrasse und sah zu. Einen Moment lang taten sie Galen beinahe leid, immer am Spielfeldrand. Aber so war es nun mal, und so würde es bleiben. Galen und seine Mutter kamen zuerst und danach sie, basta.

Galen nahm seinen Seesack aus dem Kofferraum. Die Hütte war jetzt offen, und seine Mutter löste die Läden von den Fenstern, seine Großmutter war schon hineingegangen. Er folgte ihr in die Dunkelheit.

Ein muffiger Geruch, eingeschlossen den Winter über. Rauch vor allen Dingen, vom gusseisernen Ofen in der Küche. Aber auch andere Gerüche, altes Holz und Decken, Zeitungen und Anmachholz, Mottenkugeln. Er liebte diesen Ort, mehr als alle anderen.

Seine Großmutter ging immer zuerst in die Küche. Galen folgte ihr, gerade rechtzeitig, um das Licht einfallen zu sehen, als seine Mutter von außen die Fensterläden öffnete. Seine Großmutter mit den Händen auf dem Ofen, den Blick gesenkt, in Erinnerung? Er sah zu, wie sie im fahlen Licht entstand, erstmals geschaffen.

Ihr Gesicht unerwartet alt, Furchen, die sich in Bogen die Wangen hinabzogen. Ihr Blick verschleiert. Sie stand über den Ofen gebeugt, als würde sie darüber zusammenbrechen, richtete sich dann aber auf und fuhr mit den Händen über die runden Eisenplatten. Sie wandte das Gesicht ab.

Galen kam sich vor wie ein Eindringling, also ging er gebückt die enge Stiege hinauf, den Seesack im Schlepptau. Erneut Dunkelheit, und er streckte den Arm aus, um sich zu dem einen schmalen Bett vorzutasten und dann zu dem anderen, trat in den kleinen Gang dazwischen und hievte seinen Seesack auf das linke Bett. Dann legte er sich hin, auf die knotige alte Matratze. Hier konnte er denken. Jeden Sommer lag er hier stundenlang, sein ganzes Leben lang, und träumte von dem, was werden mochte. Hier konnte alles abgewogen werden, und hier konnte er als der erkannt werden, der er war. Nur hier.

Der Nachteil war natürlich, dass er dieses Zimmer mit seiner Mutter teilen musste. Galen hörte, wie Mutter und Tante unten über die Schlafplätze stritten, also tastete er in seinem Seesack nach Kassettenrekorder und Kopfhörer und lauschte Kitaros *Silk Road*.

Sein Atem wurde spürbar ruhiger, und der Stress verließ den Körper. So viel Stress, stets mehr, als ihm bewusst war, bis er an Kitaros Küste gespült wurde. Hier konnte er die Arme ausbreiten, und er konnte fliegen.

Aber dann ging das Licht an. Seine Mutter, die alles kaputt machte.

Ich höre Kitaro, zischte er.

Ich kann mich nicht mit allen streiten, sagte sie. Dazu fehlt mir die Kraft.

Galen streckte sich zur Lampe und löschte das Licht, doch sie machte es wieder an. Aus einem kleinen Koffer auf dem Boden räumte sie ihre Kleidung in die Schubladen der schmalen Kommode zwischen ihren Betten. Wir machen jetzt unser Picknick, sagte sie. Oben auf dem großen Felsen.

Ich habe keinen Hunger.

Dann siehst du uns eben beim Essen zu.

Galen spulte zurück, den quietschenden alten Rekorder. Er brauchte einen Walkman. Aber natürlich war für einen Walkman kein Geld da. Er drückte auf Play und war zurück auf der Seidenstraße, mit geschlossenen Augen.

Galen entspannte sich, wartete darauf, dass das Licht gelöscht wurde und seine Mutter verschwand. Hier in der Hütte auf dieser alten Matratze im Dunkeln hatte er das Gefühl, für etwas bestimmt zu sein. Womöglich nahm sein Leben eine Gestalt an, die auch Größe verhieß, wenngleich es zu früh war, um Genaueres zu wissen. Er spürte den Überschwang seines Geistes, spürte, wie er seiner Brust entströmte und den ganzen Raum einnahm. Doch er konnte sich nicht richtig konzentrieren, weil sie jetzt alle zum großen Felsen gingen, und das machte ihn nervös. Er sollte einfach nicht mitgehen, aber nicht mitzugehen war irgendwie nicht möglich. Seine Mutter eine ständige Störung, ein Riss in der Textur von Raum und Zeit. In ihrer Nähe konnte es keinen Frieden geben.

Galen schlug auf die Stopp-Taste und setzte den Kopfhörer ab. Dann die steilen Stufen hinunter.

Der große Schmortopf auf dem Herd, darauf freute sich Galen, auf das Hühnchen. Das würde er essen, seine alljährliche Pause vom Vegetarierdasein.

Er stand am Ofen wie zuvor seine Großmutter, legte die Hände dorthin, wo ihre gelegen hatten, und fragte sich, woran sie gedacht oder sich erinnert hatte. Ihren eigenen Seelenraum, in dem die verschiedenen Zeiten zusammenfanden. Ihre Kinder klein, ihr Mann noch am Leben, ihr Geist noch intakt. Erinnerte sie sich daran? Erinnert sich ein gebrochener Geist an die Zeit, da er heil war?

Galen wandte sich ab wie zuvor seine Großmutter und fuhr mit den Händen über die gusseisernen runden Platten, die man hochheben konnte, um in den Kohlen zu stochern. Schwarz mit verchromten Rändern. Der Chrom stumpf, aber noch immer schön, Kringel und Blattmuster als Verzierung. Eine hohe Rückwand um ein schwarzes Ofenrohr. Wuchtig und robust. So präsent in diesem kleinen Raum und in ihren Leben. Durch uns manifestiert, sagte Galen mit tiefer Stimme. In diese Inkarnation gebracht als Wegweiser, als Sammelstätte. Ich ehre dich, alter Ofen. Er machte die Augen zu, zog leicht den Kopf ein, verbeugte sich und atmete langsam aus.

Der große Felsen eine weitere Sammelstätte. Er wollte seine Familie nicht sehen, aber den Felsen wollte er wiedersehen, also ging er zur Hintertür hinaus, über die Terrasse und über Piniennadeln, dann den Pfad hinauf zur Wiese. Nur ein paar Büschel Gras, hellgrüne Triebe auf einer offenen Lichtung, sonnig. Eine Abwechslung vom Schatten der Bäume. Und auf halbem Weg zur Wiese, links im Gelände, ein großer Felsbrocken, höher als ein Mensch, sehr breit und fest im Boden. Eine Art klumpiger Pfannkuchen aus Granitschichten. Moosig am unteren schattigen Teil, in den Nischen und an den Überhängen. Ein paar kleine Farne. Oben mit gelben Flechtenblüten gesprenkelt. Alte Felshaut. Jennifer kauerte auf dem Platz, auf dem er gern saß. Sie wusste, dass es sein Platz war.

Tante, Mutter und Großmutter saßen auf dem Boden, an den Felsen gelehnt. Mutter und Großmutter auf der einen Seite des Picknickkorbs, die Tante auf der anderen. Auf dem rotkarierten Tuch Sandwiches, gefüllte Eier, Gewürzgurken, Chips.

Mein hübscher Enkel.

Galen versuchte zu lächeln, aber sein Gesicht parierte nicht.

Iss ein gefülltes Ei, sagte sie, als hätte sie es zubereitet.

Danke Großmutter, sagte er, nahm ein Ei, kletterte auf den Felsen und setzte sich neben Jennifer. Sie hatte sich den einzigen weichen Sattel hier oben geschnappt, den Natursessel. Starrte ins Leere und aß Chips.

Galen schloss die Augen und suchte Ruhe, aber er konnte alle kauen hören. Seine Mutter, wie sie in eine Gewürzgurke biss, unfassbar laut, seine Tante, wie sie Orangenlimonade trank, seine Großmutter, wie sie mit kleinen Schmatzern ihr Sandwich mahlte. Jennifer mit ihren Chips, die klangen, als würden Bäume bersten. Er hasste menschliches Kauen und Schlucken. Er versuchte, sich auf die Bienen zu konzentrieren, die in den Wildblumen kreiselten, auf das Plätschern des nahen Baches, die Brise in den Baumwipfeln hügelan, sogar auf die Autos auf dem Highway, ihre Geräusche vom Wald gedämpft. Aber richtig hören konnte er nur die feuchten Laute von Zungen und Gaumen und Kehlen.

Ihr müsstet euch mal hören, sagte er. Dieses ganze Gekaue und Geschlucke.

Keiner hielt auch nur inne. Wir essen, sagte seine Mutter schließlich.

Jennifer biss von ihrem Sandwich ab und mahlte und

schmatzte so laut, wie sie konnte. Lächelnd beobachtete sie ihn. Sie machte den Mund auf, um ihm das eingespeichelte Mus zu zeigen.

Galen blickte auf sein gefülltes Ei. Das Weiße eine Art Schale für eine hellgelbe, mit Paprika gesprenkelte Pampe. Er schnupperte daran, und ihm drehte sich der Magen um. Es roch nach Stall, und er musste all diesen Tieren um sich herum lauschen.

Tiere, sagte er. Ihr klingt wie Tiere.

Galen, sagte seine Großmutter.

Entschuldigung. Galen kletterte hinunter und ging in die Mitte der Lichtung. Mit einem Stock grub er ein kleines Loch, dann setzte er das gefüllte Ei hinein und bedeckte es mit Erde. Wachse, sagte er. Und trage gefüllte Eier.

Er streckte die Arme aus und versuchte, die weite Wiese zu spüren und die kühle Luft, sein vertrautes Terrain. Er jaulte kurz auf, um zu hören, ob es ein Echo gab, aber nichts kam zurück. Ihr Kauen hörte er immer noch, selbst aus zehn Metern Entfernung.

Ich gehe zum Bach, sagte er. Er stapfte durch die kleinen Bäume seitlich der Hütte hinunter, nahm seinen Speer vom Baum neben dem Wasserhahn und stand kurz darauf an dem Ufer, an dem er jedes Jahr stand. Schmale Schatten huschten unter Felsen und Überhänge. Die Forellen.

Schwer zu sagen, woher die Forellen von seinen Absichten wussten, aber so war es. Wenn er auftauchte, waren sie noch in dem breiten flachen Teil, in dem knöcheltiefen klaren Wasser über einem marmorierten Bachbett mit orangegelben, grünen, dunkelblauen und braunen Steinen. Eine Tarnung, aber die Forellen wussten Bescheid. Sie wussten, dass die Tarnung nicht ausreichte, und verschwanden umgehend ins schnellere Wasser, enge weiße Rinnen zwischen größeren Steinen und Totholz. Verborgene Winkel, Höhlen und Platten. Stellen, die Galen weder einsehen noch erreichen konnte.

Jahrelang hatte Galen es mit diversen Ködern probiert: Lachseiern, Speck, Mais und Fliegen. Keinen einzigen Fisch hatte er gefangen. Aber dieses Jahr würde es anders sein. Dieses Jahr hatte er den Speer mitgebracht. Er hatte keine Speerspitze, also hatte er einen Ring aus Nägeln ans Ende geklebt, ein Dutzend kleine Stecher. Und er würde sich weiter unten anschleichen, damit sie ihn nicht witterten.

Durch die Bäume zu einem größeren Tümpel, der etwas tiefer war, etwa einen halben Meter. Hier würde er anfangen. Vorsichtig näherte er sich, doch sobald er ans Ufer trat, machten sich die kleinen Schatten davon.

Lauft um euer Leben, sagte er. Diesmal kriegt euch Papa.

Er zog sich aus, setzte einen Fuß hinein und zog ihn schnell wieder heraus. Heilige Scheiße, sagte er. Das Wasser war unglaublich kalt. Aber er ging wieder hinein, mit beiden Füßen, die Knöchel bereits schmerztaub, und ließ sich auf Hände und Knie hinab.

Oh, sagte er. Oh, ist das kalt. Aber er schob sich vor, glitt mit Bauch und Brust hinein und tauchte unter. Wedelte wild mit den Armen, ohne Speer. Versuchte, warm zu werden, mit strampelnden Beinen, rudernden Armen,

Knien und Füßen und Ellbogen, die zappelnd auf die Steine knallten. Kein Platz in diesem kleinen Tümpel, aber er musste warm werden, sich bewegen. Er machte die Augen auf, sie brannten in der Kälte. Er konnte die Form seiner Augäpfel spüren, feste kleine Klumpen, die in ihren Höhlen froren. Er brauchte Brille und Schnorchel. Er musste Luft holen, dann tauchte er wieder ab, weiche Steine vorm Gesicht, gesprenkeltes Licht, das die Farben mischte. Alles auf einmal größer, aufgebläht.

Eine andere Welt unter Wasser. Galens Hand riesig, seine Haut ein strammer Sack, der seinen Lebensbrei zusammenhielt, das bisschen kostbare Wärme. Er war ein Planet, der in einem kalten, schwerelosen Vakuum trieb. Luftlos, unpersönlich, mit einem anderen Verhältnis zum Licht. Am Leben erhalten allein durch eine dünne Membran.

Er griff wieder nach dem Speer, hörte ihn über Steine schrappen, überlaut. Das Leben an Land ein geringeres Leben, alles gedämpft, reduziert und stumpf. Er blickte auf Steine und Sand, Wurzeln und dunkle Erde entlang des Ufers, alles ausgedehnt, leuchtend. Das Sonnenlicht schimmernd, in Streifen schwappend.

Wieder musste er Luft holen, mit enger Brust, dann tauchte er erneut ab und versuchte zu entspannen, weniger Sauerstoff zu verbrauchen. Die Forellen umringten ihn. Wenn er ganz ruhig würde, könnte er ihre Bewegung spüren. Forellenbrüder, dachte er. Ich bin jetzt hier bei euch.

Sie saßen in Schaukelstühlen auf der Terrasse.

Er ist ein Chamäleon, sagte Jennifer. Jetzt ist er ganz weiß. Wo ist das Rot geblieben?

Wo warst du?, fragte seine Mutter.

Fischen, sagte er, aber seine Stimme war hohl und zittrig. Die Zähne klapperten. Vorsichtig ging er die Stufen hinauf und stellte seinen Speer an die Tür. Er spürte nur seine Knochen.

Dann gibt es heute Abend wohl feinste Forellen, sagte seine Tante, und Jennifer lachte.

Heute ging es nur darum, zu sehen, wo genau sie sind, sagte Galen.

Sie sind im Bach.

Aufhören, sagte seine Mutter.

Schon okay, sagte Galen. Ich habe den Bach heute so gesehen, wie du ihn noch nie gesehen hast, Helen. Du weißt nichts von diesem Bach.

Nur, dass ich schon mein ganzes Leben hierherkomme.

Das ist genau dein Problem. Du bist schon dein ganzes Leben lang halb wach.

Mal im Ernst, sagte sie. Was machst du bloß, wenn du in die richtige Welt rausmusst?

So wie du, meinst du? Wohnst du nicht auf Grandmas Kosten in einer schäbigen Wohnung? Er hatte noch immer Mühe, die Wörter rauszubringen, aus hohler Brust.

Er musste sich wirklich aufwärmen. Ich gehe in die Badewanne, sagte er.

Dann musst du den Boiler anstellen, sagte seine Mutter. Braucht ungefähr zwanzig Minuten.

Scheiße, sagte er. Mir ist echt kalt.

Galen, sagte seine Großmutter.

Entschuldigung.

Fahren wir heute zurück?, fragte seine Großmutter. Sie sah auf einmal besorgt aus.

Nein, Mom, sagte Galens Mutter. Wir sind gerade erst angekommen. Wir haben viel Zeit.

Ach, sagte sie und setzte sich wieder zurück. Ich finde es furchtbar, wenn ich mich nicht erinnern kann.

Galen ging rein und stolperte über das Ausziehbett. Könnt ihr nicht bis zum Abend warten mit dem Bett?, brüllte er.

Du verwöhnter kleiner Scheißer, brüllte seine Tante zurück.

Helen. Dies kam im Chor von seiner Mutter und Großmutter.

Galen stieg über das Bett. Im Bad stellte er den Boiler an, machte die Tür zu, ließ sich dagegensinken und wurde auf einmal furchtbar traurig. Er hatte sich noch nie mit seiner Tante gestritten, im ganzen Leben nicht. Seine schönsten Kindheitserinnerungen hatten mit ihr zu tun. Ein aufblasbares Schwimmbassin auf dem großelterlichen Rasen, sie rannte drumherum und zog ihn an den Armen, sodass ein Whirlpool daraus wurde. Ihr Lachen damals immer großherzig und echt. Er wusste nicht, was passiert war. Irgendein Ausrutscher, irgendwas, das in den vergangenen Tagen schiefgelaufen war, sich verschoben hatte. Sie hatte schon immer ihre Sprüche gemacht, aber er hatte sie für Scherze gehalten.

Galen begriff nicht, wie Leben sich eigentlich überlappen sollten. Er hatte all diese Menschen in seine Inkarnation geholt, damit er von jedem eine bestimmte Lektion lernte. Aber wenn seine Tante auch einen Geist oder eine Seele hatte, dann musste sie ihre eigenen Lektionen lernen, und wie passte das alles zusammen? Wie ließ sich das koordinieren?

Vielleicht konnte ein Mensch angehalten werden, wie ein Standbild. Seine Tante verharrte im Zorn über ihre Kindheit. Ihr war nicht klar, dass Erinnerung bloß eine Illusion war. Vielleicht blieb man für immer stecken, wenn man sich einer bestimmten Lektion verweigerte. Aber sie hatte früher nicht zornig gewirkt. Vielleicht hatte es damit zu tun, dass Jennifer herangewachsen war. Vielleicht lag es daran. Jetzt kämpfte sie für Jennifer. In seinen frühesten Erinnerungen an seine Tante kam Jennifer nicht vor.

Galens T-Shirt und Shorts waren feucht. Er hatte am Bach kein Handtuch mitgehabt. Seine Haut hubbelig vor Gänsehaut. Er zitterte.

Seine Großmutter mit ihrem nachlassenden Gedächtnis war eindeutig steckengeblieben. Genehmigte sich eine Auszeit. Aber von welchem Spiel eigentlich, das war die große Frage. Warum versuchten alle, Lektionen zu lernen? Galen wusste, dass es darum ging, sich am Ende aller Bindungen entledigt zu haben, aber wozu gab es dann überhaupt Bindungen?

Zwanzig Minuten waren eine lange Zeit. Er zog sein feuchtes T-Shirt und die Shorts aus, nahm sich ein trockenes Handtuch und rubbelte sich damit ab, um durch die Reibung Wärme zu erzeugen. Die Zimmerdecke senkte sich, lange Balken, die in der Mitte durchhingen, eine einzige nackte Glühbirne als Lichtquelle. Ein Anbau, nicht Teil der ursprünglichen Hütte, offensichtlich hatte man früher kein Bad gebraucht. Vielleicht hatte man sich einfach im Bach gewaschen. In der Vergangenheit waren die Menschen widerstandsfähiger gewesen. Wobei es die Vergangenheit natürlich gar nicht gab. Geschichte, noch so eine Illusion. Sie ist nur das, was wir in der Gegenwart daraus machen.

Galen prüfte mehrmals das Wasser, und endlich war es so heiß, dass er sich ein Bad einlassen konnte. Er saß beim Einlaufen in der Wanne, in der köstlichsten Hitze. Es konnte natürlich sein, dass er der einzig echte Mensch hier war, der Einzige mit Geist oder Seele. Vielleicht lebte jede Seele in einem Spiegelland, in dem sonst keiner war.

Galen döste in der Wanne, schläfrig vor Hitze, doch dann hämmerte Jennifer an die Tür. Ich bin als Nächste dran, sagte sie. Beeil dich. Ich will noch vor dem Essen baden.

Galen stand auf und trocknete sich ab, sah sich mit den Beinen vor, denn die waren wieder heiß und rot, und ging mit dem Handtuch um die Hüften hinaus.

Ich kann deine Rippen sehen, sagte Jennifer. Sogar auf dem Rücken. Das ist eklig.

Der Körper ist nur eine Hülle, sagte Galen. Er ist egal.

Abwarten, sagte Jennifer. Sie hatte ihr Haar hochgesteckt und bereits ein Handtuch umgeschlungen.

Beim Hinaufgehen fragte sich Galen, was das heißen sollte. Tante, Mutter und Großmutter saßen noch auf der Terrasse. Sie hatten noch nicht mit dem Kochen angefangen, es würde also noch eine Weile dauern. Er legte sich unter die Decke und nahm den *Hustler* aus seinem Seesack. Er musste aufpassen, nicht zu kommen, für den Fall, dass sie ihn aufsuchte.

Im *Hustler* war ein Mann als Musketier verkleidet, mit einer langen Feder am Hut. Er verschnaufte von seinen Pflichten und war schon mehreren spärlich bekleideten Frauen begegnet. Die Fotostory war wie eine schlechte Schulaufführung, aber das spielte keine Rolle. Galen machte sie trotzdem an.

Er lauschte, ob jemand die Treppe hinaufkam, und das setzte ihn irgendwann so unter Druck, dass er die Zeitschrift weglegte und wartete.

Samsara, Bindung an die Welt. Sexuelle Begierde war das Schlimmste. Ein Bedürfnis, das er im Rückgrat spürte, selbst oben im Nacken noch, und von dort verband es sich mit dem Mund. Es war verrückt, absolut verrückt, und es verlangsamte die Zeit, bis sie kroch. Nur ein Eunuch konnte Frieden empfinden. Kastration. Der schnellste Weg zur Erleuchtung.

Er glaubte eigentlich nicht, dass Jennifer kommen würde, aber sie kam. Als sie auf der Treppe war, machte er die Nachttischlampe an. Sie hielt ein Kartenspiel in der Hand, trug Rock und T-Shirt. Ich habe ihnen gesagt, wir spielen vor dem Essen Karten.

Sie setzte sich aufs Bett seiner Mutter und teilte auf dem Nachttisch Binokelkarten aus. Ihr Rock war kurz, und Galen musste einfach drunterspähen. Es war ihm peinlich.

Schon okay, sagte sie und spreizte die Beine. Du darfst gucken.

Sie trug nichts drunter.

Es gibt ein paar Regeln, sagte sie. Die eine lautet, dass du nur tun darfst, was ich dir sage. Die andere, dass du keinen Piep von dir geben darfst. Und natürlich niemandem was erzählen.

Gut, sagte er.

Sie lächelte. Sieh an. Du kannst es ja gar nicht erwarten. Zweiundzwanzig und noch nie eine Muschi abgekriegt.

Hast du schon mal mit jemandem?

Logisch, sagte sie. Hat doch jeder. Außer dir. Jetzt leg dich hin und rutsch ein Stück runter.

Er schlug die Decke beiseite.

Nein, sagte sie. Decke bleibt drauf. Und wenn jemand die Treppe hochkommt, setz dich schnell auf und nimm die Karten.

Okay, sagte er. Aber was machen wir?

Sie hockte sich auf die Matratze, Knie zu beiden Seiten seines Kopfes, und ließ sich langsam auf sein Gesicht hinab.

Wow, sagte er. Sie sah besser aus als die Frauen in der Zeitschrift, jünger. So vollkommen, sagte er. So schön.

Kein Piep.

Darf ich anfassen?

Darfst du.

Er fühlte die Innenseite ihrer Schenkel mit der Nase. So weich und warm.

Benutz deine Bartstoppeln, sagte sie, also fuhr er mit dem Kinn an ihrem Schenkel entlang.

Das gefällt mir, sagte sie. Dreh den Kopf zur Seite und halt still.

Er gehorchte, und dann spürte er ihre feuchten Lippen auf seiner Wange.

Schmirgelpapier, sagte sie. Schön.

Galen war etwas genervt, weil er mit dem abgewandten Gesicht nichts sehen konnte. Sie bumste sein Kinn, was in etwa so war, als hätte sie Sex ohne ihn. Er drehte den Kopf, aber sie drückte ihn zurück, mit einer Hand auf seiner Stirn, und bumste weiter sein Kinn. Das gefiel ihm gar nicht. Seine ganze Gesichtshälfte war nass.

Okay, sagte sie schließlich. Sie zog sein Gesicht zu sich heran und setzte sich darauf. Du darfst lecken.

Galen konnte kaum atmen. Er bewegte die Zunge, aber was er tat, schien kaum zu zählen. Sie rutschte etwas höher, sodass seine Nase in ihr steckte, und dann bumste sie seine Nase. Es fühlte sich nicht so an, als sei seine Zunge überhaupt noch an ihrer Möse. Sie war tiefer.

Leck mir den Arsch, flüsterte sie, und genau das tat er bereits, wie er jetzt merkte.

Das gefällt mir, stöhnte sie. Das gefällt mir. Sie wurde schneller, stieß heftiger auf seine Nase, die in einer Art Nut gefangen war, und er leckte einfach weiter.

Galen hörte nicht viel, weil sie seinen Kopf mit schweren Schwüngen ins Kissen drückte, und er fürchtete, jemand könnte die Treppe heraufkommen. Wahrscheinlich knallte das Bett schon gegen die Wand.

Er atmete durch den Mund, musste schlucken. Ihm war, als würde er ertrinken. Gesicht und Stirn waren ganz glitschig.

Das gefällt mir, sagte sie immer wieder. Sie packte ihn mit einer Hand am Hinterkopf und zog ihn dichter heran. Schüttel den Kopf dabei, sagte sie. Also schüttelte er den Kopf, während er weiterleckte.

Oh, sagte sie. Ja. Weiterlecken.

Er merkte, dass er mit der Zunge etwas langsamer geworden war. Es war schwer, alles gleichzeitig zu tun: Atmen, Lecken, Kopfschütteln und dabei die Bartstoppeln wirken lassen.

Ihre Schenkel spannten sich an, sie zog sein Gesicht fester heran und wurde langsamer. Er spürte, wie sie zitterte. Noch einmal stieß sie so heftig auf ihn nieder, dass es ihm die Nase hätte brechen können, und dann zuckte sie.

Ah, sagte sie. Aaah. Sie erhob sich von seinem Gesicht und zuckte noch ein paar Mal. Die Muskeln in ihren Schenkeln, die weichen Linien, das wunderschöne Rosa. Unglaublich, dass er das alles sah. Er hatte zuvor schlappgemacht, aber jetzt war er wieder steif, und er konnte es nicht erwarten, ihn reinzustecken.

Sie stieg vom Bett, und er drehte sich zur Seite, um sein Gesicht am Laken abzuwischen. Selbst sein Haar war nass.

Wow, sagte er.

Sie hatte ihren Rock wieder an und saß auf dem Bett

seiner Mutter. Er schlug Laken und Decke auf, und sie blickte auf seinen Schwanz. Tut mir leid, sagte sie. Ich bin fertig.

Was?

Du kannst nicht alles auf einmal haben.

Aber ich hab gar nichts gehabt.

So verwöhnt. Du hattest meine Muschi, mehr, als du verdienst. Weißt du eigentlich, wie viele Jungs in der Schule einen Mord begehen würden, um meine Muschi zu sehen?

Kann ich nicht einfach gucken und dabei wichsen?

Nein. Ich bin fertig. Nimm deine Karten.

Scheiße, sagte Galen.

Heul nicht rum.

Galen wurde auf einmal sehr wütend. Aber er wollte nichts Falsches sagen. Also lehnte er sich an die Wand, gegen sein Kissen, und nahm die Karten.

Fein, sagte sie. Und vor dem Essen könntest du dir vielleicht noch das Gesicht waschen.

Kein Hühncheneintopf zum Abendessen. Der kam später, er musste einen ganzen Tag schmoren. Heute gab es Thunfischauflauf. Ein Glas Mayonnaise, mehrere große Dosen Thunfisch, eine große Tüte Kartoffelchips und obendrauf Scheibletten.

Ihr habt sie wirklich nicht mehr alle, sagte Galen.

Galens Mutter setzte gerade die Auflaufform auf einen Untersetzer in der Mitte des kleinen Tisches. Ellbogen an Ellbogen, so saßen sie in der winzigen Küche.

Ihr habt eine ganze Tüte Chips verbraucht, sagte Galen. Habt ihr eine Ahnung, wie viel Salz da drin ist?

Er schwitzte bereits, der gusseiserne Ofen strahlte unglaubliche Hitze aus. Fenster und Hintertür standen offen, aber das reichte nicht.

Vielleicht solltet ihr endlich mal dieses Unterschichten-Kochbuch wegschmeißen.

Seine Mutter packte ihn so fest am Oberarm, dass die Haut gequetscht wurde, und riss ihn vom Stuhl.

Suzie-Q, sagte seine Großmutter, und seine Mutter ließ los. Er setzte sich wieder.

Was sind wir eigentlich für Abschaum?, fragte er. Ich werde nie aufs College gehen, keiner von uns hat eine Arbeit, und wir hocken hier im Wald. Als Nächstes schlafe ich wahrscheinlich mit meiner Cousine.

Aufhören, sagte Helen.

Jennifer blickte mit schmalen Augen auf ihren Teller. Vielleicht gewann er so ein wenig Macht über sie. Vielleicht brauchte sie die Geheimhaltung dringender als er.

Das sieht dir gar nicht ähnlich, Galen, sagte seine Großmutter. Dein Großvater hat eine Brücke in Sacramento entworfen. Du bist ein Schumacher, und darauf kannst du immer stolz sein.

Tut mir leid, Grandma.

Ein Breihaufen auf jedem Teller, die welken Chips golden und ölig.

Männer sind das Problem, sagte Helen. Erst Dad und jetzt du.

So sprichst du nicht mit meinem Sohn, sagte Galens Mutter.

Hast du nicht gerade versucht, ihm den Arm abzureißen?

Er ist nicht wie Dad.

Aber ich dachte, Dad war vollkommen. Ich dachte, er hat Limonade getrunken und mittags unter dem Feigenbaum gespeist. Ist es doch nicht so gut, wie Dad zu sein? Was ist denn jetzt damit?

Dein Vater war ein guter Kerl, sagte Galens Großmutter. Er hat sein Leben lang hart gearbeitet.

Das ist uns bekannt, sagte Helen.

Nein, dir nicht. Du scheinst das nicht zu verstehen. Er hat für uns alle gesorgt.

Ich wäre lieber gar nicht erst zur Welt gekommen, sagte Helen. Ehrlich. Ich hätte lieber auf diesen ganzen Scheißtrip verzichtet.

Helen.

Ich meine es ernst. Eure Lügen höre ich mir nicht mehr an. Warum vererbst du Suzie alles? Warum gibst du mir nichts und Jennifer nichts? Ich will das wissen, Mom.

Wow, sagte Galen. Du kannst ja richtig austeilen, wenn du mal in Fahrt kommst.

Galens Tante boxte ihm an die Schulter, fest. Boxte erneut und blickte ihm direkt in die Augen, mit blankem Hass, dann boxte sie noch einmal. Er versuchte, sie abzuwehren, aber sie war schnell und schlug kräftig zu.

Und dann geschah etwas Merkwürdiges. Alle wandten den Blick ab. Keiner sagte oder tat etwas, nachdem seine Tante ihn geschlagen hatte. Seine Großmutter blickte summend in ihren Schoß, seine Mutter aß weiter. Jennifer hatte die Arme verschränkt und senkte ebenfalls den Blick. Seine Tante aß auch wieder. Und Galen begriff, dass er gerade zum ersten Mal geschlagen worden war, dass aber alle anderen in diesem Raum schon häufig geschlagen worden waren. Vielleicht mit Ausnahme seiner Mutter, die aber Zeugin gewesen war, genauso häufig.

Galens Schulter pochte, aber er bemühte sich, ein paar Happen Auflauf zu essen. Er hörte das Feuer im Ofen, knackende Kohlen. Er hörte Kauen und Schlucken, nass und verstärkt. Er schmeckte Salz.

Tja, sagte er. So sind wir wohl.

Magst du noch Auflauf, Mom?, fragte seine Mutter.

Danke, gern. Er schmeckt sehr gut.

Galens Mutter füllte demonstrativ den Teller, hob den Löffel in die Höhe. Morgen essen wir Hühnchen, Mom. Das wird so lecker.

Galen erkannte in seiner Mutter die Wiederherstellerin der Welten. Das war ihre Rolle. Wenn alles auseinanderfiel, kam sie und brachte die Zeit wieder zum Laufen.

Morgen können wir einen Spaziergang in Camp Sacramento machen, sagte sie.

Ach, das wird schön, sagte seine Großmutter.

Ich warte immer noch auf eine Antwort, Mom, sagte Helen.

Magst du einen Wein, Mom?, fragte Galens Mutter.

Ja, bitte.

Galens Mutter stand auf und drehte sich zur Anrichte neben dem Ofen um. In diesem Raum war kein Platz. Alle fünf eng beieinander an drei Seiten eines winzigen alten Tisches, der an die Wand montiert war und von einem gelben Plastiktischtuch bedeckt wurde. Die Wände aus schiefen, weiß gestrichenen Brettern. Eine einzige nackte Glühbirne mit Kette. Ausgeblichenes braunes Linoleum auf dem Fußboden. Der Ofen wie eine Verbrennungsanlage. Alle Gesichter schweißnass.

Galens Mutter kehrte mit einer Flasche Weißwein zurück, Riesling, und der Geruch versetzte Galen sofort zurück. Sie schenkte sich und ihrer Mutter ein und bot sonst niemandem etwas an. Die beiden tranken und aßen, während Galen und die Mafia zusahen und Galen sich fragte, wieso sie hier alle zusammen waren.

Warum machen wir hier eigentlich auf Familie?, fragte er. Was haben wir davon?

Seufzend leerte Galens Mutter ihren Wein, schenkte sich nach. Galens Großmutter starrte gleichsam staunend in ihr Glas. Sie hatte es, beinahe leer, gleich neben dem

Teller abgesetzt und ließ es, den Stiel zwischen zwei Fingern, sanft kreisen, die Handfläche nach unten, als würde sie damit etwas besprechen, als wäre der Tisch ein Spiegel und der Wein darauf so etwas wie ein goldener Schlüssel. Sie sah gebannt aus, die Augen feucht und groß, die Lippen leicht in Bewegung, als spräche sie eine Beschwörungsformel, etwas Archaisches, etwas, das die Übrigen nicht verstanden. Sie wirkte, als wollte sie etwas verkünden, deshalb waren die anderen still.

Die nackte Birne und ihr grelles Licht erweckten den Eindruck, als müsste man seine Großmutter, wollte man sie entfernen, aus dem Stoff der Welt schneiden, worauf ein Loch übrig bliebe. Alle wirkten sie so auf Galen, als wären sie zweidimensional, flach, montiert. Jennifer noch immer mit verschränkten Armen, reglos, starr. Seine Mutter mit ungeahnt tiefen Furchen um den Mund, als wären die Lippen losgelöst vom restlichen Gesicht, hinzugefügt. Die Augen in zu großen Höhlen vergraben. Die Wellen ihres Haars modelliert und unverbunden. Sie sah fabriziert aus, zusammengeschustert, erfunden.

Galen spürte, wie unwirklich sie war, spürte es zum ersten Mal direkt und unwiderlegbar. Sie setzte erneut ihr Glas an, doch selbst diese Bewegung wirkte marionettenhaft. Die Welt gleichsam mit einer Ratsche festgezogen, jedes Einzelteil unter Spannung, und alles drohte zu reißen.

Galen wollte weg. Er wollte weg von diesem Tisch. Dieser Tisch fühlte sich gefährlich an. Er begriff jetzt, dass seine Familie von Gewalt zusammengehalten wurde. Aber er war hier gefangen, an seinem Platz festgeklebt, konnte sich nicht rühren. Er konnte nur zusehen, und die einzigen Bewegungen waren das Glas seiner Mutter und das Glas seiner Großmutter und ihre Handfläche, die langsame Kreise zog, und das flackernde Licht.

Galen las Khalil Gibrans *Der Prophet*, jenes Buch, das ihm am meisten bedeutete und in das er sich vertiefte, wenn seine Bindung zur Welt überhandnahm.

Eure Kinder sind nicht eure Kinder.
Sie sind die Söhne und Töchter der Sehnsucht des Lebens nach sich selber.
Sie kommen durch euch, aber nicht von euch,
Und obwohl sie mit euch sind, gehören sie euch doch nicht.

Das war die Wahrheit, das wusste Galen. Er war größer als seine Mutter, zu Höherem bestimmt. Sie musste begreifen, dass sie nicht über ihn verfügen konnte. Oder die Illusion von ihr musste das begreifen, oder er musste begreifen, dass die Illusion von ihr keine Macht über ihn hatte; oder so ähnlich. Das war alles sehr verwirrend. Jedenfalls musste er ihre Bindung zu ihm lösen, weil sie ihn aufhielt. Und seine Tante musste begreifen, dass sie von ihren Eltern befreit war, dass ihr Leben ihr gehörte. Wenn doch nur alle Gibran begreifen würden, gäbe es so viel weniger Leiden.

Es war schwer, in einer Familie jüngerer Seelen zu leben. Galen war eine alte Seele, nahe der Transzendenz, im Begriff, seine letzte und schwierigste Lektion zu lernen, seine endgültige Loslösung von Familie, aber die Übrigen fingen gerade erst an. Sie wussten nicht mal, dass sie überhaupt auf dem Weg waren. Sie wussten nicht, dass der Weg existierte, und es war ermüdend, sie aufwecken und mitziehen zu wollen. Es war ein Dienst, den Galen ihnen erweisen musste, eine Selbstlosigkeit, ebenso eine der letzten Lektionen. Momentan jedoch fühlte er sich dieser Aufgabe nicht gewachsen.

Er ließ das Buch auf die Brust sinken und sah sich im Lampenschein in dem kleinen Zimmer um. Die schräge Decke, das nackte Holz, die vertikalen Wandbretter, dunkelbraun gestrichen. Er fragte sich, ob er vielleicht auch ein Prophet war. Vielleicht war das seine Rolle.

Jesus war ein Prophet gewesen. Ein gewöhnlicher Mensch, ein Zimmermann, doch eine alte Seele, bereit, anderen die Augen zu öffnen.

Galen mochte dieses Zimmer, einen Ort, in dem er sich auf sich selbst besinnen konnte. Das ließ sich das restliche Jahr über leicht vergessen, da Samsara an ihm arbeitete. Doch dieses Zimmer wirkte gerade zu klein. Galen spürte, dass er kurz davor war, etwas zu lernen. Er spürte, wie sich seine Seele ausdehnte.

Also stand er auf, zog Jeans, ein Sweatshirt und Stiefel an, denn draußen würde es kalt sein, in den Bergen nachts war es immer kalt. Er versuchte, die Treppe hinunterzuschleichen, aber die Stufen knarrten, und er wusste nicht, wohin er sich wenden sollte. Ging er nach links, musste er an seiner Tante und Jennifer vorbei, um zur Vordertür hinauszukommen. Ging er nach rechts, musste er an seiner Mutter und Großmutter vorbei, die am Küchentisch saßen. Er wollte weder in die eine noch in die andere Richtung. Er wollte eine dritte Tür, doch genau die bot das Leben nicht, und vielleicht war das gut so. So werden wir herausgefordert, so werden wir gezwungen, unsere Lektionen zu lernen.

Galen ging nach links, weil er nicht noch einmal mit seiner Mutter und Großmutter in dieser Küche sein konnte.

Jennifer und Helen auf dem Ausziehbett, unbequem angelehnt. Zwischen Matratze und Rückenteil klaffte eine große Lücke, weshalb ein Kissen als Stütze nicht hielt. Sie würden einen Knick im Hals bekommen.

Lass mich raten, sagte Helen. Du wurdest gerufen von Vater Granit, um die Kieselsteine zu Felsen umzusingen?

Galen ging hinaus, ohne sie zu beachten. Schnell die Treppe hinunter auf den Feldweg, die Piniennadeln. Klare, kalte Luft, der Geruch von Holzrauch, alles mit Mondlicht getüncht.

»Ihr werdet sehen, wie Er in den Blumen lächelt, aufsteigt und aus den Bäumen winkt.« Gibran hatte recht. Galen musste nur sehen lernen, fühlen lernen. Das Muster des Mondlichts, gefiltert durch die Bäume. Alles um ihn her eine Präsenz und ein Zeichen. Der Bodhisattva in allen Dingen. Der Buddha in jedem Fels und jedem Baum. Jede Piniennadel besser als eine Kirche.

Galen blieb stehen und spürte den Bodenkontakt, zog Stiefel und Socken aus, konzentrierte sich darauf, leichter zu werden. Ließ die Energie der Erde durch seine Sohlen sickern. Er setzte sich wieder in Bewegung, versuchte aber, es absichtslos geschehen zu lassen, versuchte, sich authentisch zu bewegen, versuchte, sanft aufzutreten, ohne darüber nachzudenken. Authentische Bewegung lernte er gerade. In der Nähe des Hauses seiner Großeltern gab es einen New-Age-Buchladen, zu dem er jahrelang nach der Schule gegangen war, aber sie hatten ihn aufgefordert, nicht wiederzukommen, sprachen von Belästigung, obwohl er doch nur seine Aura auf eine junge Angestellte ausgerichtet hatte. Sie war eine jüngere Seele, reizend, aber ängstlich, verblendet. Er hatte ihr helfen wollen. Die Ausrichtung funktionierte am besten, wenn er dicht hinter ihr stand und die Arme ausstreckte, aber das gefiel ihr nicht. Es machte ihn immer noch wütend, ein Gefühl, das er eigentlich loslassen wollte. Er durfte jetzt Bücher per Post bestellen, und sein neuestes behandelte Authentische Bewegung, wie man den Körper seinen Weg finden ließ, ihn antworten ließ, wie man von ihm lernte, die Bindung zum Selbst, zur Vergangenheit, zur Wut zu lösen, die Verbindung zu Erde und Luft willkommen zu heißen.

Galen sackte der Kopf zwischen die Schultern, und die Lippen fühlten sich schwer an, wie von einem Frosch. Aus irgendeinem Grund passierte das immer, wenn er sich zu konzentrieren versuchte, und das lenkte ab. Wieso war er sich seiner Lippen überhaupt bewusst? Er wollte sich auf seine Bewegung konzentrieren.

Er breitete die Arme aus, drehte die Handflächen nach oben, öffnete sich dem Universum. Versuchte, die Bewegung geschehen zu lassen, aber das machte ihn irgendwie nur langsamer und blockierte seine Hüften. Also probierte er einen anderen Schritt, so wie damals über die Kohlen, entschlossenere, längere Schritte. Es war ein Workshop gewesen, nur ein Abend, und er hatte fast die ganze Diskussion verpasst, weil er sich einverstanden erklärt hatte, nach dem Feuer zu sehen, um seine Kosten zu reduzieren. Dass er immer seine Mutter um Geld bitten musste. Ein großes Lagerfeuer, es brannte ihm im Gesicht, während die anderen über Angst sprachen und darüber, die eigene Angst als Ratgeber zu benutzen. Einiges schnappte er auf. Dann harkte er die Kohlen zu einem fünf Meter langen und ein Meter breiten Bett, die Glut und das Prickeln in seinem Gesicht.

Alle versammelten sich auf der Wiese um die Kohlen, das Gras kühl und feucht, doch die Kohlen glühend. Galen hatte Angst, wurde aber vom Gesang um ihn herum beflügelt, alle mit ausgebreiteten Armen und erhobenen Handflächen. Dann gingen sie über die Kohlen, einer nach dem anderen. Viele zuckten, ein Hüpfer nach wenigen Schritten, verbrannt. Andere jedoch marschierten einfach drüber.

Als Galen schließlich an der Reihe war, erfüllte ihn wunderschönes Vertrauen, urplötzliche Gewissheit, dass das Universum sich seiner annehmen würde, ein Gefühl, dass seine Angst sich in etwas Machtvolleres, Reineres verwandelt habe, und mit bloßer Neugier wanderte er hinüber. Er spürte, wie die Kohlen von seinen Füßen zerdrückt wurden, spürte sogar ihre Hitze. Er fühlte jedes Stück Holz, die Zerbrechlichkeit, das Feuer als eine Art Netz, das dem Holz die Substanz entzogen hatte, und er verbrannte sich nicht. Er lief hinüber und stand wieder auf der Wiese, und ihm war, als habe er ein großes Geschenk erhalten.

Hinterher half er beim Aufräumen, und er sah, wie die Leiterin des Workshops ihre Füße behandelte. Er hatte kein Zucken oder Hüpfen bei ihr gesehen, aber beide Fußsohlen waren ungeheuer verbrannt, lange, pustelige Streifen roter Haut wie auf einem Hotdog. Sie trug eine weiße Creme auf, wickelte einen Verband darum und zog dann weite Schlappen an. Und nahm ein Vicodin.

Was ist?, frage sie, und er wusste nicht, was er sagen sollte. Sie verdiente an die zwanzigtausend Dollar pro Abend, wahrscheinlich war das die Motivation, und er fühlte sich betrogen.

Doch als er jetzt auf den Piniennadeln ging, versuchte er sich daran zu erinnern, was er damals beim Gang über die Kohlen empfunden hatte, denn etwas daran war echt gewesen. Etwas war passiert, und warum sollte er diese Sphäre nicht noch einmal betreten können.

Er versuchte sich zu fühlen wie eine zwischen Erde und Mond gespannte Hängematte. Wankend in der ätherischen Brise, dem Wind aus der Schattenwelt. Sein Körper beinahe eine Stimmgabel. Seine bloßen Füße auf dem Weg schwerer, als ihm lieb war, und er versuchte, sie zu lösen, sie vom Gewicht zu befreien. Scharfe Stiche von Steinen und Nadeln, die er zu ignorieren versuchte. Feierliche Schritte, geschmeidige Bewegung, und er merkte, dass er zum breiten, flachen Wasser an der Brücke gezogen wurde, dem offenen Teich. Er wurde davon angezogen, er wusste noch nicht, weshalb, aber er folgte.

Der Weg ein Korridor, durchwirkt von Mondlicht und

Schatten. Eine Reise. Die Lider halb geschlossen, er versuchte zu sehen, ohne hinzusehen. Spürte die Energie, wie sie sich sammelte. Sein Kronenchakra weit geöffnet.

Er sang. *Heya, hey hey, ya eh oh ee, ya eh oh ee, heya heya hey hey hey how.* Ein Lied, das er mal in einer Schwitzhütte gelernt hatte, ein wunderschönes Lied, das etwas bewirken sollte. Ein Geistertanz oder Sonnentanz oder so was. *Heya nico-wie, heya nico-wei, heya nico-wei hung-ee hei hei hei hei how.*

Beim Singen hüpfte er ein wenig, mit erhobenen Armen, kehrte dann aber zu einem gemächlicheren Gang zurück. Das fühlte sich echter an, feierlicher.

Und auf einmal stand er auf der Lichtung, im prallen Mondschein, der Feldweg weiß leuchtend und die breite Wasserfläche glänzend vor ihm. Und der Mond, lockend. Er fühlte sich von ihm angezogen, anerkannt, verstanden. Das Lied war zu einem Mondtanz geworden, und der Mond hatte zugehört.

Der Mond bot ihm ein Geschenk, dieses Wasser. Deshalb hatte es ihn hierhergezogen. Die Wasseroberfläche ständig in Bewegung, das Licht nie starr, sondern in Mustern wechselnd. Das war es, was Siddhartha gesehen hatte. Im Fließen des Wassers liegt das Verfließen des Selbst und aller Bindung, und in den Formen der Oberfläche spiegelt sich das Antlitz aller Dinge. Jede Sehnsucht, jeder Schmerz, alles nimmt einen Augenblick lang Gestalt an, eine Gaukelei des Lichts, und löst sich dann auf. Wenn wir auf Wasser blicken, träumen wir und erinnern uns an den Sog früherer Inkarnationen, und wir sehnen uns nach unserer wahren Gestalt jenseits dieses Körpers, jenseits dieser Inkarnation, jenseits dieser Welt der Illusionen.

Galen begriff jetzt, was er heute Nacht tun musste. Das Mondlicht ein Pfad über das Wasser, der Beweis dessen, was er war, endlich. Er ging darauf zu oder wurde gegangen, das Universum lenkte seine Füße. Der Strom schöner Laute, das Blubbern und Fließen, eine beruhigende Stimme, sanftes Licht, und er hatte seine Füße verloren. Sie waren eins geworden mit dem Licht und würden über die Oberfläche laufen, wie das Licht, das auf dem Wasser lag.

Galen ekstatisch, seine Seele durchdrungen von Liebe. Sein Fuß auf der Oberfläche kalt, der Atem des Wassers, das war in Ordnung, es geschah, doch dann sackte sein Fuß ein, und er kippte, versuchte, die Handflächen oben zu halten, den Moment zu retten, nicht das Vertrauen zu verlieren. Der nächste Schritt konnte durchaus halten, also setzte er seinen anderen Fuß auf, doch auch der sackte ein, und sein Knöchel knickte auf dem Stein darunter um, und er fiel nach vorn, traf mit dem Gesicht aufs Wasser, ein eisiger Schreck, der ihm alle Luft nahm. Er atmete Wasser und drückte sich von Steinen und Sand ab, ruderte mit den Armen. Er hustete, stolperte und fiel wieder, sein Knöchel verstaucht, zu schwierig, darauf zu stehen, also setzte er sich auf den Po und zog sich mit den Armen rückwärts ans Ufer. Er kroch aus dem Wasser und legte sich auf den Boden, sein Körper im Dreck. Verdammt, sagte er. Wann ist es endlich so weit?

Galen humpelte den Weg entlang, klitschnass, zitternd und dreckig, die nasse Jeans und das Sweatshirt schwer, und als er die Hütte erreichte, fragte er sich, wie er reinkommen sollte. Nicht durch die Vordertür. Diese Genugtuung würde er seiner Tante auf keinen Fall bereiten.

Baden würde er auch nicht können. Dazu war es zu spät. Also war seine einzige Hoffnung der Ofen.

Galen trat leise auf die Terrasse, duckte sich unter dem Küchenfester und ging um die Ecke, um durch das kleinere Fenster über der Spüle zu spähen. Seine Mutter und Großmutter saßen noch immer an dem kleinen gelben Tisch und tranken gelben Wein. Eine zweite Flasche, beinahe leer. Alles verzerrt durch das alte Fensterglas, gebogen, die obere Flaschenhälfte vergrößert, die untere geschrumpft. Der Kopf seiner Großmutter zu klein. Alles gelb, so schien es, selbst die weißen Wände in gelbes Licht getaucht.

Das konnte dauern. Sie tranken selten, aber wenn, dann ging es geradewegs in die Vergangenheit. Die leeren Kisten seines Großvaters draußen vor der Tür zur Speisekammer. Galen hatte keine einzige Erinnerung an ihn, die ohne Wein auskam, ohne den Geruch von Riesling, dem einzigen Wein, den er trank, ein Stück alte Heimat. Galen wusste nicht, wo in Deutschland sein Großvater herkam, wusste nicht, wie es dort aussah, hatte keine Ahnung von der Kindheit seines Großvaters. Alles verloren. Sowieso eine Illusion, dennoch eine, die Galen kennen wollte, und sei es, um seinen Großvater besser einordnen zu können. Sein Großvater, schon mit seinem dicken Finger auf die Welt gekommen, der durch die Luft kreiste, der Galens Bauch attackierte, summend, *bsss, bsss, bsss, bsss* machte sein Großvater, und Galen gruselte sich vor diesem Finger. Die früheste Erinnerung und natürlich überflutet von dem Geruch nach Wein. Der Weinatem seines Großvaters, die dunklen Zähne, die dichten Haare in den dunklen Nasenlöchern, der Versuch zu spielen, der Versuch, so etwas wie Zuneigung zu zeigen, aber er war einfach nur gruselig, alles an ihm, sein Finger, der viel zu heftig in Galens Bauch tauchte, alles, was er tat, zu ruppig. Galen hatte keine einzige Erinnerung an seinen Großvater, die nicht mit Angst zu tun hatte.

Doch hatte er nur eine einzige Erinnerung an wirkliche Gewalt. Sein Großvater, der seine Großmutter an den Haaren über den Küchenboden schleifte. Galen hatte zuerst gelacht, als er in die Küche gerannt kam und sie erblickte. Es sah aus wie ein Spiel, ein Spaß, nur passten die Geräusche nicht dazu. Seine Mutter scheuchte ihn rasch fort, aus dem Haus, und jede weitere Erinnerung, die mit Gewalt zu tun haben mochte, war eine Erinnerung an Geräusche und an Weggehen.

Helen hatte recht, Männer waren das Problem. Galens Großvater die Quelle allen Übels in der Familie. Aber sie konnte nicht behaupten, dass Galen genauso war. Das war ungerecht.

Galen verstrickte sich viel zu sehr in die Illusionen. Er musste sich daran erinnern, dass nichts davon wirklich war. Sein Großvater war bloß ein Prüfstein, eine Markierung wie der alte Ofen oder der große Felsen. Verzweiflung, Trübsinn über seine Familie war nur eine Verzögerung auf seinem Weg. Eine Weigerung, weiterzugehen, eine Ablenkung, eine Feigheit vor den Lektionen. Es konnte sich echt anfühlen, aber es war nicht echt. Man konnte sich ein ganzes Leben lang verfangen in diesem Zustand, so wie seine Tante, aber das war ein leichtfertiger Fehler, eine Schwäche, eine vergeudete Inkarnation.

Der Ofen strahlte ein wenig Wärme ab, sogar draußen, also stellte sich Galen flach an die Wand, mit einer Wange am Holz. Seine nasse Kleidung so schwer und dick, dass sein Körper vielleicht die innere Schicht wärmen konnte, wie ein Neoprenanzug. Aber er zitterte. Er hatte einfach keine Reserven. Kein Fett. Mit Kälte konnte er nicht gut umgehen. Eigentlich sollte er diese Inkarnation schnell hinter sich bringen, einfach nur seine letzten Lektionen lernen und fertig. Sein Körper war nicht für die Dauer bestimmt. Essen und Pissen und Scheißen bloß eine Ablenkung, die er satthatte, seine alte Seele frustriert davon, das Spiel immer wieder spielen zu müssen.

Galen schmiegte sich an die Hüttenwand, versuchte sich vorzustellen, wie er die Arme um das gesamte Gebilde schlang. Er wartete und wartete, völlig durchgefroren, bis endlich das Licht ausging, das Fenster dunkel wurde. Der Unterkiefer wie eine Nähmaschine. Er wartete noch ein paar Minuten, ging dann zur Hintertür und vorsichtig hinein.

Die Küchenluft wärmer, aber nicht so heiß, wie er gehofft hatte, das Feuer im Ofen schon lange aus. Er streifte seine nasse Kleidung in einer Ecke hinter der Tür ab, dann tastete er sich am Tisch entlang zu den Schubladen unter der Spüle. Fand die Streichhölzer, zündete eins an und hielt es an den Ofen. Er würde noch ein Feuer entfachen. Mit dem Chromgriff hob er eine der runden Platten an, das Streichholz ging aus, und er stand wieder im Dunkeln. Aus der Ofenöffnung kam aber heiße Luft, er legte die Platte behutsam zur Seite und tastete weiter. Das Gusseisen außen warm, innen noch wärmer, also beugte er sich vor, mit der Brust über der heißen Öffnung, und klammerte sich an den Ofen. Das würde ausreichen. Er brauchte kein weiteres Feuer. Er spürte den Atem des Ofens warm auf Brust und Bauch und presste die Arme an die trockene warme Ofenhaut, bis er aufhörte zu zittern, ging knarrend die Treppe hoch zu seinem Bett und legte sich unter einen Haufen Decken. Das Gewicht der Decken war herrlich, vier Lagen, etwas, das er nur hier in der Hütte hatte. Er rollte sich ein wie ein Embryo, steckte den Kopf unter die Decken und fühlte sich geborgen in seinem Nest.

Der Geruch von Speck weckte Galen. Schöner, satter Geruch, und er spürte seinen Hunger, das hohle Gefühl in seinem Innern. Speck. Es würde auch Pfannkuchen geben und Rührei. Wenn er den Toast roch, war es so weit. Das Geträller seiner Mutter in der Küche, ihre glückliche Stimme. Plauderei mit seiner Großmutter, und selbst die Stimme seiner Tante hörte er. Eine Zeit des Friedens. Ein neuer Tag.

Galen kuschelte sich in seine warmen Decken, obwohl sich die Luft vom Ofen aufgewärmt hatte. Er wartete, bis er den Toast roch, dann schlug er die Decken beiseite und zog Shorts und ein T-Shirt aus seinem Seesack. Leider hatte er keine weitere Hose. Nur die nasse Jeans.

Galen, rief seine Mutter. Sie sang es, ein Heben auf der ersten Silbe, ein Senken auf der zweiten. Ga-len. Eine glückliche Zeit. Und er war bereit, mitzumachen. Er ging nach unten, wo alle um den Tisch versammelt waren, drückte sich auf seinen Platz und sah zu, wie sich sein Teller mit zwei Pfannkuchen, Eiern, Speckstreifen und Toast füllte. Ein Becher heiße Schokolade.

Wow, sagte er.

Frühstück wie daheim, sagte seine Mutter. Frühstück wie bei den Schumachers.

Galen beugte sich über seinen Teller und schnupperte

den Speck, ein tiefes Einatmen, und schloss die Augen. Seine erste Mahlzeit seit Ewigkeiten, so schien es. Er aß mit bloßen Händen, wollte keinen Abstand, keine Gabel. Hielt den Kopf weit unten, drückte die Nase in die heißen Pfannkuchen und den warmen, klebrigen Sirup. Kostete den Speck, den Rauch und das Salz und das Fett und das Fleisch, unglaublich gut. Er summte, sein Inneres erwachte zum Leben.

Das Ei feucht, nicht zu fest, schwarzer Pfeffer und Knoblauch und Zwiebeln. Er zwirbelte die Zunge durchs Rührei und sog daran, schob sich den Toast in den Mund. Die Mischung. Toast und Ei. Speck und Ahornsirup.

Sieht aus, als wenn's meinem Kerlchen schmeckt, sagte seine Mutter.

Hm, sagte er. Herrlich. Danke, Mom.

Du brauchst ein ordentliches Frühstück, sagte seine Großmutter. Du gehst bald studieren. Er machte die Augen auf und sah zu ihr hoch. Sie wirkte so stolz, lächelte ihn an mit glänzenden Augen.

Ja, sagte er.

Was hast du für Kurse belegt?

Französische Lyrik, sagte er. Weil ich mein Auslandsjahr in Frankreich absolviere, in Paris.

O la la, sagte seine Großmutter und stupste seine Mutter anerkennend mit dem Ellbogen an. So glücklich hatte sie seit Jahren nicht ausgesehen. Das klingt wunderbar. Und du hast es verdient. Du hast so hart gearbeitet.

Danke, Grandma.

Wo wirst du wohnen?

Galen biss vom Speck ab, malte sich mit der rauchigen, fetten Wonne im Mund aus, wo er wohnen würde. Sorbonne, sagte er.

Ooh, sagte seine Großmutter.

Das ist eine Partner-Universität meiner Uni. Und die Wohnheime sind alle im obersten Stock, direkt unter den riesigen Dächern, die man in Paris überall sieht. Die Fenster haben Holzläden, die Hunderte von Jahren alt sind, und wenn man aufwacht, kann man die Läden aufstoßen und ganz Paris überblicken.

Ich freue mich so für dich. Mein hübscher junger Mann. Denk nur, wen du alles kennenlernen wirst.

Das Auslandsjahr ist noch eine Weile hin, sagte seine Mutter.

Aber planen darf man doch schon mal, sagte seine Tante. Ich finde das wirklich toll. Und wer weiß, was alles passiert! Vielleicht wird Galen Professor an der Sorbonne, wenn ihm Paris richtig gut gefällt. Bestimmt wollen sie ihn dabehalten.

Selbstverständlich, sagte seine Großmutter.

Also, sagte seine Mutter. Heute ist ein wunderschöner Tag, die Sonne scheint. Wollen wir nicht nach dem Frühstück in Camp Sacramento spazieren gehen?

Ich möchte mehr über Paris hören, sagte Jennifer.

Ich auch, sagte Helen.

Zu dem Auslandsjahr gehört ein Tutorium bei einem französischen Dichter. Bis dahin muss mein Französisch sitzen, also werde ich die nächsten zwei Jahre richtig büffeln. Wenn man eine Sprache lernen will, muss man jeden Tag daran arbeiten.

Na, das dürfte doch für dich kein Problem sein, sagte seine Tante.

Galen biss von seinem Pfannkuchen ab und dachte, das würde er tatsächlich hinkriegen. Er könnte tatsächlich zwei Jahre lang Französisch lernen und dann ein Jahr in Paris leben und bei einem Dichter studieren. Nur seine Mutter hielt ihn zurück.

Ich muss ihnen übrigens nächste Woche einen Scheck schicken, sagte er. Hast du zufällig dein Scheckbuch mit, Grandma?

Ach, sagte seine Großmutter überrascht. Ach ja, bestimmt habe ich es irgendwo. Suzie-Q, wo ist mein Scheckbuch?

Galens Mutter sah aus wie vom Donner gerührt.

Nächste Woche ist auch Jennifers Scheck für die Uni fällig, sagte Helen. Was für ein Zufall. Da kannst du beide Schecks auf einmal ausschreiben.

Ja, sagte Galens Großmutter. Ja, natürlich. Sie sah besorgt aus. Sie wusste, dass etwas nicht stimmte, und sie tat Galen jetzt schrecklich leid. Es war aus dem Ruder gelaufen.

Ich glaube, wir haben das Scheckbuch zu Hause gelassen, Mom, sagte Galens Mutter. Das machen wir, wenn wir zurück sind.

Ich bin mir ziemlich sicher, dass du es dabeihast, sagte Helen. Ich hole deine Handtasche, Sekunde. Sie stand rasch auf.

Helen, sagte Galens Mutter, aber Helen war bereits ins Zimmer ihrer Mutter unterwegs. Galens Mutter stand auf und ging hinterher.

Galens Großmutter hob die Augenbrauen. Ach je, sagte sie. Ich weiß nicht genau, was hier vor sich geht.

Schon gut, Grandma, sagte Jennifer. Du schreibst bloß Schecks für die Uni, für Galen und mich. Das College fängt bald an.

Ach. Sie sah Jennifer an, und da wurde Galen bewusst, dass sie Jennifer überhaupt nur selten ansah. Du bist jetzt auf dem College? Bist du schon so alt?

Ich fange nächsten Monat an, sagte Jennifer.

Du siehst so jung aus. Wo studierst du denn?

Stanford.

Stanford. Ach je. Wie hast du es denn nach Stanford geschafft? Dafür bist du doch gar nicht klug genug, oder?

Ich habe meine Hausaufgaben gemacht. Du hast mir geholfen. Wir haben stundenlang zusammen gelernt, Grandma. Jennifer griff nach der Hand ihrer Großmutter. Tausend Dank für deine Hilfe, Grandma.

Ach. Und wo geht Galen hin?

Chico State.

Chico State?

Ja. Er macht nicht gern Hausaufgaben.

Hör auf, sagte Galen. Bin gleich zurück. Er hörte, wie seine Mutter und seine Tante im hinteren Zimmer stritten, und er wusste, dass er jetzt seiner Mutter beistehen musste.

Er war fast beim Ausziehbett angelangt, als sie aus dem Zimmer seiner Großmutter platzten. Beide hielten eine hellbraune Tasche fest, geräumig, robust und alt mit großen Griffen. Seine Mutter zerrte kräftig daran und brachte seine Tante ins Wanken. So hatte er seine Mutter noch nie gesehen, zähnefletschend in ihrer fröhlich geblümten Schürze.

Dann riss seine Tante an der Tasche, und seine Mutter knallte an die Wand, rutschte und stürzte in die schmale Lücke zwischen Wand und Bett, mit rudernden Armen. Seine Tante jetzt auf dem Ausziehbett, und Galen stürmte zu ihr, hatte einen Fuß auf der Matratze, als sie ihn mit ausgestrecktem Arm fortstieß und ihn mit grimmig entschlossener Miene einfach überrannte. Er fiel, kippte nach hinten über, sein Kopf schlug auf und prallte ab, der Schädel zu schwer, wie eine Bowlingkugel, und er bekam keine Luft, konnte nichts sehen. In seinem Kopf heulte es auf wie ein Düsentriebwerk, und er wurde panisch. Hatte er es krachen hören? War sein Schädel gebrochen?

Er wollte sich nicht bewegen.

Nur ein Spiel, bloß Spaß, hörte er seine Tante sagen. Kleines Gerangel auf dem Ausziehbett wie früher als Kinder. Herrlich, so viel Spaß.

Suzie-Q?, rief seine Großmutter.

Galen musste etwas tun. Seine Mutter tat gar nichts. Vielleicht war auch sie verletzt. Aber sein Kopf war so schwer und puckerte. Er hörte, wie Jennifer etwas über Stanford sagte, wie teuer das sei. Gemeinsam nahmen sie seine Großmutter in die Zange.

Galen spürte seine Zehen, konnte seine Füße bewegen. Und seine Hände. Er war nicht gelähmt. Er bekam wieder Luft, und er machte die Augen auf und war noch bei Sinnen und konnte denken. Seinen Kopf mochte er nicht anfassen, fürchtete, Blut zu ertasten oder sogar einen Bruch im Schädel, trotzdem fasste er hin und fühlte nur eine Beule, die bereits anschwoll, aber nichts Feuchtes. Trockenes Haar. Er würde es überstehen, vielleicht.

Mom?, rief er.

Ja, sagte sie.

Warum machst du nichts?

Ich bin aufs Steißbein gefallen, sagte sie. Es tut weh. Aber ich kann auch nicht mehr kämpfen. Sie nehmen sich etwas von dem Geld, vielleicht ist das in Ordnung so. Wenn sie mehr als fünfzig nehmen, ist er nicht gedeckt. Ich kann nicht mehr gegen sie kämpfen. Und gegen dich auch nicht.

Da ist so viel Geld, dass sie fünfzigtausend abheben könnten, und es würde nichts ausmachen?

Hör auf.

Das glaube ich nicht. Warum bin ich dann nicht aufs College gegangen?

Du hättest arbeiten können. Du hättest gehen können. Aber du wolltest ja, dass sich jemand um dich kümmert.

So wie du.

Schön. Mir egal, was du von mir denkst. Denk, was du willst.

Du redest Unsinn. Wie könnte ich irgendwas über dich denken? Du lebst in den Wolken. Wir haben dieses ganze Geld zur Verfügung und benutzen es nicht. Wir leben von Haushalts- und Gärtnerschecks, warum?

Keine Antwort von seiner Mutter.

Sag's mir, du Stück Dreck, knurrte Galen so leise, dass

nur seine Mutter es hören konnte. Du kannst nicht einfach gar nichts sagen. Das ist mein Leben. Meine Zukunft. Er wollte sie rütteln. Er wollte sie rütteln und in Stücke reißen.

So redest du nicht mit mir.

Ich rede mit dir, wie ich will, bis du aufhörst, dich wie eine Verrückte aufzuführen.

Im Nebenzimmer wurde nicht mehr geredet. Sie hatten sie so weit, dass sie unterschrieb, kein Zweifel. Er hätte das Scheckbuch nie erwähnen sollen. Aber sonst hatte er noch nie daran gedacht.

Wenn wir nach Hause kommen, sagte seine Mutter, ziehst du aus. Du suchst dir einen Job und eine Wohnung. Oder schläfst auf der Straße. Mir egal.

Galen wollte schreien, aber er hielt den Mund. Sie würde ihn nicht vor die Tür setzen. Er hasste ihre Machtspielchen. Er versuchte, sich einfach zu beruhigen, starrte an die Decke, diese verrückte Decke mit den weiß gestrichenen Latten, die alle diagonal verliefen. Das war widersinnig. Ihm war es bisher nie aufgefallen. Noch so ein Zeichen von Verrücktheit, aber er hatte noch nie hinaufgesehen.

Helen und Jennifer marschierten vorbei, zur Tür hinaus. Er hörte die Autotür zuknallen, den Motor aufheulen, und sie fuhren weg.

Tja, sagte er. Ich glaube, ich habe für heute genug Familie genossen. Er stand vorsichtig auf, mit kreisrund pochendem Kopf.

Hilf mir auf, sagte seine Mutter.

Hilf dir selbst, sagte er und ging hinaus. Die Luft staubig, also mussten sie schnell weggefahren sein. Er ging um die Hütte herum nach hinten, weg von der Küche, hinauf in den Wald. Die Erde locker, die Füße sanken ein. Irgendetwas hatte überall Erde aufgehäuft, Ameisen oder Maulwürfe oder was auch immer, und es war eher Sand als Erde, und Granitpartikel, die eine Art Schaum bildeten. Nirgendwo etwas Festes. Er stieg über verrottende Stümpfe und Äste, die fast wie Kohle aussahen, tief orange. Überall Insekten, ein verseuchter Ort.

Er kam zu einem Wäldchen mit kleineren Pinien, die genug Schutz boten, stützte sich an der größten ab, beugte sich vor, rammte den Finger in den Rachen und ließ Schweinefett und Eierschleim und Pfannkuchen und Sirup raus, reinigte sich, machte sich wieder sauber. Wenn es doch nur eine Möglichkeit gäbe, seine Familie auszukotzen, sie nicht mehr in sich zu tragen.

Der Hühncheneintopf. Seine Mutter und Großmutter machten sich ans Kochen, machten sich daran, die Welt wieder zusammenzufügen. Wie oft schon, fragte er sich. Wie oft hatten sie die Welt wieder zusammengefügt? Und wozu? Warum ließen sie die Welt nicht auseinanderfallen, warum ließen sie die Wahrheit nicht zu? Das wäre einfacher. Alle könnten sich entspannen. Alle könnten einfach zugeben, dass sie einander hassten, und fertig. Aber irgendwie ging das nicht, also zerlegten seine Mutter und seine Großmutter an der Spüle zwei Hühnchen.

Galen ging dann und wann hinunter, um zuzusehen, lugte von der Treppe aus um die Ecke, und keine von beiden beachtete ihn. Er war zu einem Geist geworden.

Seine Mutter beim Schneiden gelber Zwiebeln an der Spüle, seine Großmutter beim Schälen gelber Kartoffeln am Tisch. Sie tranken wieder Wein, wieder eine Studie in Gelb, selbst die Kleidung war teilweise gelb. Der Pullover seiner Großmutter, die Schürzensäume seiner Mutter.

Das Knirschen des Messers in der Zwiebel, das Klatschen des Schälers gegen die Kartoffel. Keine weiteren Geräusche, und das unter anderem machte die Welt so unerträglich, die Verstärkung kleiner Geräusche in einem Vakuum. Es war ein Zeichen. Nur eine inszenierte Welt konnte so fadenscheinig sein und so lästig.

Sie waren dieselbe Person, vielleicht, seine Mutter und seine Großmutter, ein unfokussiertes Bild, das er scharfstellen musste. Sie waren zur selben Zeit erschaffen worden, in Galens frühesten Erinnerungen, als er drei oder vier war, und sie hatten ähnliche Rollen. In den letzten Jahren waren sie auseinandergedriftet, da seine Großmutter den Verstand verloren hatte. Sie verharrte in einem Zustand des Wohlwollens ihm gegenüber, während seine Beziehung zu seiner Mutter sich beständig verschlechterte. Aber waren sie vielleicht, trotz alledem, dieselbe Person?

Wenn du nichts zu tun hast, kannst du Holz hacken gehen, sagte seine Mutter. Sie stand an der Spüle und schnitt jetzt Karotten, ohne sich nach ihm umzudrehen. Er war sich nicht sicher, woher sie überhaupt wusste, dass er da war.

Okay, sagte Galen. Sein Kopf tat ihm weh, aber die Vorstellung, der Küche zu entkommen und seiner Mutter, gefiel ihm, und er hackte gern Holz.

Er ging vorne raus und an der Terrasse vorbei zum Geräteschuppen. Ungefähr so groß wie ein Plumpsklo und sogar noch älter als die Hütte. Kein Licht, er brauchte ein bisschen, um sich an die Dunkelheit zu gewöhnen. Schaufeln, Hacken, diverse Äxte, als wären sie hier in einem Goldgräberlager. Alle Werkzeuge alt, die Holzgriffe dunkel und speckig abgegriffen. Die Angelausrüstung war auch hier, alte Weidenkörbe und uralte Ruten. Damit wusste er nicht umzugehen. Wann immer sie zu Lebzeiten seines Großvaters in der Hütte gewesen waren, war er in Carmichael geblieben und hatte gearbeitet. Hatte sich nie zur Ruhe gesetzt. Hatte schließlich einen Schlaganfall erlitten und war im Altersheim gestorben. Er war Bauingenieur gewesen, hatte Highways gebaut und diese Brücke in Sacramento, die seine Großmutter dauernd erwähnte, aber was bedeutete das?

Galen zog die kleinste Axt hervor und nahm einen Keil vom Boden. Kalter, schwerer Stahl, die Ecken eingedellt und angeschlagen vom jahrelangen Hacken. Er stieß die Tür mit dem Fuß zu und ging zum Hackklotz hinter der Hütte. Ließ den Keil auf die Erde fallen und schwang die Axt über den Kopf in den Klotz. Dieser Schwung war herrlich, die Fliehkraft in der Kurve und wie die rechte Hand den glatten Stiel entlangrutschte.

Ja, sagte er.

Das Holz war an der Rückwand der Hütte gestapelt, trocken unter einem Überhang. Und grau, weil es schon so viele Jahre da lag. Sie waren nie lange hier. Galen nahm ein Stück Holz, schaute nach Spinnen. Er trug keine Handschuhe. Er stellte das Holz hochkant auf den Hackklotz und holte kräftig mit der Axt aus. Das Blatt prallte an der Kante des Holzstücks ab und grub sich in den Boden, Zentimeter von seinem linken Fuß entfernt.

Boah, sagte Galen. Er trat zurück und blickte sich um, als hätte ihn jemand beobachtet; der Stiel ragte vor ihm auf. Ein Schwindel befiel ihn wie an der Kante eines Kliffs, wo die Luft nach unten zog. Heiliger, sagte er. Er sah auf seine alten Converse-Turnschuhe, schmutziges Leinen, hauchdünn, und konnte nicht fassen, wie kurz davor er gewesen war, einen Fuß zu verlieren. Er hatte das schreckliche Gefühl, dass er ihn immer noch verlieren könnte. Er schüttelte die Arme aus, schüttelte die Gänsehaut ab, nahm die Axt.

Alles konnte passieren, jederzeit. Das war die Wahrheit der Welt. Eines Tages verlor man vielleicht seinen Fuß, und dann war man jemand, dem ein Fuß fehlte. Man wusste nie, was als Nächstes kam, und das galt selbst für die kleinsten Dinge. Man wusste nicht, was man als Nächstes denken oder was jemand in einer Unterhaltung sagen oder wie man sich in einer Stunde fühlen würde. Und diese Ungewissheit wurde von seiner Mutter ständig verstärkt. Ihre Gespräche konnten binnen Sekunden vom Belanglosen ins Wahnsinnige. Er wusste nicht, wieso das nur mit ihr so war. In einer Sekunde gab sie ihm Kosenamen, in der nächsten drohte sie, ihn vor die Tür zu setzen. Und wenn er wütend auf sie war, dann kam diese Wut aus einer schrecklichen Quelle. Etwas Unbekanntes, etwas nie Geahntes, und auf einmal ertrank er darin.

Galen wollte Frieden mit seiner Mutter. Er wollte Frieden. Doch sobald er in ihre Nähe kam, wollte er sie umbringen.

Diesmal passte er auf, achtete darauf, seine Beine zu spreizen und etwas mehr Abstand zu halten. Er konzentrierte sich beim Ausholen auf die Oberseite des Holzstücks. Ein befriedigendes *Tschack* beim Auftreffen des Blatts. Er schob den Keil in die Lücke und holte erneut aus, teilte das Holz mit einem Schlag. Helleres Fleisch innen, das Holz gelb statt grau.

Okay, sagte er. Und er arbeitete sich in einen Rhythmus hinein, Klotz um Klotz mit behutsamer Konzentration auf das Ziel, mit Genuss am Schwung, der erhebenden Schwerelosigkeit, dem Gefühl von Muskeln in Armen und Rücken, dem Schweiß auf seiner Haut, den von den Bäumen gedämpften Schlägen.

Irdische Arbeit. Das war der vielleicht schnellste Weg, weil man sich selbst vergessen konnte, jeden vergessen konnte und nur den Schwung fühlen. Man gelangte durch die Welt, indem man ihre Existenz vergaß, das war der Schlüssel. Ein Schatten in einem Schattenland, den Moment abpassend.

Galen schleuderte die Axt hügelaufwärts. Ganz spontan. Sie rotierte durch die Luft, schlug hart auf dem Boden auf. Er wanderte hinauf und schleuderte sie erneut von sich, Blatt und Stiel schnippten durch Äste und hüpften über die Erde, stieben Granitmehl auf. Staubwolken wie Rauch. Der Axtschleuderer. Er wusste nicht, was es sollte, aber es fühlte sich gut an. Richtig. Er warf die Axt, so kräftig er konnte, schleuderte sie mit beiden Händen. Er war wie Thor, er teilte die Luft. Spaltete den Schein, zerriss den Stoff der Illusion.

Galen sah sich rasch um, nach einer Spur in der Luft, einem Wirbel, einer Unruhe an den Rändern seines Wegs, doch er hatte keinen geübten Blick. Mulden und Risse und Strudel, und alles dem bloßen Auge verborgen. Aber die Axt war vielleicht schnell genug. Wenn er sich auf ihren Flug konzentrierte, sah er vielleicht etwas.

Er warf noch einmal, und es war einfach alles zu schnell. Selbst der Stiel überschlug sich schneller, als er einzelne Bilder ausmachen konnte. Er musste lernen, die Welt zu bremsen, um sie sehen zu können. Sein Herz pochte, so war er der Axt hinterhergelaufen. Staub in seiner Nase. Füße, die in die lockere Erde sanken, ihn am Boden hielten.

Wenn er so werfen könnte, dass das Blatt in einem Baum steckenblieb, verriet der abrupte Halt vielleicht etwas. Vielleicht sah er den Strudel direkt hinter dem Schaft. Die Plötzlichkeit brachte vielleicht eine Vision.

Galen hob die Axt hinter den Kopf, wog sie ein wenig in der Luft, um ihr Gewicht zu ermessen, ihre Lage, tat einen Schritt und schleuderte sie auf einen knapp zehn Meter entfernten Baumstamm. Die Axt verfehlte ihr Ziel und landete im Dreck.

Galen ging jetzt, statt zu rennen, allmählich erschöpft. Aber er hörte den Wind, der in den Pinien aufkam, Wolken zogen auf, der Tag verdunkelte sich plötzlich, und Galen wähnte sich auf der Schwelle zu etwas. Ein Baum in größerer Entfernung hatte niedrige tote Äste, die von hellgrünem Moos bedeckt waren. Glühende Arme im Schatten, gedämpftes Licht. Eine Emanation, leuchtend. Sie sahen unwirklich aus.

Galen stand mit der Axt vor diesem Baum und versuchte, den Stamm zu ergründen, versuchte, ihn in der Luft zu fixieren und seinen Sog zu spüren, und beim Werfen spürte er, wie die Axt sich überschlug, bis sie auftraf, mit dem Stiel voran, und abglitt, in Erde und Farn.

Fast, sagte er. Ganz knapp.

Er holte die Axt, kehrte auf seine Position zurück und öffnete sich einem Universum, das beinahe in Gänze aus leerem Raum bestand. Neutronen und Protonen oder was auch immer, die herumschwirrten, elektrische und magnetische Verbindungen als unser einziger Zusammenhalt und kein Grund, weshalb der nicht Augenblicke lang aufgespalten werden konnte, aufgedeckt. Mit aller Macht warf er die Axt, wirbelnd durch die Leere, stehend, sehend, und das Blatt, abrupt aufgehalten, verband sich mit dem Stamm, der Stiel starr, vom Luftstrudel überschwappt, der Spalt aufgerissen, aber es war bereits Erinnerung, bereits fort. Er war einfach nicht schnell genug. Er musste es schaffen, in einem solchen Moment innezuhalten und darin zu reisen, ganz kurz zu schweben, und das geschah nicht. Seine Axt, die im Stamm hing, die hellgrünen Arme darüber, ein vollkommener Augenblick und doch schon vergangen, als wäre er nie gewesen.

Die Mafia kehrte erst am späten Nachmittag zurück. Galens Mutter und seine Großmutter auf einem Spaziergang im Camp Sacramento, Schmortopf im Ofen, der Geruch von Hühnchen und Zwiebeln in der Luft, und Galen oben mit der *Möwe Jonathan*.

Jemand da?, rief seine Tante.

Ja, sagte er. Ich lese. Die anderen sind spazieren.

Danach keine Antwort mehr. Sie blieben unten und er oben, und das war gut so.

Jonathan kämpfte nicht gern mit den anderen Möwen um Brocken. Alle dachten immer nur ans Essen, aber er nicht. Er testete die Grenzen der Schwerkraft und Physik, experimentierte im Flug, versuchte, die Welt ins Wanken zu bringen, versuchte, das Unwirkliche zu erhaschen, genau wie Galen. Jonathan geriet mitten in der Luft ins Strudeln und erlitt Rückschläge, genau wie Galen, wenn er ins Wasser stürzte. Das Erstaunliche war, dass Galen zuerst da gewesen war, nicht das Buch. Er hatte schon damit angefangen, bevor er das Buch las. Also war das Buch eine Art Bestätigung, ein Wiedererkennen.

Am meisten verblüffte Galen, dass er das alles, obwohl das Buch ja eine Art Metapher war – schließlich handelte es von Möwen –, tatsächlich lebte. Die Zeit, in der er existierte, bereitete sich darauf vor, ihn zu erkennen.

Das gehörte unmittelbar zum Prophetendasein. Es nützte nichts, wenn man eine Vision hatte und keiner sie verstand. Solche Bücher jedoch bereiteten die Menschen darauf vor, Galen zu verstehen.

Er ließ das Buch auf die Brust sinken und lauschte. Er hatte den Kopfhörer auf und hörte eine Naturkassette von Wellen an einem Meeresstrand. Die hörte er immer, wenn er *Die Möwe Jonathan* las, im Wellenrauschen erkannte er die Unbeständigkeit der Dinge. Das Bilden und Brechen, Aufbau und Auflösung der Welt. Das Selbst war ebenso dürftig zusammengehalten. Es ging darum, das Ebben zu spüren, den Sog, wenn sich alles zurückzog, bevor es sich wieder aufbaute und voranwalzte. Denn in dem Ebben, ganz am Ende, am Ende des Sogs, lag das Nichts und somit die Wahrheit. Samsara, Leiden, war die Unfähigkeit, im Augenblick zu verweilen. Samsara war das Werden der nächsten Welle.

Eine Hand in seinem Schritt, und er schreckte hoch, schlug die Augen auf. Jennifers Lachen. Du hast so friedlich ausgesehen, sagte sie. Sie trat näher heran und riss seinen Kopfhörer aus dem Rekorder. Wellenmurmeln in den schlechten Lautsprechern, wie Rauschen. Sehr hübsch, sagte sie.

Galen drückte die Stopptaste, und es klickte.

Du liest über Möwen, sagte sie, und hörst dir Wellen an. Wie geht es dir damit hier in den Bergen?

Ihr Haar war nass und roch nach Kokosnuss. Die Augen strahlend und blau. Sie saß auf dem Bett, und er sah ihre Brüste unter dem T-Shirt.

Ich habe meditiert, sagte er.

Über die hier, sagte sie und fasste sich an den Busen. Sie robbte zu ihm heran, hob ihr T-Shirt und drückte ihm die Brüste ins Gesicht.

Noch heiß vom Baden, feucht, aber die Nippel wurden in der kühlen Luft hart. Sie wippte vor und zurück, klapste seine Wangen mit ihren Brüsten, so sanft, so unglaublich sanft, und er nahm einen Nippel in den Mund, wusste nicht recht, was tun, schloss die Lippen darum, vorsichtig ohne Zähne, und saugte.

Hm, sagte sie. Ein bisschen komisch, aber irgendwie ganz schön. Die Stoppeln auch. Versuch mal, nur zu lecken.

Also leckte er.

Das ist auch ganz schön. Fahr mit der Zunge um den Nippel. Und sie nahm eine Brust und hielt sie ihm hin.

Hm, sagte sie.

Er mochte die kleinen Hubbel rund um den Nippel, zog aber den Kopf zurück. Still, flüsterte er. Deine Mutter könnte uns hören.

Sie ist wandern. Wir sind allein.

Wow.

Tja, vielleicht hast du diesmal Glück.

Hoffentlich, sagte Galen. Hoffentlich. Und die Brust war wieder in seinem Mund.

Sekunde, sagte sie, stand auf und ging nach unten.

Was ist?

Sie kam mit einer Kassette zurück. The Cars, sagte sie. Ich höre beim Sex gern die Cars.

Beim Sex, sagte er.

Dein Glückstag. Dein letzter Tag als Jungfrau. Du bist

zufällig der einzige Schwanz weit und breit, und ich hab gute Laune. Ich bin jetzt reich. Wir haben gerade zweihunderttausend Dollar eingelöst.

Zweihunderttausend.

Yep.

Heilige Scheiße.

Wir kaufen ein Haus, und ich geh aufs College. Und wir müssen uns nie wieder von deiner Mutter anscheißen lassen. Und Grandma kann ins Gras beißen, die alte Hexe. Uns sieht sie nie wieder. Ihr auch nicht. Also ist heute dein Glückstag. Die beste Muschi, die du je kriegen wirst. Selbst Buddha würde sie ficken.

Galen nickte bloß. Er wollte jetzt nichts Falsches sagen. Und er wusste, dass er Helen und Jennifer noch oft zu Gesicht bekommen würde, sobald der Scheck geplatzt war. Sie waren zu gierig gewesen.

Jennifer legte die Cars ein und drückte auf Play. »Drive« aus *Heartbeat City*, und trotz der schepprigen Lautsprecher erfüllte die Musik das Haus, verwandelte die Luft, schaffte eine neue Atmosphäre. »Who's gonna drive you home … tonight.« Runter vom Bett, sagte sie, und er gehorchte. Sie ließ Jogginghose und Schlüpfer fallen, ließ das T-Shirt oben über den Brüsten und legte sich quer aufs Bett.

Auf den Boden knien und lecken, sagte sie. Und dann darfst du mich ficken, aber du darfst nicht auf mir liegen. Du bist zu eklig. Du darfst mich nur mit deinem Schwanz und mit deiner Zunge berühren. Basta. Ich kann dich nicht mal ansehen. Sie machte die Augen zu.

Danke, sagte Galen und kniete nieder.

So nah würde er einem Schrein nie wieder kommen, das war klar. Dies war das Allerheiligste, genau hier. Er schob ihre Beine hoch, spreizte sie so weit wie möglich, legte das Rosa frei und fuhr mit Lippen und Zunge über alles, der schönste Moment in seinem Leben. Schmachtende Cars, ihr heißes, feuchtes Fleisch in seinem Mund, und alles, was er im *Hustler* und im *Playboy* und in *Penthouse* gelesen hatte, wurde wahr. Ihre Klitoris war wirklich da, gierig wie ein kleiner steifer Schwanz, und sie zuckte und wand sich, wenn er daran sog, und ihr Arschloch zog sich enger zusammen, wenn er leckte.

Fick mich, sagte sie, die schönsten Worte, die je gesprochen wurden, und er zog seine Unterhose aus und schob ihre Beine stramm zurück und auseinander und schob seinen Schwanz hinein und konnte gar nicht glauben, wie seidig sie war, wie vollkommen und heiß und weich. Er war ganz drin und blieb einfach da.

Weiterficken, sagte sie.

Ich muss es fühlen, sagte er. Ich brauche einen Moment.

Sei kein Schlappschwanz, sagte sie. Und nicht kommen. Nur ficken.

Es hatte so was Geometrisches, wie er ihre Beine in einem Fünfundvierzig-Grad-Winkel nach hinten schob, wie sie dort flach und entblößt lag mit Blick an die Decke und er in diesem Winkel reinkam. Die Beobachtung war in gewisser Weise so gut wie das Gefühl.

Fick mich, verdammt.

Langsam zog er ihn raus, ein weiches Gleiten, und sie

war eng um ihn herum, hielt ihn fest, und dann schob er ihn wieder rein, schob so tief er konnte, spürte, wie die Spitze anstieß.

Ah, sagte sie. Ja. Er zog ihn wieder raus, ganz raus, und es fühlte sich gut an, wieder reinzukommen, also machte er das, nur die Spitze, etwa einen Zentimeter, und immer wieder.

Ja, sagte sie.

Ich spüre meine Füße nicht mehr, sagte er. Ich spüre meine Beine kaum.

Maul halten, sagte sie.

Dann tauchte er wieder ganz ein, rieb die Hüften an ihren, ließ sie kreisen. Mein Kronenchakra ist weit geöffnet. Mein Gott. Es läuft mir den ganzen Rücken runter.

Halt's Maul. Echt. Du hast eine ätzende Stimme.

Er versuchte, den Mund zu halten, aber es gelang ihm einfach nicht. Ich fühle mich so im Einklang, sagte er. Er stieß fester zu, bewegte sich jetzt schneller und spürte, wie sich der ganze Körper spannte, goldene Fäden an allen Gliedmaßen vom Scheitel über die gesamte Wirbelsäule in die Hoden.

Ich ficke dich, sagte er. Ich fick dich hart.

Oh, oh, oh, sagte sie.

Er blickte hoch und sah seine Mutter auf der Treppe. Wie sie ihn beobachtete.

Er hielt inne, und da sammelte sich alles, und sein Schwanz pulsierte, und er wusste, er würde kommen. Er konnte es nicht mehr aufhalten. Er zog ihn raus und kam zuckend auf Jennifer, mit Blick auf seine Mutter. Unwillkürlich verzog sich sein Mund zu einer Fick-Grimasse, und er konnte das Stöhnen nicht unterdrücken. Seine Mutter, die ihn so sah.

Uh, sagte Jennifer. Ich bin noch nicht fertig, verdammt. Hinknien und lecken. Ich bin noch nicht fertig.

Galens Mutter ging die Treppe hinunter, ihre Schritte von den Cars überspielt, und er kniete sich hin und leckte. Sein Sperma über ihren Bauch verteilt, dieser Geruch, und er zuckte noch immer. Jennifer packte seinen Kopf und bumste ihn. Schwierig, die Zunge an der richtigen Stelle zu behalten, aber er bemühte sich. Sie schlang ihre Oberschenkel um seinen Kopf, quetschte die Ohren ein, dass er nichts mehr hörte. Eine Anstrengung, die Zunge richtig zu halten, und schließlich bäumte sie sich auf und zerrte an seinem Kopf, als sie kam.

Er schob ihre Beine auseinander und befreite seinen Kopf. Sie hatte die Augen geschlossen, den Kopf an die Schulter geschmiegt, Hände im Schritt. Ihre Brüste so vollkommen und wunderschön mit all den weichen Linien, und er war sehr traurig, weil er wusste, dass er nie wieder diese Gelegenheit bekommen würde. Seine Mutter würde das verhindern. Wie auch immer, aber sie würde es verhindern, das war klar. Also sah er ein letztes Mal hin und fuhr mit den Händen über die weiche Haut ihrer Beine.

Ah, sagte Jennifer. Ah. Sie streichelte sich mit beiden Händen, dehnte den Moment und war dabei nicht gerade leise. Galen fragte sich, ob seine Großmutter sie trotz Musik hören konnte.

Er stand da und sah auf seinen Schwanz, noch immer

steif. Er wollte ihn reinstecken, wollte sie wieder spüren, also tat er es.

Ja, sagte sie. Ja.

Seidig war das einzig passende Wort. Er bewegte sich langsam, spürte jeden Augenblick, und er legte die Hände auf ihre Brüste, das letzte Mal, dass er sie in den Händen halten würde, und er war so traurig. Sie war gemein zu ihm, aber er liebte sie. Liebte ihre Unbewusstheit, ihre Grobheit in der Welt, liebte ihre Selbstbezogenheit. Und sie spielte natürlich in einer anderen Liga. Wäre sie nicht seine Cousine, er hätte niemals eine Chance gehabt. So einen Treffer würde er nie wieder landen.

Er legte sich auf sie, und sie ließ ihn gewähren. Sie schlang die Arme um ihn, und das fühlte sich unglaublich gut an. Er fühlte sich geliebt. Er küsste ihren Hals und hielt ihre Hüften fest, während er so weit hineinstieß wie möglich, und er spürte ihre wachsende Erregung, schwerer Atem, Spannung im ganzen Rücken und in den Schenkeln, eine Umklammerung. Er wollte, dass es nie aufhörte, wollte, dass sie sich für immer an ihn klammerte, aber dann kam sie, drückte ihn fester, bebend, zuckend und aus tiefster Kehle stöhnend.

Oh, sagte sie. Oh. Und dann stieß sie gegen seine Brust, stieß ihn runter. Ich kriege keine Luft, sagte sie. Runter.

Also zog er ihn raus und rollte sich zur Seite, Füße auf dem Boden. Das Ende. Er machte die Augen zu und versuchte, alles zu behalten, versuchte, keinen einzigen Augenblick zu vergessen oder zu verlieren. Er wollte dies erneut durchleben, selbst jetzt. Er wollte alles bewahren.

Psst, sagte Jennifer und setzte sich abrupt auf. Ich glaube, ich höre was, flüsterte sie. Da könnte jemand zurück sein. Sie nahm die Klopapierrolle von seinem Nachttisch und wischte sein Sperma ab. Eklig, sagte sie.

Sie zerrte ihr T-Shirt über ihren Körper, zog hastig Schlüpfer und Jogginghose an und fragte ihn, ob sie etwas im Gesicht habe.

Nein, sagte er und legte sich wieder hin. Und sie ging.

Samsara. Und doch wusste Galen, dass er jeden Tag seines Lebens, wenn er könnte, so verbringen würde. Er würde ihm den Vorzug vor der Transzendenz geben. Die Transzendenz war nur ein Trostpreis für jene, die kein befriedigendes Samsara fanden.

Die Cars schmachteten immer noch, aber jetzt war es zu traurig. Unerträglich. Er machte den Rekorder aus, und jetzt hörte er Geschirrklappern in der Küche.

Er lag auf dem Bett und dachte, vielleicht sei er dazu bestimmt, der Prophet zu sein, der alle Menschen von der Religion befreite und sie zurück ins Bett schickte, damit sie mehr Sex hatten. Der Prophet, der die Transzendenz als Schwindel enttarnte. Aber er wusste, da dachte nur sein Schwanz. Er war noch steif, kein Nachlassen in Sicht. Eine traurige Erinnerung an das, was Galen gerade gehabt hatte und nie wieder bekommen würde.

Am meisten überraschte ihn, dass er sie tatsächlich liebte. Sie war der unsympathischste Mensch überhaupt, aber er liebte sie trotzdem. Wie war das passiert? Seine erste Liebe. Keine Jungfrau mehr. Aber wieso konnte er sich nicht in eine verlieben, die nicht seine Cousine war, oder eine, die nett zu ihm war? Und was hatte Sex an sich, dass es seine Liebe zu ihr verstärkte? Er fühlte sich jetzt so verwundbar, mit weit geöffneten Chakren, entblößt. Der Gedanke, dass er nie wieder so mit ihr zusammen sein würde, wog so schwer, dass er zu weinen anfing. Er grub sein Gesicht ins Kissen und schluchzte, so leise er konnte. Die Welt ist so ungerecht zu denen, die wahrhaft lieben.

Hühnchen. Endlich. Der Schmortopf auf dem Ofen, ohne Deckel, und Galen mochte die fluffigen weißen Klößchen, die wie Wolken auf der Oberfläche trieben. Schier und weiß, an Rändern und Spitzen gebräunt. Vorsichtig hob er eines mit dem Löffel auf den Teller. Die Unterseite glitschig vor Soße. Der ganze Eintopf eine dicke Tunke mit Hühnchen und Kartoffeln, Karotten und Zwiebeln, und er füllte seinen Teller. Genau das würde er bekommen, statt Jennifer. Essen.

Er konnte Jennifer nicht ansehen, konnte seine Mutter nicht ansehen. Alle zusammen an diesem kleinen gelben Tisch, und er hielt seinen Blick auf das Essen gerichtet.

Du verwöhnst uns, Mom, sagte Galens Mutter. Aber ihre Stimme klang freudlos.

Ich weiß nicht, sagte seine Großmutter. Etwas stimmt nicht recht. Aber ich kann mich nicht erinnern, wie es sein sollte. Ich kann mich an nichts erinnern. Manchmal wünschte ich, ich würde einfach sterben. Furchtbar, sich an nichts mehr zu erinnern.

Mom, sagte Galens Mutter. Sag so was nicht.

Ja, Grandma, sagte Galen. Das schmeckt toll. Genau wie immer. Und das stimmte. Er genoss die üppige Soße und das Hühnchen, die Zwiebeln und Kartoffeln, die nach taglangem Schmoren praktisch zu einem Brei verkocht waren.

Ich habe so ein schreckliches Gefühl, aber ich weiß nicht mal, worum es geht.

Ist alles gut, Mom.

Als wenn ich mich nicht erinnern kann, wovor ich Angst haben muss. Wie eine Maus, die rumläuft und vergessen hat, dass da eine Katze ist, aber trotzdem Angst hat vor der Katze.

Das dürfte Suzie-Q sein, sagte Helen. Suzie-Q ist die Katze.

Nicht schon wieder, sagte Galens Mutter.

Suzie-Q bringt dich hinterher wieder ins Altersheim. Du bist gesund, und du könntest zu Hause wohnen, aber Suzie-Q will dich zu Hause nicht haben. Sie will dich im Altersheim, damit sie an dein Geld rankommt.

Galens Mutter sackte zusammen und blickte auf ihr Essen.

Stimmt das?

Nein, Mom, das stimmt nicht. Helen hasst mich, und sie hasst dich, also lügt sie.

Helen hasst mich nicht. Sie ist meine Tochter. Warum sagst du so was Gemeines?

Galens Mutter schlug beide Hände vors Gesicht, Ellbogen auf dem Tisch, schloss die Welt aus. Mom, ich schaff das nicht, sagte sie. Helen ist der Feind. Ich bin nicht der Feind.

Siehst du, Mom, sagte Helen. Sie nennt mich den Feind. Wer nennt die eigene Schwester den Feind? Gehen Familienmitglieder so miteinander um?

Sie hat recht, Suzie-Q. Entschuldige dich auf der Stelle bei deiner Schwester.

Galens Mutter mit dem Gesicht in den Händen, Rücken und Brust eingefallen zwischen den Schultern.

Du entschuldigst dich augenblicklich, Suzie-Q!

Galen wollte seiner Mutter beistehen, wusste aber nicht, wie. Seine Großmutter war jetzt wütend und wähnte sich auf festem Boden. Sie bildete sich ein, das Problem zu kennen, und das war ja vielleicht auch besser, als ahnungslos zu sein.

Sie hat doch schon gesagt, dass es ihr leid tut, sagte Galen.

Wie bitte?

Sie hat schon gesagt, dass es ihr leid tut, aber du verlangst dauernd, dass sie sich entschuldigt, und darum weint sie jetzt.

Ach, leck mich doch, sagte Helen. Das lässt sich nicht einfach so umdrehen. Suzie-Q muss sich bei mir entschuldigen, Mom. Sie hat nicht gesagt, dass es ihr leid tut.

Wie redest du denn, Helen.

Leck mich am Arsch, Mom. Wenn dein Gedächtnis wirklich so schlecht ist, dann ist sowieso egal, was ich jetzt sage. Morgen sag ich dann was anderes.

Helen!

Helen was? Was machst du dann, Mom? Du hast bereits mein Leben zerstört, und ich hab bereits dein Geld genommen, also brauche ich dich nicht mehr. Du bist die schlechteste Mutter, die die Welt je gesehen hat. Und weißt du auch, warum?

Aufhören, Helen, sagte Galens Mutter. So gehst du nicht mit ihr um.

Konzentrier dich, Mom. Weißt du, wieso du die schlechteste Mutter überhaupt bist?

Wie kannst du so mit mir reden? Bist du nicht meine Tochter?

Das ist es ja. Ich bin deine Tochter, und du hast mich nicht beschützt. Darum bist du die schlechteste Mutter. Weil ich deine Tochter bin und du nichts unternommen hast, um mich zu beschützen.

Du bist auch die schlechteste Großmutter, fiel Jennifer ein. Du liebst Galen, weil er einen Schwanz hat, aber du weißt nicht mal, dass ich überhaupt hier bin.

Galens Großmutter schüttelte den Kopf. Ihre Augen waren feucht. Nein, sagte sie. Nein.

Das ist die Katze, vor der du Angst hast, Mom, sagte Helen. Die Katze ist die Wahrheit. Die Wahrheit über dich.

Wir wollen alle, dass du stirbst, sagte Jennifer mit einer Stimme, die liebevoll und fürsorglich klang, was es umso beängstigender machte. Sie griff nach der Hand ihrer Großmutter. Wir warten alle darauf, dass du stirbst.

Galens Großmutter zuckte zurück, als wäre sie gebissen worden. Sie war aufgestanden, der Stuhl umgekippt. Sie hielt die Hand, die Jennifer angefasst hatte, hielt sie dicht bei sich wie zum Schutz. Ich muss weg von euch, sagte sie. Ich muss weg von euch allen.

Sie öffnete die Hintertür und rannte hinaus. Sie war schnell.

Galens Mutter stand auf, um hinterherzulaufen, aber Helen packte sie am Arm und zerrte sie zu Boden. Nicht doch, sagte sie. Galens Mutter versuchte zu kriechen, aber Helen stürzte sich auf sie und drückte sie zu Boden. Nein, Suzie-Q eilt nicht zu Hilfe, sagte Helen. Nicht noch einmal.

Galen konnte nicht fassen, was hier geschah. Es war wie ein absurdes Wrestling-Match, bei dem er sich einer Mannschaft anschließen sollte. Er versuchte, zu seiner Mutter zu kommen, aber Jennifer boxte ihn an die Schläfe.

Scheiße, sagte er. Das tut weh. Als er sich abwandte, boxte sie ihn auf den Rücken.

Hör auf damit, sagte er und versuchte, ihr zu entgehen. Er wich zur Haustür zurück, streckte zur Abwehr die Arme aus, aber sie schlug sie weg. Warum tust du das?, fragte er. Ich liebe dich.

Jennifer lachte. Lachte ihm ins Gesicht, ein oder zwei Stunden, nachdem sie miteinander geschlafen hatten. Sie lachte, und das gefiel ihr, ihn zu schlagen gefiel ihr.

Ich verstehe dich nicht, sagte er.

Ach, sieh an, sagte sie. Wie süß. Sie sprach mit ihm wie mit einem Kind oder einem Welpen, die Augenbrauen hochgezogen und der Kopf geneigt. So zeigen wir uns in dieser Familie unsere Liebe. Willkommen in der Familie. Dann boxte sie ihm an den Hals.

Galen entkam durch die Vordertür und versuchte zu atmen. Wankend rang er nach Luft, aber seine Kehle fühlte sich zerschmettert an. Er sackte aufs Geländer und hielt sich fest. Da bekam er Luft. Sie strömte herein, schmerzhaft. Er würde nicht sterben.

Er musste seine Großmutter finden. Sie irrte bestimmt irgendwo umher, und wenn sie zu weit weglief, würde sie nicht mehr wissen, wie sie zurückkam. Und es war kalt.

Um die Terrasse herum und am Schuppen vorbei, hoch durch die Bäume zur Wiese. Das Mondlicht ein hell-opakes Weiß auf allen Flächen, die Welt zu Marmor verwandelt, verfestigt. Die kalte Luft flüchtig. Grandma, rief er, aber seine Stimme war schwach, die Kehle wund.

Er hastete über die Wiese, sank im körnigen Sand ein. Schatten überall, und die Welt ließ sich auf zweierlei Weise sehen, als Licht und als Schatten. Gestalten, die geboren wurden und in die Welt kamen, oder die dunklen Räume drumherum, Aushöhlungen, die endlos zurückwichen. Seine Großmutter konnte beides sein, und er wusste nicht, wie er nach ihr suchen sollte.

Der Hang neigte sich beim Laufen, und er streckte die Arme aus, um das Gleichgewicht zu halten. Er platzte durch feste Materie, seine Füße brachen den Marmor entzwei und verstreuten ihn. Irgendwo in diesem Labyrinth tat sie dasselbe, und er musste sie erspüren, einen Blick auf die Wirbel erhaschen, die sie im Licht hinterließ. Wellenmuster, irgendwo prägte sie das Muster, formte die Gegenwelle, genau das musste er spüren. Er musste sich in das Muster einfügen und die Eindellung am Rand erspüren. Grandma!

Im Schlamm stecken geblieben, von der Schwerkraft gebannt. Zu langsam, zu wenig Atem, zu schwer in seinem plumpen Körper, voll von Hühnerfett und Klößchen. Galen blieb stehen und beugte sich vor, erbrach sich, versuchte, sich selbst zu befreien, versuchte, die sterbliche Hülle loszuwerden. Die Luft so kalt, dass sie die Nacht niemals überstehen würde.

Zu mühsam, hügelauf zu rennen, also wandte er sich

zur Seite, lief zickzack. Licht und Schatten, die Welt scharf und wieder unscharf. Er blieb stehen und versuchte, in den Hochkontrast zu blinzeln, langsam im Kreis zu laufen und einfach nur die Bewegung zu suchen. Aber der Wald war reglos, als hätte der Planet aufgehört, sich zu drehen. Ein langsames Treiben durchs All, so still, bis auf seinen Puls, seinen Atem, die Unruhe, die sein Inneres produzierte. Der Wald hatte seine Großmutter in aller Stille verschluckt.

Grandma, rief er wieder, und jetzt wurde er wütend. Warum musste er sie suchen. Er lief, so schnell er konnte, lief jetzt blind, versuchte nicht mehr, zu sehen, raste gegen Äste und über Stümpfe. Sie war da irgendwo, aber mit jedem Augenblick wurde sie unwahrscheinlicher.

Er versuchte zu lauschen, beugte sich keuchend vor und rannte denselben Weg wieder zurück.

Weiter, als er gedacht hatte. Zeitverschwendung, und nichts sah vertraut aus. Er würde die ganze Nacht suchen, das wusste er, und sie niemals finden. Sie wäre verloren und weg.

Aber dann sah er den großen Felsen, stakste über die Wiese, und ihm dämmerte, wo sie hingegangen sein musste. Ein Pfad am oberen Ende der Wiese führte zu weiteren Hütten und einem Parkplatz für Wanderer. Eigentlich gab es gar keine andere Möglichkeit. Er hatte leichtfertig Zeit verschwendet, und sie würde sich allmählich fürchten. Wenn sie sich zu sehr fürchtete, verließ sie vielleicht den Wanderweg.

Er folgte diesem Weg hügelauf, so schnell er konnte, an leeren Hütten vorbei, verrammelt mit Sturmläden ringsum, keine Scheiben, die den Mond spiegelten, bloß stumpfes Holz, das weiß schimmerte. Er konnte den Ort riechen, die Erde, das Unkraut, die Pinien, die vertraute Luft und den vertrauten Weg, und weiter vorn, zum Weg hin, der zum Gipfel hinaufführte, sah er eine Gestalt, die vom Licht in den Schatten und wieder ins Licht wechselte.

Grandma, rief er, und die Gestalt hielt inne, halb im Licht, inzwischen selbst ein Halbmond. Grandma, rief er noch einmal, warte auf mich.

Sie setzte sich wieder in Bewegung, und er rannte hinterher, bemüht, sie nicht aus den Augen zu verlieren. Sie konnte so leicht ausbleichen, eine Lichttäuschung. Warte auf mich, rief er. Und sie verschwand, verharrte im Schatten vielleicht.

Lunge und Kehle rau, überhaupt keine Luft mehr, dennoch lief er, so schnell er konnte. Der Wald streckte sich, eine räumliche Dehnung. Er meinte eine Bewegung wahrzunehmen, eine Unruhe, war sich aber nicht sicher wegen seiner eigenen Bewegungen.

Grandma!, rief er. Warte auf mich! Aber er hatte sie verloren, sie war im Schatten verschwunden. Er kam zu der Stelle, an der er sie gesehen hatte, und da war nichts. Was immer er gesehen hatte, er hatte es sich nur eingebildet.

Der Waldweg nahm hier seinen Ausgang, ein schmalerer Pfad hinauf durch Wald und dann freie Kammlinien aus Granit. Der Weg erstreckte sich meilenweit, und sie konnte dort überall sein. Oder sie war in die andere Richtung gelaufen, hinunter zum Bach und dort entlang oder sogar zum Highway.

Galen fühlte sich überhaupt nicht stark, fühlte sich dem Wald nicht gewachsen. Er war auf einen winzigen Punkt beschränkt. Doch war er jetzt diesem Pfad verpflichtet, und er hoffte, sie hier zu finden.

Ein Pfad der Erinnerung, ein Weg, dem er Hunderte Male gefolgt war, seit seinen Anfängen. Der Baum an der ersten Biegung, die offene Strecke mit Unterholz zu beiden Seiten, die sumpfige Furt über einen kleinen Bach, die kohlköpfigen Pflanzen, die aus dichtem Schlamm wuchsen, mit breiten Kräuseln und Falten in ihren Blättern. Der kurze Wiesenabschnitt, dann weiter bergauf und nun die Granitstufen, loses Gestein, aber flach geschichtet und mit Wurzeln vertäut. Das Scharren der Schuhe, die knirschend die Schritte aus frühester Erinnerung gingen, doch nie zuvor im Mondlicht. Ein vertrauter Ort, nun fremd.

Galen erklomm den Granit, die Schleifen und Windungen in einer schmalen Rinne mit dichtem Unterholz zu beiden Seiten, und trat beinahe auf seine Großmutter.

Ah!, rief er. Heilige Scheiße. Hast du mich erschreckt.

Galen, sagte sie. Wie sie da in ihrem leichten Pullover und ihrer Freizeithose mitten auf dem Pfad saß, sah sie aus wie ein Granitblock, ein kleiner Findling.

Wow, sagte er.

Ich weiß nicht, ob ich noch sehr viel weiter gehen will, sagte sie. Ich werde müde, und mir ist kalt. Warum wandern wir nachts?

Wir können zurückgehen.

Aber deine Mutter ist oben. Wir können sie nicht einfach sich selbst überlassen. Sie wird nicht wissen, dass sie umkehren muss.

Sie ist nicht da oben.

Doch. Sie wollte doch diese Wanderung machen.

Grandma. Hier sind nur wir beide.

Nein. Deine Mutter ist kurz vor mir.

Mom ist in der Hütte.

Aber ich bin ihr doch gefolgt. Wenn sie nicht da oben ist, was mache ich dann hier? Wo gehe ich hin?

Wir machen einfach einen Spaziergang, du und ich.

Galens Großmutter stand auf und blickte zur Seite, am dichten Unterholz vorbei zu den Bergketten, die von selbst vor dem Himmel zu schweben schienen. Das ist kein Spaziergang, oder, fragte sie.

Nein.

Ich habe mich verlaufen.

Ja.

Und ich wäre einfach weitergegangen, weil ich dachte, dass deine Mutter vor mir ist.

Vielleicht.

Und warum bin ich hier draußen? Warum bin ich mitten in der Nacht rausgegangen?

Weil Mom und Helen sich gestritten haben. Du wolltest weg, was eine gute Entscheidung war. Ich finde, du hast es richtig gemacht.

Weißt du, wie es ist, sich nicht erinnern zu können?

Nein.

Als wäre man niemand, müsste aber trotzdem leben.

Grandma.

So schlimm ist es. Als wäre man niemand. Du glaubst

jetzt, du bist jemand, aber nur, weil du deine Erinnerungen noch beisammen hast. Du fügst sie zusammen und glaubst, das ergibt etwas. Aber wenn du die Erinnerungen wegnimmst oder sogar vermischst, dann bleibt nichts übrig.

Du erinnerst dich an diesen Weg. Und du hast dich an die Hütte erinnert, als wir ankamen. Du hast dich daran erinnert, wie man das Wasser anstellt.

Wirklich? Galen sah ein flüchtiges Lächeln. An Orte erinnere ich mich, glaube ich. An diesen Weg erinnere ich mich wirklich. Und an Menschen. Ich habe nicht vergessen, wer du bist. Ich kann mich nur nicht erinnern, was passiert ist.

Du bist eine wunderbare Großmutter. Ich habe tausend tolle Erinnerungen an dich.

Galens Großmutter schlug die Hand vor den Mund und schloss die Augen. Galen wandte sich ab und wartete. Die Berge unabhängig, schwebend. Die Luft jetzt kälter.

Ein tiefes Ausatmen seiner Großmutter, noch eins. Gut, sagte sie. Gehen wir nach Hause.

Am Morgen verkündete Galens Mutter, sie würden packen und fahren.

Aber wir haben es doch gerade so nett, sagte Helen. Ich bin wirklich gern in der Hütte. Können wir nicht noch ein, zwei Tage bleiben?

Warum fahren wir?, fragte Galens Großmutter.

Ich packe in der Küche zusammen, sagte Galens Mutter. Mom, du kannst mir dabei helfen.

Ich hätte gern noch etwas Speck, sagte Jennifer.

Das Frühstück ist vorbei.

Nein, ist es nicht. Meine Tochter möchte noch etwas Speck, also machst du ihr noch Speck, kleine Suzie-Q.

Das Frühstück ist vorbei.

Dann eben Mom. Mom, mach deiner Enkelin Speck.

Rede nicht so mit mir.

Dann erzähle ich dir jetzt eine kleine Geschichte, Mom. Es war einmal eine Katze. Erinnerst du dich an die Katze?

Was redest du da?

Mom, achte nicht auf sie. Wir räumen die Schränke aus. Ich hole die Kartons aus dem Kofferraum.

Diese Katze war blind und taub. Dauernd passierte ungeheuerliche Scheiße in der Katzenwelt, aber die Katze hörte nichts und sah nichts.

Wir fahren nach Hause, Helen, und wenn du in meinem Wagen mitfahren willst, lässt du das jetzt auf der Stelle sein.

Herrgott, Schwesterchen, ich will doch nur über meine Gefühle reden.

Ich habe genug gehört. Ich kann nicht mehr. Ich fahre in zehn Minuten. Zehn Minuten. Dieser ganze Küchenkrempel kann hierbleiben. Ihr habt allesamt zehn Minuten, euch mit eurem Zeug ins Auto zu setzen. Hol deine Handtasche, Mom, und Galen hilft dir mit deinem Koffer.

Dann war sie die Treppe hoch.

Tja, sagte Helen. Dann fahren wir wohl. Es ist schließlich ihr Wagen, und sie hat die Schlüssel. Da kann man nichts machen.

Ich verstehe nicht, was hier vor sich geht.

Deine Tochter versucht, dich vor mir zu retten. Aber ich bin auch deine Tochter. Das ist komisch, oder? Und ein kleines bisschen unfair, wenn man bedenkt, was in der Vergangenheit alles so passiert ist.

Das verstehe ich nicht.

Tja nun, schön für dich. Ich glaube, du hast absichtlich alles vergessen. Denn wie kannst du für etwas verantwortlich sein, wenn du dich gar nicht daran erinnerst?

Gehen wir, Grandma, sagte Galen. Ich helfe dir in deinem Zimmer mit dem Koffer.

Die neue Suzie-Q kommt zu Hilfe.

Wir müssen jetzt los, Grandma.

Wollt ihr wissen, was ich will?, fragte Helen. Das interessiert euch doch, oder? Ich will, dass alles ungeschehen gemacht wird. Das ist das Maß an Verantwortung, das ich verlange.

Galen nahm seine Großmutter am Arm, und sie stand endlich auf. Es tut mir leid, Helen, sagte sie. Was auch immer es ist, es tut mir ja leid.

Komm mir nicht so hochnäsig, Mom. Zufrieden bin ich, wenn du umkehren und das alles ungeschehen machen kannst. Erst dann hast du dich bei mir entschuldigt.

Galen zog seine Großmutter ins Wohnzimmer und von da ins Schlafzimmer. Er half ihr, ein paar Kleidungsstücke in ihren kleinen Koffer zu packen.

Es geht mir nicht gut, sagte sie.

Was hast du denn?, fragte er. Bist du krank?

Nein. Nicht krank, glaube ich. Aber ich fühle mich seltsam. Schrecklich.

Tut mir leid, Grandma. Er zog den Reißverschluss des Koffers zu und reichte ihr die Handtasche. Wir haben alles, sagte er. Jetzt gehen wir zum Wagen. Komm mit.

Er war bereit, es wenn nötig mit Helen aufzunehmen, aber sie war noch nicht ins Wohnzimmer gekommen. Er huschte mit seiner Großmutter durch die Lücke zwischen Ausziehbett und Wand und gelangte nach draußen. Legte ihren Koffer in den Kofferraum und öffnete die Beifahrertür.

Fahren wir jetzt los?, fragte sie.

Ja. Nur noch ein paar Minuten. Ich bin gleich zurück.

Ist gut, sagte sie und setzte sich rein, er machte die Tür zu, und sie wartete mit der Handtasche auf dem Schoß.

Jetzt waren sie im Wohnzimmer, packten emsig ihre Sachen zusammen und achteten nicht auf ihn. Er ging nach oben, und da stand seine Mutter an der Treppe mit dem Koffer in der Hand.

Entschuldigung, sagte er, doch sie reagierte nicht. Wartete bloß darauf, dass er ihr Platz machte, und ging hinunter. Er stopfte seine Sachen in den Seesack und legte sich dann einen Moment aufs Bett. Etwas schwindelerregend, was auf dieser kurzen Reise alles passiert war. Was er allerdings nie vergessen würde, war der Sex mit Jennifer. Der Höhepunkt seines Lebens. Ihre gespreizten Beine hier auf diesem Bett.

Galen hatte jetzt einen Steifen, und auch wenn der Zeitpunkt schlecht gewählt war, wichste er schnell bei dem Gedanken daran, wie Jennifer sich angefühlt und ausgesehen hatte. Um seine Erinnerungen zu bewahren, die Bilder zu erhalten. Er wollte sich bis ins hohe Alter daran erinnern. Er wollte noch auf dem Totenbett wichsen und sich an Jennifer mit siebzehn erinnern.

Er wischte mit Klopapier auf, wusste aber nicht, wohin damit. Der Müll war schon geleert und im Ofen kein Feuer mehr. Es würde riechen, wenn er es liegen ließ, und wenn er es mitnahm, würden sie es im Auto riechen.

Er ging die Treppe runter, den Seesack vorne in einer Hand und das Klopapier hinterm Rücken in der anderen. Sah nach rechts und links, und da keiner in der Nähe war, schlüpfte er durch die Küche hinaus in Richtung Schuppen, wo er den Streifenhörnchen das Knäuel hinwarf. Vielleicht half es ihnen bei der Isolierung ihres Baus oder ihres Nests oder was immer sie hatten. Dann drehte er den Haupthahn zu und ging zur Terrasse hinunter, wo er auf seine Mutter traf.

Ich hab schon mal den Hahn zugedreht, sagte er.

Sie sagte nichts. Sie sah aus, als wäre sie nicht mal seine Mutter. Kein Erkennen, keiner zu Hause. Drehte sich bloß um, ging am Auto vorbei zum Hahn und ließ alles Wasser ablaufen, setzte sich ins Auto, Galen schob sich neben Helen und Jennifer, und sie fuhren los.

Adieu, Hütte, sagte Galen wie üblich, aber diesmal hatte es nichts Vergnügtes an sich.

Sie rumpelten den Feldweg hinunter und über die Brücke, wo Galen einen Blick auf die Forellen im Bach zu erhaschen hoffte. Mein Speer, sagte er. Ich habe meinen Speer vergessen.

Keine Antwort von seiner Mutter.

Wir müssen zurück, sagte er, aber sie fuhr weiter, über die Brücke, bog auf den Highway, und die Luft strömte herein. Ich habe immer noch keine Forelle gefangen, rief er gegen den Krach an. Verdammt noch mal.

Sie erreichten die Kurve mit dem Blick auf Lover's Leap, wo sich eine Squaw aus Kummer über den Verlust ihres Geliebten den Granitfelsen hinuntergestürzt hatte, aber Galen saß auf der falschen Seite und konnte an der Mafia vorbei wenig sehen. Er streckte den Kopf wie ein Hund zum Fenster heraus, ließ die Wangen von der warmen Luft anwehen und sah Horsetail Falls, flüchtig nur. Eigentlich hatte er dort hinaufwandern wollen.

Er zog den Kopf wieder ein. Ich wollte den Horsetail rauf, rief er. Warum fahren wir so früh zurück?

Seine Familie jedoch war zu Stein verwandelt, keiner der Sprache mächtig. Schön, sagte er.

Sie sackten durch die Berge in niedrigere Ausläufer,

ringsherum blassgrüne Nusskiefern, in den Wald getupft, als wären sie getuscht. Dann kam Sam's Restaurant, das alle nur erdenklichen Computerspiele hatte, sogar welche, die man sonst nirgends fand, ein Flugabwehrspiel mit richtigen Filmen von Flugzeugen. Wenn man beim Schießen richtig zielte, schnitt der Film zu einem Feuerball, einer Flugzeugexplosion. Können wir bei Sam rein?, fragte er.

Keine Antwort. Die gesamte Fahrt über sagte keiner etwas. Alle in Gedanken vertieft oder in Gedankenlosigkeit. Erscheinungen auf Stand-by. Jennifers Bein an seinem, und er spürte, dass er sie bereits verloren hatte, spürte eine so rastlose Verzweiflung, dass er einfach nur heulen wollte. Aber er riss sich zusammen. Er wusste nicht, was heute noch geschehen würde, wusste nicht, was seine Mutter vorhatte.

Als sie den letzten Berg erklommen, konnten sie Central Valley überblicken, eine endlose Ebene aus trockenem, gelbem Gras mit bewässerten Flecken. Eine Wüste. Die Ofenluft, die durch die Fenster hereinwehte. Eine Höllenvariante, und wieso hatte sich hier irgendjemand niedergelassen? Weil es leichter war, auf plattem Land zu pflanzen als auf einem Hügel? Unbegreiflich. Das gesamte Tal ein selbstgewähltes Internierungslager für Dumme und Arme. Seine Großeltern allerdings hatten Geld und Bildung besessen und waren hier gelandet. Vielleicht weil sie Einwanderer waren und es nicht besser wussten. Unbegreiflich war Galen, weshalb er durch diesen Ort, diese Geschichte gehen musste. Was ließ sich daraus schon lernen? Warum hier? Wozu dieses Leiden?

Home sweet home, rief er gegen den Wind.

Natürlich keine Antwort.

Willkommen zu Hause, brüllte er. Auf dem Mars. In der Hölle.

Offensichtlich konnte er gar keine Reaktion hervorrufen, mit nichts.

Ich bin ein Zwerg, brüllte er. Ich bin ein Karnickel. Ich bin ein Quastenflosser.

Du bist ein Würstchen, rief seine Tante.

Endlich, rief er zurück. Ein bisschen Konversation. Danke.

Ein Würstchen, das sich für was Besseres hält, fuhr seine Tante fort. Ein kleines, verwöhntes Würstchen. Blödes, verwöhntes Würstchen – hey, das reimt sich. Wir sind alle Dichter.

Galen fragte sich, wie es sich anfühlte, jemanden zu würgen, eine Gurgel zwischen den Händen zu haben und einfach die Daumen hineinzudrücken. Wahrscheinlich schwierig. Fester, als man erwarten würde, nicht so einfach, die Luftröhre zu knacken. Aber er wäre bereit, sein Bestes zu geben.

Er sah zu seiner Tante hinüber, aber sie blickte aus dem Fenster. Jennifer lächelte, lachte ihn wahrscheinlich aus. Wie nett, dass dies ihr letzter gemeinsamer Augenblick sein sollte.

Also starrte er aus seinem Fenster auf dröge Vorstädte, bis sie bei Bel-Air vorbeikamen.

Die haben den besten Kürbiskuchen, sagte er.

Ja, sagte seine Großmutter, das stimmt. Sie haben den leckersten Kuchen. Und ich glaube, wir haben keinen Kuchen mehr. Wir sollten anhalten.

Galens Mutter fuhr weiter.

Suzie-Q, wir müssen bei Bel-Air anhalten.

Wir sind seit heute Morgen unterwegs, Mom. Wir müssen dich zurückbringen und dann nach Hause und auspacken.

Ich habe so lange keinen Kürbiskuchen mehr gegessen, sagte Galen.

Ja, sagte seine Großmutter. Viel zu lange. Kehr auf der Stelle um, Suzie-Q.

Galens Mutter betrachtete ihn im Rückspiegel, ein trauernder Blick, unerwartet. Dein Hühnchen war herrlich, Mom, sagte sie schließlich.

Was?

Es war so schön in der Hütte, und dein Hühnchen war richtig lecker. Die Klößchen waren vollkommen.

Na, sagte seine Großmutter. Na, das ist schön.

Bel-Air lag schon weit hinter ihnen, und ziemlich bald hatten sie das Altersheim erreicht, den tristen Betonklotz, diese Endstation. Galen hatte tatsächlich vergessen, dass sie hierher zurückkehren würden. Er hatte sich daran gewöhnt, seine Großmutter um sich zu haben.

Wieso bringen wir sie her?, fragte er.

Was ist das hier?, fragte seine Großmutter. Ich kenne das hier. Ist es ein Krankenhaus?

Galens Mutter antwortete nicht, fuhr einfach vor und stieg aus. Sie holte das Gepäck ihrer Mutter aus dem Kofferraum und öffnete die Beifahrertür.

Was machen wir?, fragte Galens Großmutter.

Wir sind zu Hause.

Ich bin nicht zu Hause.

Du bist zu Hause.

Hier gefällt es mir nicht. Bring mich sofort nach Hause, Suzie-Q.

Du bist zu Hause, Mom.

Warum tust du mir das an?

Galen konnte nicht mehr hinhören. Sie flehte jetzt. Nehmen wir sie mit nach Hause, sagte er.

Aber seine Mutter ignorierte ihn einfach. Sie nahm ihre Mutter vorsichtig am Arm. Komm, Mom, sagte sie und half ihr aus dem Auto. Da. Wir bringen dich schön wieder nach Hause.

Galens Großmutter sah ihn an. Mir gefällt es hier nicht, sagte sie.

Warum laden wir sie hier ab?, wollte Galen wissen.

Weil sie nachts in den Wald marschiert ist und weitergelaufen und gestorben wäre. Weil sie das zu Hause auch tun könnte. Ich habe für meine Mutter dieses Heim gefunden, weil ich sie liebe und möchte, dass sie in Sicherheit ist. Ich möchte nicht, dass ihr etwas zustößt.

Galen glaubte ihr ausnahmsweise. Ihr Mund offen und schrundig, müde, und er sah, wie besorgt sie in der vergangenen Nacht gewesen war. Das war ihm nicht klar gewesen. Sie hatte gefürchtet, ihre Mutter zu verlieren. Galen war unbehaglich zumute. Er erahnte die Güte seiner Mutter, und von der Güte seiner Mutter wollte er nichts wissen.

Seine Mutter und seine Großmutter gingen in das schreckliche Haus. Gefängnis und Krankenhaus in einem. Ein Haus mit tausend Stimmen, von denen keine mit der anderen sprach. Seine Großmutter hinter einem

Vorhang, in ihrem weißen Linoleum-Halbkreis, wartend. Vor sich zehn oder zwanzig Jahre, in denen sie weiter warten würde.

Sie sollte nicht hier sein, sagte Galen. Es ist besser, wegzulaufen und zu sterben, als hier in diesem Gefängnis zu warten.

Stimmt, sagte Helen. Sie ist immer noch meine Mutter.

Sie ist eine Hexe, sagte Jennifer. Wen schert's, was mit ihr passiert.

Ja, sagte Helen. Vielleicht hast du recht.

Was, wenn Jennifer das eines Tages über dich sagt?

Hm, sagte Helen.

Das würde ich nicht tun, Mom.

Vielleicht doch. Das stimmt. Vielleicht doch. Und das ist in Ordnung.

Der Motor kühlte fiepend ab, und es schien, als würde sich seine gesamte Hitze ins Wageninnere entladen. Galen war ganz glitschig. Heruntergekurbelte Fenster, aber keine Brise und die Luft draußen beinahe ebenso heiß.

Galen machte seine Tür auf und stieg benommen aus. Jennifer tat es ihm nach, das Gesicht schweißnass, Haare zum Pferdeschwanz gebunden. Wir kaufen uns ein Haus mit Klimaanlage, sagte sie. Mir egal, wo es steht oder wie groß es ist, aber Klimaanlage muss es haben.

Galen ging langsam im Kreis. In der Sonne, nirgendwo Schatten. Abstrahlendes schwarzes Pflaster. Menschen haben die ätzendsten Lebensformen erfunden. Altersheime, Autos, Straßenpflaster, gestrandet in der Wüste,

Orte, an denen man nicht einen Tag länger am Leben sein möchte. Es wäre eine bessere Idee gewesen, nackt herumzulaufen und überhaupt nie etwas zu erfinden. Dann müsste man einen Bach suchen oder einen See oder zumindest ein paar Bäume. Man würde sich niemals in einem überdimensionalen Ofen wiederfinden.

Ich kann nicht fassen, dass sie hier ist, sagte Galen. Und dieses beschissene Pflaster kann ich auch nicht fassen.

Wahnsinn, sagte Jennifer.

Das meine ich ernst. Jeder Quadratmeter ist eine Tragödie. Ein Zeichen dafür, dass wir durch und durch dämlich sind.

Nieder mit dem Pflaster.

Das meine ich ernst.

Ich weiß. Darum bist du ja ein Freak.

Galen konzentrierte sich aufs Pflaster, beschrieb einen engen Kreis, immer wieder mit dem Gefühl, dass die Mitte schmelzen, ein großer Strudel ihn hinabziehen würde. Das ist ein Verbrechen, sagte er. Dass wir sie hierlassen.

Vielleicht mag sie dir ja einen blasen.

Leck mich.

Niemals. Aber ich glaube, Grandma steht drauf. Du könntest die Vorhänge zuziehen, und sie könnte nuckeln und vergessen, wo sie ist.

Scheißdreck, warum bist du so?

Eine Stunde später könntest du wiederkommen und es dir noch mal besorgen lassen, weil sie erinnert sich ja nicht. Könntest du den ganzen Tag haben. Jennifer lachte.

Galen ging auf die Glastüren zu, doch auf halbem Weg kam ihm seine Mutter entgegen.

Sie sollte nicht hier sein, sagte er. Selbst wenn sie wegläuft und stirbt, ist das besser, als hier zu sein.

Seine Mutter ging wortlos an ihm vorbei. Sie stieg ins Auto und ließ den Motor an, und er wusste, sie würde ohne ihn fahren, also setzte er sich auf den Beifahrersitz, der feucht war von seiner Großmutter.

Welche Summe stand auf dem Scheck?, fragte seine Mutter, als sie auf die Straße fuhren.

Genug, sagte Helen.

Wie viel?

Geht dich nichts an.

Also, nur damit ihr es wisst. Ich will weder dich noch Jennifer jemals wiedersehen.

Kein Problem.

Ich meine es ernst. Nie wieder. Ihr werdet nie wieder zum Haus kommen.

Wie gesagt, kein Problem. Das hatten wir sowieso nicht vor.

Genau, sagte Jennifer. Haben wir schon drüber geredet.

Ich sage das für den Fall, dass der Scheck nicht funktioniert. Wenn der Scheck nicht funktioniert, kommt ihr vielleicht doch auf die Idee.

Der Scheck funktioniert.

Falls doch nicht, Folgendes: Sehe ich euch noch mal, kriegt ihr nichts. Bleibt ihr weg, sorge ich dafür, dass Mom Jennifer pro Semester einen Scheck ausstellt.

Galen schlug mit der Faust aufs Armaturenbrett. So

wütend, dass es ihm die Sprache verschlug. Würde er sprechen, so sein Gefühl, würde er seine Mutter schlagen statt das Armaturenbrett.

Ich zahle nichts Extravagantes. Ein State College muss reichen, aber ich sorge dafür, dass Mom diese Schecks ausstellt, wenn ich euch nie wieder sehen muss.

Galen boxte sich auf die Oberschenkel. Er fürchtete sich vor seinen eigenen Impulsen. Er verschränkte fest die Arme, machte die Augen zu und bemühte sich, die Zeit zu überstehen. Gefangen, neben ihr.

Die Feigen reif. Die Luft heiß und unbewegt und voll von ihrem Geruch. Galen saß im Baum und drückte eine Feige mit beiden Händen, bis ihre violette Haut aufplatzte, schlürfte das Fleisch, köstliche Frucht. Klebrig im Gesicht und an den Händen.

Galen wusste, dass er aß, um seinen Kummer zu betäuben. Er würde Jennifer nie wieder sehen. Es fühlte sich an, als wäre ein Teil seiner Brust entfernt und durch ein Wurmloch ersetzt worden, das sich zusehends verdichtete, das Gewicht irreal.

Er schlang die Beine fest um einen Ast, hangelte sich daran entlang und streckte sich, so weit er konnte, um zwei riesige schwere Feigen zu erreichen, die heiß waren und schlaff von der Sonne. So reif, dass die Haut durchsichtig geworden war.

Galen, rief seine Mutter.

Er dachte daran, nicht zu antworten. Wenn er einfach nie wieder antwortete, was passierte dann?

Galen, wiederholte sie. Sie war durch die Hintertür getreten, in der Hand ein Tablett mit Häppchen.

Bitte nicht die Häppchen, sagte er.

Da bist du, sagte sie, aber es klang nicht wie sonst. Keine Freude in ihrer Stimme wie noch vor einigen Tagen, vor der Hütte. Jetzt klang es eher, als hätte sie ein Ziel erspäht.

Ich esse heute Feigen, sagte er.

Ich habe dir etwas zu sagen.

Das höre ich auch von hier.

Sie setzte das Tablett auf dem schmiedeeisernen Tisch ab. Galen konnte das Blattmuster des Tisches erkennen, und zum ersten Mal fand er ihn hübsch. Schwer und alt, aber hübsch.

Ich habe eine Entscheidung getroffen, sagte sie.

Ich kann es gar nicht erwarten.

Es gab eine Zeit, da warst du mein Ein und Alles. Das warst du wirklich. Ich wollte ein Kind. Ich weiß nicht, warum. Und wenn ich die Zeit zurückdrehen und es ungeschehen machen könnte, würde ich es garantiert tun. Aber damals erschien es mir eine Zeitlang magisch, ein Kind zu haben.

Herzlichen Dank, sagte er. Für das »ungeschehen machen«.

Halt den Mund und hör zu. Ich schenke dir etwas. Ich erzähle dir die ganze Geschichte.

Galen wollte schreien, hatte aber auch ein bisschen Angst, also suchte er sich bloß ein bequemeres Plätzchen, etwas tiefer in einer Stammgabelung. Mit den beiden Feigen in der Hand.

Ich sah, wie sich die Welt vor mir auftat. Was ich da genau sah oder wieso ich irgendetwas davon geglaubt habe, weiß ich nicht, aber vielleicht war es so eine Vorstellung, wie wir in der Walnussplantage spielen, zwischen den Bäumen Fangen spielen. Gelber Senf und Wildblumen und Lachen. So was vielleicht, wie die schönsten Augenblicke meiner eigenen Kindheit in diesem Garten.

Sie sah ihn nicht an. Sie ließ den Blick über die Plantage schweifen und hielt dabei ihre Teetasse in beiden Händen, hielt sie einfach in der Schwebe, ohne daraus zu trinken.

Du klingst wie das Ferienprogramm, sagte er.

Du willst alles klein machen. Genau das hast du immer getan. Du hast versucht, alles klein zu machen. Aber ich erzähle jetzt trotzdem weiter, weil es mir wichtig ist. Es ist mir wichtig, dass es bei dir ankommt, ausnahmsweise mal.

Schön, sagte er.

Es gab ein Gefühl für das alles, ein Gefühl zu dir. So ein Weihnachtsgefühl, tatsächlich unschuldig und rein. Ich stellte mir Freude vor. Und ich glaube, eigentlich wollte ich meine eigene Kindheit wiederherstellen. Ich wollte zurück und alles heil machen und so leben, wie es hätte sein sollen.

Seine Mutter hatte ihn noch immer nicht angesehen. Das war beunruhigend.

Dazu gehörte ein Mann. Und ich dachte, ich hätte diesen Mann gefunden, aber als ich ihm sagte, dass ich schwanger bin, ging einfach alles vor die Hunde. In weniger als einer Minute. Es ging wirklich so schnell. Alle seine Gefühle für mich verpufften einfach.

Wer war er?

Die Chance hat er verspielt. Er kriegt keinen Namen und keine Geschichte außer der einen, die hier zählt, nämlich dass seinetwegen alles in weniger als einer Minute vor die Hunde ging. Mehr brauchst du nicht über ihn zu wissen.

Das ist echt hilfreich. Die Daddy-Minute. Das erklärt so viel.

Es erklärt alles. Es erklärt die Wahrheit über Männer, die Wahrheit, dass sie sich nur um sich selbst scheren. Und du bist auch nicht anders. Ich dachte, du wärst vielleicht anders. Jedenfalls hatte ich das gehofft.

Das ist so ein selbstgerechter Schwachsinn. Du solltest dir diesen Scheißdreck mal selber anhören.

Ja, wunderbar. Immer her mit den Dreckswörtern. Immer Gewalt. So sind die Männer.

Leck mich.

Ja. Leck deine Mutter. Du liebst Beleidigungen. Aber ich lass mir das von dir nicht wegnehmen. Ich bin hier, um dir eine Geschichte zu erzählen.

Es war einmal.

Genau. Es war einmal. Denn es war ein Märchen. Ich glaubte daran, dass du gut sein könntest.

Galen war diese Unterhaltung derart zuwider.

Ich habe all meine Zeit mit dir verbracht. All meine Zeit, jahrelang. Ich habe dir jedes Wort beigebracht, das du kennst. Denk nur mal eine Sekunde darüber nach. Jedes einzelne Wort, das du kennst.

Galen versuchte, sich aufs Ausatmen zu konzentrieren, versuchte, sich zu beruhigen.

Ich habe dir jeden Laut beigebracht. Wie ein S klingt, wie ein Z klingt. Den Unterschied zwischen P und B.

Na, danke, sagte Galen. Wenn es das ist, was du brauchst, danke für den Unterricht.

Halt den Mund. Du musst zuhören. Heute hörst du mal nur zu.

Leck mich.

Du wirst heute zuhören, weil ich eine Entscheidung getroffen habe, von der du erfahren musst. Und ich will, dass du sie wirklich verstehst. Ich will, dass du weißt, warum ich sie getroffen habe.

Na, dann kommen wir doch mal zum Punkt. Was ist deine Entscheidung?

Nein. Erst musst du verstehen.

Leck mich.

Ja ja. Was immer du meinst. Aber halt den Mund und lass mich ausreden.

Schön. Leg los.

Wo war ich? Sie setzte ihre Teetasse ab, legte die Handflächen auf den Tisch und betrachtete ihre Hände. Gut. Ich habe zugesehen, wie sich jeder Ausdruck entwickelte. Wie du gelacht und das Lachen vergessen hast, wie du gelächelt hast, dein Lächeln sich verzerrte und veränderte, wie dein Temperament und dein Weinen in Wut umschlugen, wobei ich zugeben muss, dass ich deine Wut nicht ganz verstehe. Deine Wut ist mir fremd, für mich nicht vorhersehbar. Unter anderem wegen deiner Wut gehörst du nicht mehr zu mir.

Du schreibst dir also nur das Gute zu?

Nein. Ich will bloß alles nachvollziehen. Und da gibt es eine Lücke. Und wegen solcher Lücken bist du jemand, mit dem ich nicht mehr zusammenleben kann.

Ist das die Entscheidung?

Nein. Sie hat damit zu tun. Vielleicht ist es sogar die Entscheidung. Vielleicht ist das der tiefere Grund, dass ich dich einfach nicht mehr in meinem Leben haben will, aber es ist nicht die Entscheidung, die ich dir jetzt mitzuteilen habe.

Na endlich.

Ich muss noch mehr erklären. Eigentlich habe ich damit noch gar nicht angefangen. Denn du bist bestimmt wütend und fühlst dich hintergangen und findest es ungerecht und meinst, dass es um mich geht und nicht um dich. Aber ich will, dass du es verstehst. Und du musst begreifen, dass es hier wirklich um dich geht.

Das macht mich ganz irre. Du bist irre.

Nein, bin ich nicht. Und du wirst mich nicht mehr irre nennen.

Das alles ist irre, sagte Galen. Du lebst schon eine ganze Weile in den Wolken. Mit deinen beschissenen Teestunden und Häppchen. Überleg doch mal eine Sekunde, wer sich sonst noch seine Welt zurechtbastelt. Wer spielt denn sonst noch den ganzen Tag in seiner eigenen Welt?

Ich lasse mich von dir nicht ablenken.

Überleg doch mal. Kinder spielen den ganzen Tag in ihrer eigenen Welt, aber wer noch? Was für Erwachsene, und wo leben die alle miteinander?

Galens Mutter sah endlich zu ihm hinauf. Das ist dein Geschenk für mich, sagte sie. Mich eine Irre zu nennen.

Die Nussplantage. Alles harte Nüsse hier, schwer zu knacken. Aber den schwersten Knacks hast du. Galen gefiel dieser Gedanke, doch er riss sich zusammen, weil er seiner Mutter eigentlich nicht weh tun mochte. Das war das ewige Problem. Sie hätte es noch viel ärger verdient, aber das brachte er nicht fertig.

Ich werde hier weiter leben, sagte sie. Aber du nicht.

Ist das die Entscheidung?

Nein.

Mich auf die Straße zu setzen, wie du es in der Hütte angedroht hast? Obwohl du dein ganzes Leben lang umsorgt wurdest?

Lass mich weiterreden. Ich versuche dir zu sagen, dass ich dich geliebt habe. Dein ganzes Leben lang habe ich dich geliebt, und ich habe mich bemüht.

Du warst meine Mutter. Da macht man das so.

Du verstehst gar nichts.

Keiner hat dich gezwungen, mich zu bekommen.

Sie schüttelte den Kopf. Das tust du mir nicht an, das lasse ich nicht zu.

Genau, weil ich dir gerade so schreckliche Dinge antue. Weil ich derjenige bin, der dir droht und sagt, dass er lebenswichtige Entscheidungen getroffen hat.

Ich habe mich bemüht, selbst als du so geworden bist, als du nur noch hässliche Sachen gemacht hast. Ich habe mich immer noch bemüht, dich zu lieben. Dir zu verzeihen. Dich zu dem werden zu lassen, der du werden wolltest, auch wenn das bedeutet hätte, dass du dein ganzes Leben lang zu Hause wohnst.

So wie du.

Lass mich ausreden.

Nicht, wenn du nur irres Zeug redest. Ich muss nur zuhören, wenn es vernünftig ist, was du sagst. Ich muss nicht zuhören, wenn das alles Irrsinn ist.

Ich hasse dich. Ich hasse dich so sehr.

Schön, sagte er. Er ließ die beiden Feigen fallen und kletterte vom Baum. Das ist toll. Du bist eine tolle Mutter. Du hast deine Vergangenheit wirklich zum Positiven gewendet, genau so, wie du es vorhattest.

Galens Mutter weinte lautlos, mit heftigen Atemhicksern. Sie konnte kaum sprechen. Ich sollte mein eigenes Kind nicht hassen, sagte sie. Das weiß ich. Aber ich hasse dich.

Tja, du brauchst mich nicht mehr zu sehen. Ich ziehe in das Zimmer über dem Schuppen.

Galens Mutter fing an zu lächeln. Es war höchst sonderbar. Sie weinte noch, aber sie fing an zu lächeln. Sie schnappte nach Luft, und dann lachte sie. Statt zu weinen, lachte sie ihn aus.

Was denn?, fragte er.

Du verstehst es nicht, sagte sie. Du hast ja keine Ahnung.

Ach, ich Dummkopf aber auch. Wo du doch alles erklärt hast.

Sie lächelte. Du glaubst, du kannst einfach in den Schuppen ziehen, und das war's.

Ja. Ich ziehe in den Schuppen. Du wirst mich nicht mehr sehen, aber du gibst mir Geld fürs College und für Essen und Sonstiges. Du hörst auf, mir mein Leben zu versauen.

Du gehst bestimmt nicht in den Schuppen, sagte sie.

Ich schaffe auf der Stelle meine Sachen rüber. Er steuerte aufs Haus zu.

Du gehst ins Gefängnis.

Galen blieb stehen. Hitze schien sich in seinem ganzen Körper auszubreiten. Hast du Gefängnis gesagt?

Ja. Gefängnis.

Und wieso gehe ich ins Gefängnis?

Unzucht mit einer Minderjährigen. Vergewaltigung.

Das ist absurd.

Deine Cousine ist siebzehn. Du bist zweiundzwanzig. Selbst wenn sie nicht deine Cousine wäre, wäre es Unzucht. Und da sie deine Cousine ist, vielleicht auch noch Inzest. Das bleibt abzuwarten.

Das ist mir zu dämlich. Darüber will ich nicht mal reden. Das meine ich mit irre. Er ging wieder aufs Haus zu, das ihm weiter weg erschien als zuvor. Als würde der Rasen zu beiden Seiten abfallen. Er musste auf einer schmalen Rasenbrücke zur Tür laufen, dann war er im Haus und in Sicherheit. Schnell ging er durch die Küche zur Treppe und in sein Zimmer, wo er sich den noch gepackten Seesack schnappte und über die Schulter warf.

Seine Mutter war auf der Treppe. Ich werde als Zeugin auftreten, sagte sie. Und ich habe die Zudecke mitgenommen, die Decke, auf der ihr beide drauf seid. Ich habe sie als Beweisstück mitgenommen.

Du hast Beweise gesammelt?

So ist es. Also, selbst wenn ihr beide leugnen solltet, habe ich den Beweis. Und du hast noch nicht geduscht, also bist du auch ein Beweis. Und sie hat auch nicht geduscht.

Du bist wahnsinnig.

Du sollst wissen, dass ich dich dein ganzes Leben lang geliebt habe, aber jetzt muss ich dich aufhalten. Ich muss das Richtige tun. Und du sollst außerdem wissen, dass ich dich im Gefängnis nicht besuchen kann. Da kann ich nicht hin. Das kann nicht Teil meines Lebens werden.

Du hast das alles durchdacht.

Ja.

Du hast darüber nachgedacht, dass ich im Gefängnis bin und du mich nicht besuchst.

Ja. Beinahe hätte ich uns alle zur Polizei gefahren, nachdem wir Grandma abgesetzt hatten. Aber dann habe ich beschlossen, es dir zu erklären. Ich möchte, dass du es verstehst. Das ist mein Geschenk für dich.

Das Haus kam Galen vor wie eine Höhle. Kein Licht, Jalousien unten. Große Mulden in der Zimmerdecke. Sein Leben, nicht irgendjemandes Leben. Sein Leben hinter Gittern. Dafür, dass er nichts getan hatte.

Bitte, sagte er. Ich verstehe das nicht. Ich verstehe nicht, wie das passiert ist. Er musste behutsam mit ihr reden. Sie war tatsächlich verrückt. Ich will nicht ins Gefängnis, sagte er. Du bist meine Mutter.

Ja, ich bin deine Mutter. Genau deshalb muss ich es tun. Das ist meine Verantwortung.

Bitte. Bitte überleg es dir noch mal. Du redest hier von Gefängnis.

Ja.

Du redest davon, deinen eigenen Sohn ins Gefängnis zu bringen.

Ja.

Sie hatte eine merkwürdige Konzentration, etwas, das er zunächst nicht einordnen konnte, aber dann wurde es ihm klar. Sie war erregt, freudig erregt. Du bist aufgeregt, du freust dich richtig, sagte er.

Ja. Das stimmt wohl. Es geht schon so lange. Ich habe schon so lange Angst vor dir. Aber jetzt muss ich dich nie wieder sehen. Ich bekomme mein Leben zurück.

Du kannst Menschen nicht einfach wegwerfen.

Du hast dich selber weggeworfen.

Bitte. Ich bin dein Sohn.

Da wandte sie sich ab und ging die Treppe hinunter in Richtung Küche.

Wo gehst du hin?

Sie antwortete nicht, aber in der Küche gab es ein Telefon. Er ließ den Seesack fallen und lief schnell hinter ihr her. Das Licht in der Küche war an, und sie griff bereits zum Hörer.

Nein!, rief er.

Ihre Hand zuckte zurück, als sie ihn hinter sich herkommen sah. Schreiend rannte sie zur Tür hinaus.

Er folgte ihr auf den Rasen, aber sie war bereits auf der anderen Seite und lief zum Schuppen.

Was soll dieser Scheiß, Mom?, brüllte er. Ich bin dein Sohn, nicht irgendein Monster.

Sie verschwand um die Ecke, und er blieb einfach auf dem Rasen stehen. Gefängnis. Er konnte das alles nicht fassen. Das konnte alles nicht wirklich sein. Aber es fühlte sich wirklich an. Wirklicher als alles andere je zuvor. Die Welt wirkte nicht wie eine Illusion. Seine Mutter wollte die Polizei rufen. Das hatte eine ungeheure, erschreckende Wirklichkeit.

Galen, eingekesselt von seinem Leben. Der Schuppen, das alte Haus, die Bäume über ihm, die Walnussplantage, alles kam näher. Das Ende einer Zukunft. Gar keine Zukunft mehr.

Ich bin doch kein Müll, brüllte er. Mich kann man nicht einfach so wegwerfen.

Die Luft so heiß und stickig. Er ging hindurch bis zur Ecke des Schuppens, in die Plantage und herum zum großen Tor. Es war geschlossen. Er stand davor in der heißen Sonne und flehte. Bitte, sagte er. Bitte. Ich gehe auch weg. Du musst mich nicht mehr sehen. Aber ich will nicht ins Gefängnis. Ich weiß nicht mal, was Gefängnis bedeutet.

Er kniete sich auf die Erde, in die aufgebrochenen Furchen. Bitte, flehte er. Bitte.

Er spürte die Hitze, die vom alten Holz und vom Boden abstrahlte. Sein Körper glitschig. Er kroch näher heran und griff nach dem Türknauf. Ich komme nur rein, um zu reden, sagte er. Ich will nur reden. Aber sie hatte die Tür irgendwie verriegelt. Sie ließ sich nicht schieben.

Er stand auf und zog fester, aber sie bewegte sich nicht. Der alte rostige Knauf, das alte Vorhängeschloss. Innen gab es kein Schloss. Sie musste ein Stück Holz oder Ähnliches reingeklemmt haben.

Bitte, sagte er. Lass mich rein. Wir müssen reden.

Ich gebe dir einen Vorsprung. Wenn du jetzt gehst, hast du eine Stunde bis zu meinem Anruf.

Nein. Ich will keine Stunde. Das kannst du nicht machen, Mom. Er sackte gegen die Tür, altes graues Holz, rau und verwittert und heiß an seiner Wange.

Zu ungerecht. Vergewaltigung. Es war doch keine Vergewaltigung. Ich bin kein Vergewaltiger, sagte er.

Sie antwortete nicht. Wartete einfach im Schuppen, dem Ort ihrer Kindheit. Ihre Kindheit, die so besonders war, dass keiner daran rühren durfte. Alles eine Lüge.

Ich bin kein Vergewaltiger.

Du bist ein Vergewaltiger, und du misshandelst Menschen. Und mich wirst du nie wieder misshandeln.

Scheiße! Er klatschte mit der Handfläche aufs Holz.

Siehst du?

Du bist irre.

Siehst du?

Hör auf mit dem Scheißdreck.

Siehst du?

Galen war so frustriert, dass er brüllend auf die Tür eintrat.

Du bist ein Tier, schrie sie. Du bist ein Tier, und du gehörst in einen Käfig.

Galen trat zurück und drehte sich, um die Hacke in die Tür zu rammen. Er trat fest zu. Aber sie war stabiler, als sie aussah. Ich zeig dir, was misshandeln bedeutet, sagte er. Wenn du das Wort schon benutzt, sollst du auch wissen, was es bedeutet.

Du lieferst mir bloß weiteren Stoff fürs Gericht. Ich werde aussagen, dass du versucht hast, mich umzubringen.

Galen hörte auf zu treten. Er konnte das alles nicht fassen. Immer wieder drehte sie alles um. Er musste nachdenken. Er musste über einen Ausweg nachdenken.

Hör zu, sagte er. Ganz ruhig jetzt. Denken wir doch mal darüber nach. Ich habe dir nie etwas angetan. Ich habe nie jemanden misshandelt. Können wir uns zumindest darauf verständigen?

Du hast mich misshandelt.

Galen konnte hier nicht bleiben. Wenn er blieb, bekam er einen Schreikrampf. Er musste eine Weile weggehen und sich beruhigen und nachdenken. Aber sie durfte nicht die Polizei rufen, während er weg war.

Es gab einen Riegel, der auf den Knauf passte. Den schwenkte er hinüber, und dann probierte er das Schloss. Es war eingerostet und ließ sich nur schwer schließen, aber er schob es mit einem Bein nach oben und drückte mit beiden Händen nach unten, sodass es einrastete.

Was machst du da?

Ich habe die Tür verriegelt. Ich muss ein bisschen nachdenken. Das muss ich erst mal sortieren. Und ich kann nicht zulassen, dass du in der Zwischenzeit die Polizei rufst.

Sie lachte. Hervorragend. Du schaufelst dir dein eigenes Grab.

Bist du meine Mutter?, schrie er. Er schrie so laut, dass ihm die Kehle weh tat, wie beim Kotzen, Mund und Kehle so weit geöffnet, dass sie brannten. Bist du meine Mutter?

Sie so anzuschreien schwächte ihn. Nichts mehr in ihm, Leere. Was er spürte, war nicht einmal Wut. Es war etwas viel Verzweifelteres, die ganze Welt aus den Fugen. Er ging auf das Haus zu, eine Hülle nur, nicht mehr.

Die Decke war irgendwo im Haus, und er würde sie finden. Auch wenn es eigentlich egal war.

Ihr Zimmer noch immer ein Kinderzimmer. Holzspielzeug aus Deutschland in den Regalen, Eisenbahnwagen und Nussknacker und kleine Mädchen aus Holz. Ein ausgewachsenes Schaukelpferd, ebenfalls aus Holz. Alles mit Bedacht platziert, die kostbarsten Kindheitserinnerungen.

Eigentlich wusste er nicht, wer seine Mutter war. Er war nicht dabei gewesen, als sie geschaffen wurde, und hatte auch die Jahre nicht erlebt, in denen sie neu geschaffen wurde. Er hatte keinen Ausgangspunkt. Und was sie jetzt tat, war unvorstellbar. Wie sie miteinander redeten, war unvorstellbar.

Was ist geschehen?, fragte er laut.

Er fand ihren kleinen Koffer im Schrank, aber er war leer, bereits ausgepackt nach der Reise. Er schob Kleider und Mäntel beiseite, fand Papiertüten mit Pullovern und Strümpfen. Keine Spur von der Decke.

Ihr Bett schmal, mit einer hellblauen Decke. Er kniete

sich hin, sah unters Bett, und da war sie. Eine alte braune Decke aus der Hütte und irgendwo darauf die Spuren seines Verbrechens.

Galen legte sich auf den Holzboden und schob sich die Decke unter den Kopf, als Kissen. Er lag da, weil er nicht wusste, was er tun sollte. Er musste die Ereignisse rückgängig machen, ungeschehen. Wann war es zwischen ihm und seiner Mutter entgleist?

Die Decke war aus rauer Wolle, sehr alt. Und das war das Problem. Zwischen Galen und seiner Mutter war es entgleist, bevor Galen überhaupt geboren war. So war es. Und es war himmelschreiend ungerecht, dass er jetzt dafür die Schuld bekam.

Das bin nicht ich, sagte er. Hier geht es nicht mal um mich.

Er stand auf, nahm die Decke mit in den Hof und ließ sie auf den Rasen fallen. Dann holte er Streichhölzer aus der Küche, um die Decke und alles, was sie verkörperte, zu verbrennen. Er sah zu, wie die Flamme an einer Ecke züngelte, beinahe unsichtbar in der Sonne. Ein Hauch von Blau und Orange. Er spürte die Wärme des Feuers, das sich immer weiter ausbreitete, wärmer noch als die heiße Sonne, und sah die Wolle, während sie verzehrt wurde, schwarz und dünn werden. Das Feuer erkennbar an dem, was es zurücklässt.

Die Decke schrumpelte zu einem Ball, knäulte sich fest zusammen und wurde schwarz und kehrte zurück zu Erde und Luft, wurde Asche und Dunst, nicht mehr als eine graue Schliere auf dem Grün. Genau das musste Galen irgendwie mit seinem Leben anstellen. Er musste es wegbrennen, erneuern, die Verheißung eines Neustarts finden.

Er wusch sich unter der Dusche, schrubbte seinen Schwanz erbarmungslos. Keine Spur würde von Jennifer bleiben. Und ganz bestimmt hatte sie inzwischen schon drei Mal geduscht.

Galen nahm seine Unterwäsche mit in den Hof und verbrannte auch sie. Dann ging er zum Schuppen und baute sich vor der Tür mit dem rostigen Schloss auf.

Ich habe Durst, sagte sie. Es ist heiß hier drin. Du musst aufschließen und weggehen. Ich gebe dir eine Stunde.

Ich habe alles verbrannt.

Wie?

Ich habe die Decke verbrannt. Ich habe meine Unterhose verbrannt. Ich habe geduscht. Und du weißt, dass Jennifer schon geduscht hat. Also gibt es keine Beweise mehr.

Das ist egal. Ich bin die Zeugin, und das zählt. Wie oft sagt eine Mutter gegen ihren eigenen Sohn aus? Sie werden mir glauben.

Warum machst du das?

Warum bist du so geworden?

Das ließ sich ja wohl nicht verhindern.

Und so ist es jetzt auch. Ich habe keine andere Wahl.

Du musst mit mir reden. Du kannst nicht einfach so daherreden.

Ich muss gar nichts.

Hier geht es nicht mal um mich.

Genau das habe ich ja gesagt. Ich wusste, dass du glaubst, das hätte nichts mit dir zu tun. Ich wusste, dass du meinst, das wäre allein mein Problem und ein Betrug und ungerecht. Aber du musst begreifen, dass es hier tatsächlich um dich geht. Du bist ein Tier, und du gehörst für den Rest deines Lebens hinter Gitter.

Mom. Galen wusste nicht, was er noch sagen sollte. Ich bin kein Tier.

Du bist ein Tier.

Die Sonne so heiß. Er ging um die Ecke zum kleinen Geräteschuppen, der an den Hauptschuppen angebaut war. Dort drin wäre es schattig. Er zog die Holztür auf und wurde an seinen Großvater erinnert. Kaum mehr benutzt, die Werkzeuge, aber sein Großvater war ständig hier drin gewesen, hatte immer in der Plantage oder an der Hecke oder den Gebäuden gearbeitet, wenn er nicht gerade als Ingenieur tätig war. Sein ganzes Leben bestand aus Arbeit. Und so hätte aus ihm ein guter Mensch werden sollen, aber er schlug seine Frau, und deswegen war er kein guter Mensch. Er war jemand, der Menschen misshandelte. Das war mit dem Wort gemeint. Und deswegen war die ganze Familie gestört. Er war es, den man hätte wegsperren sollen. Galen hatte nichts Unrechtes getan. Seine Mutter lastete ihm ihren Vater an. Sie schickte ihren Vater ins Gefängnis.

Ich bin nicht dein Vater, sagte er, so laut, dass sie es durch die Wand hörte.

Wo bist du?

Ich bin im Geräteschuppen. Und ich bin nicht dein Vater.

Warum bist du im Geräteschuppen?

Hier ist es schattig. Es ist heiß, und man kann nirgends sitzen, aber jedenfalls ist es nicht in der Sonne.

Hier drin ist es auch heiß. Du musst die Tür aufsperren und weggehen. Ich habe das Warten satt. Ich muss hier raus, und ich brauche was zu trinken.

Du versuchst, deinen Vater ins Gefängnis zu bringen. Genau das geht hier vor.

Es geht um dich.

Galen nahm eine Schaufel und knallte sie gegen die Wand. Es war eine große, schwere Schaufel mit einem breiten flachen Blatt, nicht abgerundet.

Was machst du da?

Er ließ es wieder knallen, rhythmisch.

Hör auf.

Ich mach weiter, bis du zugibst, dass es um deinen Vater geht und nicht um mich.

Hör sofort auf.

Aber Galen schlug weiter mit der Schaufel aufs Holz, in stetem Rhythmus, mit dem flachen Schaufelblatt gegen die Wand, damit es ganz laut knallte. Er beugte sich über die kleineren Geräte, um an die Wand zu kommen. Rebscheren und Heckenscheren und kleine Gartenschaufeln, über Jahre angesammelte Gerätschaften. Die Schaufel bald schwer, brennende Schultern, hastiger Atem, aber er machte weiter.

Sie hatte aufgehört zu reden, und das war gut.

Galen hätte gern eine kleinere Schaufel gehabt. Er wollte den Rhythmus nicht unterbrechen, aber schließlich konnte er sie einfach nicht mehr halten.

Weiter, sagte sie.

Er trat hinaus in die Sonne und wanderte durch die Plantage, barhäuptig und sonnenwirr, und die Hitze umringte ihn schwer. Die Furchen uneben und klumpig, seit Jahren nicht umgegraben. Das Bewässerungssystem noch intakt, dünne dunkle Spuren, die entlang der Baumreihen verdampften. Er zog die Schuhe aus und stapfte durch den Matsch, mit schmatzendem Geräusch, endlich eine Abkühlung für die Füße. Der Schatten hier immer noch heiß, Sonnenlicht überall zwischen den Blättern, kein echter Schatten. Die Walnuss ein brutaler Baum.

In der Hitze und der grellen Sonne schienen die Baumstämme weiter auseinander zu stehen, der Garten sich auszudehnen wie Metall.

Er stöhnte und knurrte eine Weile und wanderte ziellos umher, wanderte im Dreck. Wenn seine Füße zu heiß wurden, stapfte er in den Matsch und zog weiter. Unkraut und Dornen, jede einzelne Pflanze unfreundlich. Die meisten sahen tot aus, aber sie standen noch aufrecht, dürre braune und gelbe Stängel von Scheißsträuchern und Dreckskräutern und Pissgras. Jahrelanger Verfall toter und trockener Blätter, eine Schicht von Häuten. Und wo die Erde noch durchblickte, war selbst das Braun ausgebleicht. Erde, die eher weiß als braun war. Dieser trostlose Ort. Schön für die Grashüpfer und Bienen und Schmetterlinge, am schlimmsten die Grashüpfer, die er rings um sich landen hörte. Einigen setzte er nach, trat sie fest nach ihrer Landung, zerklatschte sie mit den Händen, knirschende braune Leiber, übergroße Köpfe mit großen schwarzen wachen Augen, Beine so dünn, dass sie aus nichts gemacht waren. Er wollte, dass sie alle starben und das Unkraut gleich mitnahmen, den Garten ausräumten, und dann wollte er Regen. Die Erde sollte wieder braun sein. Die Sonne aufhören zu scheinen.

Kein Vater, sagte er. Nur eine Mutter, und dann so eine. Das ist es, was ich bekomme im Leben. Er ging zur Mauer, einer hohen, mit der neuen Wohnsiedlung errichteten Wand, doppelt so hoch wie er und aus Schlackenbetonklötzen, orange-braun gestrichen, um sich in die Umgebung einzufügen. Die Häuser, die mit einem halben Stockwerk herüberlugten, hatten dieselbe Farbe. Ihre Klimaanlagen ratterten Tag und Nacht. Noch so ein Gefängnis, das Leben in dieser Wohnsiedlung, aber nichts gegen das Gefängnis, das ihn erwartete.

Er konnte nicht mal daran denken. Er konnte sich nicht vorstellen, im Gefängnis zu sein. Sein Gehirn brachte das einfach nicht fertig, das Bild fügte sich nicht zusammen. Das war wie in T-Shirt und Shorts auf dem Mond zu stehen oder auf dem Mars in einem Sessel zu lümmeln und Tee zu trinken.

Galen war schwindlig vor Hitze, so benommen, dass er sich an einen Baum lehnte. Der Schatten eine Art Strafe. Die Erinnerung eines Schattens, der eigentlich keiner war, weil die Walnussblätter nicht dicht genug waren in dieser Sonne. Als die Bäume noch beschnitten und gepflegt wurden, waren sie dichter gewachsen. Jetzt hatten sie tote Äste und trugen weniger Walnüsse und sahen struppig aus.

Limonade, sagte er. Ich brauche Limonade. Er stand auf und lief quer durch die Plantage, eine weitere Mondmission, wortlos vorbei an seiner Mutter im Schuppen. Er ging über den Rasen ins Haus und machte sich einen großen Krug Limonade, einen Glaskrug mit einem Glasrührer, einem langen durchsichtigen Stab mit einer durchsichtigen Kugel am oberen Ende. Es klang schön beim Umrühren, und er tat viele Eiswürfel hinein, damit es klimperte. Er machte die Limonade aus einer Fertigmischung und fügte keine frischen Zitronen hinzu wie seine Mutter, aber sie schmeckte gut.

Er trug die Limonade auf einem Tablett mit zwei Gläsern zum Tisch unter dem Feigenbaum.

Galen?, fragte seine Mutter.

Yep.

Lass mich auf der Stelle raus.

Tut mir leid, sagte er. Ich bin beschäftigt. Er zog einen Stuhl näher an die Schuppenwand, stellte den Tisch dazu. Der Schatten der Feige hier war vollkommen. Große Blätter, ein riesiger Baum und nichts abgestorben. Er strotzte vor Gesundheit. Galen schenkte sich ein und fragte sie dann, möchtest du auch ein Glas?

Was?

Ich habe mir gerade Limonade eingeschenkt. Möchtest du auch ein Glas?

Ja.

Na schön. Er schenkte ihr ein. Bitte sehr, sagte er.

Das ist grausam.

Es ist, wie es ist. Du bist doch diejenige, die sich im Schuppen versteckt. Sicher in deinem Schlupfwinkel. Wenn du Limonade willst, komm raus und hol sie dir.

Er trank. Ah, sagte er. Das tut gut. Ich hatte richtig Durst. Ist aber auch eine Affenhitze heute.

Er hörte, wie die Schuppentür gerüttelt und geschlagen wurde, gedämpft allerdings, weil sie auf der anderen Seite war.

Galen!, schrie seine Mutter.

Das ist Misshandlung, sagte er. Versuche, deine Wut zu zügeln. Komm und setz dich einfach und trink ein Glas Limonade, und dann reden wir. Wir sind doch beide vernünftig.

Ich werde ihnen sagen, dass du versucht hast, mich umzubringen. Ich werde ihnen sagen, dass du mich hier eingesperrt hast.

Du hast dich selber eingesperrt.

Deine Fingerabdrücke sind auf dem Schloss.

Tja, sagte er und kippte das Glas. Er machte die Augen zu und versuchte, sich auf die Limonade zu konzentrieren, kalt und süß und auch bitter. Er wusste nicht, wie es so weit gekommen war, dass er allein unter dem Feigenbaum saß und seine Mutter eingesperrt im Schuppen mit dem Vorsatz, ihn ins Gefängnis zu bringen. Nichts davon war möglich. Ich verstehe nicht, wie es so weit gekommen ist, sagte er.

Du hast deine Cousine vergewaltigt. Ganz einfach.

Wenn du das immer wieder sagst, wie soll ich dich da rauslassen?

Du lässt mich auf der Stelle raus.

Weißt du, was ich mir vorstelle, wenn ich an Gefängnis denke?

Geh auf der Stelle um den Schuppen und schließ auf.

Ich stelle mir vor, in T-Shirt und Shorts auf dem Mond zu stehen. Das habe ich mir vorgestellt, als ich draußen in der Plantage war.

Wenn du nicht aufschließt, kommst du noch länger ins Gefängnis. Dann kriegst du die Todesstrafe.

Es ist der Mond, aber mit guter Luft und guter Temperatur. Es ist sehr still, und es geht kein Wind. Es gibt nur Felsen und dunklen Sand, so weit das Auge reicht, und ich weiß, das ist alles. Mehr kriege ich nicht. Ich kriege keine Menschenseele zu Gesicht. Und keine andere Farbe außer diesem Felsen und Sand.

Das Gefängnis ist nicht der Mond.

Ich weiß. Ich will damit sagen, dass ich mir Gefängnis nicht vorstellen kann. Ich kann es mir nicht mal vorstellen. Ich kann da nicht hingehen.

Du gehst da hin.

Aber das ist es doch. Ich gehe da nicht hin.

Doch.

Schön, sagte er. Er stand auf und nahm den Glaskrug. Er trat an die Wand und schüttete die Limonade an ein breites Brett. Hier ist deine Limonade, sagte er. Lass es dir schmecken.

Das werde ich ihnen alles erzählen. Jede Einzelheit kriegen sie zu hören. Wie du mich gefoltert hast.

Folter, sagte er. Jetzt bin ich ein Folterer. Gibt es irgendetwas, das ich in deinen Augen nicht bin?

Ja, mein Sohn.

Galen lachte. Toll. Das ist toll. Danke, Mom. Du bist eine Mordsmutter. Danke, dass du für mich da bist.

Galen. Begreif doch. Jede Minute, die du mich hier weiter festhältst, macht es schlimmer für dich.

Mom. Begreif doch. Du hockst in einem beschissenen Schuppen, und du kommst da nicht raus.

Galen lag auf dem Bett und starrte in die dunklen Höhlen seiner Zimmerdecke. Krater, da hatte er also seine Mondlandschaft. Sonnenflecken, die noch immer in seinen Augen schwammen, Sonneneruptionen. Seine Mutter ein anderer Planet, weit weg, der sich drehte und drehte. Sie beide gemeinsam gefangen in irgendeiner Umlaufbahn.

Die Luft kühl im Zimmer, sogar ohne Klimaanlage. Altes Haus, dicke Wände, dickes Dach, schwere Isolierung und schwere Vorhänge. Eine Art Festung im Tal.

Galen schloss die Augen, und die Sonnenflecken verbanden sich nicht zu Mustern. Rundliche Kleckse, die schwebten und verschwanden, die sich plötzlich in neue Gefilde bewegten wie UFOs. Die auftauchten und abtauchten, blitzschnell.

Der Gedanke, auf dem Mond zu stehen, gefiel ihm. Das Licht würde immer schräg einfallen wie abends auf der Erde kurz vor Sonnenuntergang, außer dass die Sonne nie ganz unterging. Lange Schatten hinter jedem Stein, Schatten selbst von großen Sandkörnern. Eine Präsenz in allem, leuchtend, und kein anderer Mensch. Keine Spuren. Er wüsste immer, dass er auf der Oberfläche eines Himmelskörpers stand. Das könnte er spüren, die Wölbung auf allen Seiten. Und wenn er ginge, würden seine Füße berühren, was noch unberührt war. Er würde barfuß gehen und die leicht kühle Oberfläche spüren, gleichförmig und unveränderbar, jeder Stein und jedes Sandkorn über Milliarden von Jahren egalisiert von der immer gleichen Sonne. Jeder seiner Schritte wäre älter als der eines Dinosauriers, würde Sand aufwühlen, der in einer vergangenen Ära aufgeschüttet worden war, zerbrochen und gesiebt in einer Zeit, da Planeten gemacht wurden, da der Mond der Erde entrissen wurde.

Zurück. Das wäre das größte Geschenk. Wenn er auch nur ein paar Tage zurückkönnte, wäre seine Mutter nicht im Schuppen.

Er versuchte, sich einen Ausweg aus dieser Situation zu überlegen. Sie hatte recht. Mit jeder Minute wurde es schlimmer für ihn. Er saß tiefer in der Falle als sie.

In Galens Kopf herrschte nur Leere. Es gab keine Richtung, in die er gehen konnte. Also stand er auf und ging nach unten auf den Rasen. Sie schrie. Im Haus hatte er davon nichts gehört.

Hilfe!, schrie sie. Helft mir! Bitte helft mir! Alles gedämpft. Sie saß in einem Kasten. Sie hämmerte gegen die Wände.

Galen ging näher ran, versuchte herauszufinden, wo sie hämmerte und womit. Sie war nicht an der Rückwand bei der Feige und auch nicht an der Seite. Er ging in die Plantage und sah, wie das Tor bei jedem Hämmern bebte und sich ein wenig beulte.

Was machst du da?, fragte er.

Dafür wirst du hängen, sagte sie, und dann schrie sie weiter. Hilfe! Ich bin im Schuppen!

Dich kann keiner hören.

Irgendjemand wird mich hören. Und sie werden dich wie einen Hund hier wegschleifen und in Ketten legen.

Na, das ist doch eine hübsche Vorstellung. Danke, Mom. Aber wo kommen diese Leute her? Im Haus habe ich dich nicht gehört. Überleg mal, wie weit der nächste Nachbar weg ist. Und die haben alle ihre Klimaanlagen laufen, noch zwei Monate mindestens.

Damit kommst du nicht durch.

Womit sollte ich durchkommen? Du hast das doch alles veranstaltet hier. Das ist deine Show.

Damit wirst du nicht durchkommen.

Ich habe gar nichts gemacht.

Du versuchst, deine eigene Mutter umzubringen. Du weißt, wie eine Jury darüber denkt. Wenn man seine eigene Mutter umbringen will.

Du!, schrie er. Du hast dich in den Schuppen gesetzt. Du hast dich in diesen Scheißschuppen gesetzt. Er knallte die Hand an die Tür, immer wieder. Zum Teufel mit dir!

Hätte ich gewusst, was aus dir wird, hätte ich dich als Baby getötet. Einfach die Hand auf Nase und Mund. Das wäre so einfach gewesen.

Irgendwie begreifst du nicht, dass du mit mir überlegen musst, wie ich dich hier wieder rauslassen kann. Irgendwie begreifst du das nicht. Und wenn du davon redest, mich in Ketten zu legen und zu töten, gibst du mir nicht gerade den tollsten Grund, dich rauszulassen.

Ich verhandele nicht mit dir.

Oh, doch.

Du gehst ins Gefängnis. Daran ist nicht zu rütteln.

Verdammt noch mal. Ich stehe hier nicht länger rum

für so ein Geschwätz. In dieser Scheißhitze. Wie wär's, wenn du einen Tag da drinbleibst, und dann reden wir weiter.

Du lässt mich auf der Stelle raus.

Klar, dazu kommen wir gleich. Er ging in den Schatten des Feigenbaums und hörte ihr Gehämmer. Es klang, als würde sie mit den Walnussgestellen werfen.

Er setzte sich an den Tisch, und er war durstig. Der Nachmittag versprach sich ewig hinzuziehen, und die Luft würde nicht abkühlen. Sie würde nur noch dicker werden, sich mit der Zeit zusammenballen, von der Hitze geschmolzen und verdichtet. Aus zehn Metern Luft wurden zwei Meter, nicht inhalierbar.

Er brauchte Limonade, also ging er ins Haus, machte sich noch eine Karaffe, kein Eis mehr, aber das Wasser war kalt genug. Die Luft hier drin so viel atembarer. Er holte sich eine Handvoll Schokochips aus der Speisekammer, eine Gaumenfreude, entdeckte Salzcracker und nahm sich ein Paket mit. Eine Inspiration.

Ich habe noch mal Limonade gemacht, sagte er. Und was zu essen mitgebracht.

Sie prügelte auf die Seitenwand ein.

Er hatte noch immer die Schokochips in der Hand, die langsam schmolzen, die Handfläche braun färbten, und er ließ sie fallen, beugte sich hinunter und wischte sich die Hand am verwucherten Gras ab. Zu süß.

Ich sagte, ich habe Limonade gemacht, sagte er etwas lauter. Und was zu essen mitgebracht.

Sie hörte auf zu wüten. Galen, sagte sie. Sie klang atemlos. Ich kann das nicht. Du musst die Tür aufmachen.

Eine gedämpfte Stimme, er wusste nicht genau, wo sie war, irgendwo dort im Dunkeln, und er war vom Licht geblendet.

Würde ich zu gern.

Na, dann mach es jetzt.

Ich muss sicher sein, dass ich nicht ins Gefängnis komme.

Du kommst ins Gefängnis.

Galen machte die weiße Plastikpackung auf, ging zur Wand und schob Cracker durch die Ritzen. Hier ist dein Essen, sagte er. Mehr gibt es nicht heute, also teile es dir gut ein.

Das ist prächtig. Wenn ich ihnen erzähle, dass ich vor Durst in der Hitze umgekommen bin und du mir Salzcracker gereicht hast.

Die Sache ist, noch erzählst du diese Geschichte nicht. Du stehst nicht vor Gericht. Noch lebst du die Geschichte. Und das hier ist dein Essen für heute.

Er schob ein Dutzend Cracker zwischen den Brettern durch und hörte, wie sie herankam. Sie schlug gegen die Wand, vor der er stand, und schob die Cracker durch den Spalt zwischen Boden und Wand zurück. Es war ein schmaler Spalt, gerade mal zwei Zentimeter breit, aber Galen wurde nun plötzlich auf ihn aufmerksam. Der gesamte Schuppen stand auf Pfählen, die in den Boden gerammt waren, und die Bretter reichten fast bis zum Boden, steckten aber nicht drin. Sie konnte sich an der Wand entlang ziemlich schnell rausgraben.

Scheiße, sagte er.

Was?

Nichts. Er ging hinten herum zum Geräteschuppen, nahm sich eine der kleineren runden Schaufeln und überlegte, wo er anfangen sollte. Am besten wäre, wenn er ihr einfach folgen könnte. Wenn sie zu graben anfing, würde er Erde zurückschaufeln. Aber das hieß, dass er wach bleiben musste. Nur ein, zwei Stunden Schlaf, und sie kam raus. Was hieß, er sollte jetzt anfangen und rundherum genügend Erde aufhäufen.

Wenn er zu schaufeln anfing, würde sie allerdings draufkommen. Und sie hatte noch gar nicht angefangen zu graben. Vielleicht kam sie gar nicht auf die Idee. Unglaublich, dass er solche Überlegungen überhaupt anstellte.

Wir müssen aufhören damit, Mom, sagte er. Wir müssen das irgendwie lösen. Es ist zu schrecklich. Das bin nicht ich.

Das bist du. Genau das bist du immer gewesen. Dein ganzer New-Age-Dreck von wegen alte Seele und so. Aber du bist ein Mörder. Das bist du.

Galen schritt den gesamten Schuppen ab, einmal herum, am grauen Holz vorbei, das beinahe bis zum Boden reichte. Der Boden hart, unbestellt, und sie hatte keine Werkzeuge, keine Schaufel, insofern zweifelte er eigentlich, dass sie weit kommen würde, aber es war schwer einzuschätzen. Er war zum Wächter geworden, er bewachte ein Gefängnis.

Die breitesten Spalten entdeckte er vorne beim Tor, dort setzte er die Schaufel an. Die Erde schwerer als erwartet. Eine volle Schaufel eine tüchtige Menge. Er hatte sich die Kruste so dünn vorgestellt, dass er hindurchfallen und auf die andere Seite des Planeten stürzen konnte, aber jetzt war er sich nicht mehr sicher. Die Welt eine Illusion, doch was im einen Augenblick hauchdünn gewirkt hatte, konnte sich im nächsten verfestigen. Alles beständig in Veränderung. Dass er schaufelte, vielleicht machte das die Erde an dieser Stelle umso dicker. Die Illusion stellte ihn auf die Probe, reagierte auf sein Bewusstsein. Während wir herumlaufen, erschafft sich die Welt immer wieder neu.

Es ging um die Mühe. Die Erde wurde hier dicker, damit er arbeitete. Die Schaufel wog schwer, damit er das Gefühl hatte, etwas zu tun. Die Welt sträubt sich, und durch unsere Mühen lernen wir unsere letzten Lektionen.

Das Geräusch der Schaufel, die in die Erde eindrang. Das war ein vielschichtiges, wunderschönes Geräusch, trügerisch schnell und gar nicht aus einem Stück. Und der dumpfe Schlag und das Rieseln von Steinen und Klumpen und feinen Körnchen beim Anheben der Schaufel gemahnten daran, dass wir aus alledem gemacht sind. Unser ganzes Wissen besteht aus Bruchstücken. Strömen, die sich bündeln, um fest zu erscheinen. Das Wesen aller Dinge. Und der Kick bestand im Werfen, wenn er die Schaufelladung gegen das alte Holz warf, gegen die Spalten, und sie in tausenderlei Varianten auftreffen hörte, die sich allesamt als ein einziges Geräusch tarnten, einen einzigen Vorgang.

Galen wusste jetzt, dass hier etwas Wichtiges geschah. Seine Mutter in diesem Schuppen war ein Geschenk. Dies war seine letzte Lektion. Hier würde er die Unbeständigkeit aller Dinge fühlen und erkennen. Nicht bloß denken oder ahnen, sondern erkennen. Dies war sein Fluss. Galen hatte sich immer an Wasser orientiert im Glauben, seine Meditation sei die von Siddhartha, das Wasser, in dem er alle Dinge sich formen und verflüchtigen sähe, doch Galens ureigene Meditation war eine Meditation über Erde, über Dreck. Er war damit aufgewachsen, wusste schon sein ganzes Leben darum, ohne es zu erkennen. Er lud noch eine Schaufel voll, und die Millionen feiner Körnchen spritzten in Mustern davon und stürzten zu Boden, und er empfand eine unermessliche Freude, einen Kick, der den ganzen Körper erfasste.

Mein Gott, sagte er. Es war die ganze Zeit vor meinen Augen.

Was machst du da?, fragte seine Mutter, aber er achtete nicht auf sie. Sie war nur der Katalysator. Sie hatte sich selbst eingeschlossen, um seine Aufmerksamkeit zu lenken, um ihm diese Meditation zu schenken. Das war der ganze Sinn und Zweck von all ihrem Streiten und Kämpfen. Aber sie erkannte das nicht. Sie begriff ihre Rolle nicht. Sie versuchte, ihn abzulenken.

Danke, sagte er. Ich weiß dieses Geschenk zu schätzen.

Was redest du da?

Es ist in Ordnung, dass du nicht Bescheid weißt, sagte er. Du bist noch in Samsara gefangen. Du bist eine jüngere Seele.

Ich bin im Schuppen gefangen, weil du mich hier gefangen hältst.

Galen nahm noch eine Ladung, die Schaufel wurde leichter, die Bewegung flüssiger. Er hob und warf, achtete auf Muster in der Erde, solange sie durch Zeit und Raum schwebte.

Galen.

Er schwebte. Das begriff er jetzt. Er war die Erde. Er sah sich selbst dabei zu, wie er geworfen wurde.

Was machst du mit der Schaufel?

Psst, sagte er. Das hier ist wichtig. Ich kann jetzt keine Ablenkung brauchen. Ich bin nah dran.

Hey!, brüllte sie.

Aber er achtete nicht auf sie, tauchte die Schaufel tief in die Erde, befeuert jetzt von einer Kraft, die nicht von Muskeln und Knochen herrührte. Er wurde die Tätigkeit selbst. Er war die Erde und die Schaufel und die Bewegung, aber noch mehr. Er war Millionen Meilen weit weg. Diese Hände waren nicht seine Hände. Dieser Atem war nicht sein Atem. Diese Mutter war nicht seine Mutter. Dieser Galen war nicht Galen. Er musste das alles loslassen, die Bewegung kommen lassen, bindungslos.

Die Finger seiner Mutter an der Lücke zwischen Holz und Boden, weiße Finger, die den Erdhaufen wegschoben, und noch mehr Erde schwebte durch die Luft, durch die Zeit, auf diese Finger, die begraben wurden und wieder auftauchten, ein schöner Tanz, eine immer schon bekannte und gebotene Bewegung.

Die Erde wurde tiefer und türmte sich am alten Holz, und ihre Finger krochen zur Seite, zum Rand des Haufens, fanden einen größeren Spalt, ein ganzer Handrücken zeigte sich, und noch mehr Erde schwebte darauf, begraben jetzt, und noch eine Schaufelladung, und seine Mutter schrie, ein Laut, der gedämpft wurde, ein Laut, der sich verwandelte, ein Laut, der zwischen Erde und Luft gewogen und geschaukelt wurde und begraben und nochmals begraben.

Diese Meditation wurde zur längsten in Galens Leben, der ausdauerndsten, schönsten. Die Schaufel im Boden, der Schwung, die Erde, die in der Luft verharrte und dann fiel und die Lücke zwischen Holz und unbestelltem Boden füllte, die Lücke zwischen Mensch und Erde, zwischen Vergangenheit und Gegenwart, zwischen Selbst und Wahrheit. Die alten Bretter darüber Sinnbild all dessen, was vergänglich war, löchrig und verwitternd, an der Schnittstelle zu allem darunter, was von Dauer war, und die neue Erde eine Brücke, die Unterschiede auflöste.

Seine Mutter ein beständiges Geräusch, eine Begleitung, eine Wertschätzung der Bewegung. Ihre Finger im Spalt, Unterschiede betonend im Bemühen, die Welt zu teilen, dann wieder begraben, ein steter Fortschritt durch Gegensätze. Die Öffnung des Spalts und dann das Füllen, das Verschwinden.

Galen spürte die rissigen Hände, die heißen Blasen, die wuchsen und aufplatzten und suppten, und in Schüben den rohen Schmerz, der wieder abebbte, und Galen selbst blieb weit weg, beobachtete das alles, blieb bei seinem Atem. Die Hitze hatte sich schwer um ihn gelegt, strahlte vor allem von seinem Schädel ab, und er zog sein T-Shirt aus, verpasste höchstens ein, zwei Ladungen und war sofort wieder drin im Schwung der Schaufel, in der

Bewegung. Seine Haut jetzt der Sonne ausgesetzt, und er spürte jeden einzelnen Strahl wie einen Pfeil durch Raum und Zeit, vom Ursprung der Welt, ein Licht nicht nur von unserer Sonne, sondern von allen Sonnen, die nun seinen Rücken fanden und seine Haut stachen, und die Benommenheit und die Stiche ein Geschenk, keine Ablenkung. Sie erhöhten seine Konzentration.

Er wollte etwas trinken, aber das musste warten. Das war nur Samsara, Ablenkung, und hier hatte er seine letzte Meditation zu überstehen. Er würde sie bis zum Ende durchstehen, über diese Inkarnation hinaus, über unzählige Inkarnationen hinaus, über alles hinaus, was ihn zurückhielt, wenn er nur dranblieb.

Aber da sprach der Stolz. Er musste aufhören, die Meditation als Leistung zu betrachten. Er musste aufhören zu bewerten. Er musste sich auf die Erde konzentrieren, auf jedes Körnchen. Auf die Oberfläche, weißer dort, wo die Sonne sie ausgeblichen hatte, dunkler darunter, bizarr gebrochene Formen, raue Gesichter. Auf jedes Korn und jeden Klumpen und jeden Stein, während die Schaufelladung in der Luft verharrte, um zu sehen, wo sie sich jeweils im Verhältnis zueinander befanden, das Raster zu sehen, das Muster, und dann den Fall zu beobachten.

Seine Seele machte das bereits viele Jahrhunderte, hatte ganze Lebensformen entstehen und schwinden, andere Mütter kommen und gehen sehen. Wahrscheinlicher war, dass er schon Jahrtausende, nicht bloß Jahrhunderte da war. Er könnte dabei gewesen sein, als vor etwa zwanzigtausend Jahren die Höhlen bemalt wurden, hatte vielleicht selber Pferde und Ochsen an die Wände gemalt.

Die Höhle kühl und klamm, irgendwo in Frankreich, die Höhle dunkel, ein Ort, vor dem andere Angst hatten, und jeden Tag ging er mit seiner Fackel hinein, hatte Kohle vom Lagerfeuer dabei für seine Kunst. Und es gab eine junge Frau im Lager, die das bemerkte, die aufsah vom Beerensammeln, wenn er vorbeikam, und ihm schließlich in die Höhle folgte.

Verdammt, sagte er. Das sollte eine Meditation sein, kein Porno.

Was?, fragte seine Mutter.

Ich rede nicht mit dir.

Du nennst das hier einen Porno? Du begräbst deine Mutter und nennst das einen Porno?

Galen schlug mit der Schaufel gegen die Wand. Halt deine Fresse, schrie er. Mit dir rede ich gar nicht. Du hast doch keine Ahnung. Einen Dreck weißt du, was mir durch den Kopf geht.

Du hast Porno gesagt.

Galen schlug immer wieder mit der Schaufel gegen die Wand. Die Luft um ihn herum brannte, ihm war schwindlig, er war schweißnass und sah Sonnenflecken. Aufgerissene Hände. Die Schultern so kraftlos, dass er die Schaufel fallen ließ und in den Schatten der Feige taumelte.

Er setzte sich auf den schmiedeeisernen Stuhl und sackte nach vorn, stützte sich auf den Tisch. Atmete schwer. Kein Sauerstoff in der Luft.

Du hast mich eine Irre genannt, sagte sie, aber überlegen wir doch mal. Es klang, als sei sie in der Nähe der Rückwand, wenige Meter von ihm entfernt. Ihre Stimme war rau, heiser vom Schreien. Du hast deine Mutter in einen Schuppen gesperrt und versuchst, sie umzubringen.

Ich versuche nicht, dich umzubringen.

Du schaufelst Erde an die Wand, ein Begräbnis, und du hörst nicht, wenn sie schreit. Du redest von Pornos.

Wer ist sie?

Was?

Du hast gesagt, ich höre nicht, wenn sie schreit.

Sie ist ich.

Genau. Und wer ist hier irre?

Wir könnten dir Hilfe beschaffen.

Ich dachte, du wolltest mich ins Gefängnis stecken.

Es gibt Gefängnisse, die sind Nervenheilanstalten.

Ich kann dir nicht zuhören, sagte Galen. Ich kann dir nie wieder zuhören. Mit den Händen auf den Ohren ging er ins Haus, um in den Küchenschubladen nach Ohrstöpseln zu suchen. Irgendwo hatte sie Wachsstöpsel. All das alte Silber, echtes Silber, ein Irrsinn hier in der Küche. Alles an ihrem Leben war Irrsinn. Und er durchschlug diesen Knoten. Er war das Gegengift. Er würde zu seiner Meditation zurückkehren und sich nicht von ihr ablenken lassen.

Jede Kleinigkeit aus dem vergangenen Jahrhundert wurde in diesen Schubladen aufbewahrt. Uralte Gummibänder, metallene Heftzwecken, ein Holzlineal, Knöpfe und Garnreste, nichts je weggeworfen, alles aufgehoben, für alle Fälle. Galen zog eine Schublade heraus, löste den Stopper hinten, trug sie hinaus auf den Rasen und leerte sie auf einen kleinen Haufen, braune oder metallene Dinge, die seit Jahrzehnten keine Sonne gesehen hatten.

Dann holte er die nächste Schublade und noch eine, und alle leerte er aus. Er holte die Schubladen nicht nur aus der Küche, sondern auch aus der Speisekammer, dem Flur, dem Esszimmer. Das Schwere ließ er da, Teller und Besteck, nahm aber jede Schublade mit zusammengewürfeltem Krempel und leerte sie aus. Keine Spur von Ohrstöpseln, doch inzwischen ging es sowieso um etwas anderes, eine Reinigung, es ging darum, sich zurück in die Vernunft zu brennen, das Alte und Nutzlose wegzubrennen.

Hier ist deine Vergangenheit, sagte er.

Was? Ihre Stimme gedämpft. Der Schuppen nicht gerade konversationsfördernd.

Hier ist deine Vergangenheit, sagte er lauter, und dann kam ihm eine Idee. Deine Fotos, sagte er.

Was machst du mit meinen Fotos?

Noch nichts, aber ich glaube, sie kommen auch gleich auf diesen Haufen. Alles kann brennen.

Nein. Finger weg von meinen Sachen, Galen.

Du kannst mich gerne aufhalten, wann immer dir danach ist.

Galen!

Er ging in ihr Zimmer, stand da und sah sich um. Zum letzten Mal würde er all ihre Sachen sehen, zum letzten Mal wäre ihr Zimmer ihr Zimmer, da schien es angebracht, einen Moment lang innezuhalten. An den Anblick würde er sich später einmal erinnern wollen.

Mom, sagte er. Mom. Er probierte den Klang des Wortes, die Ballung all dessen, was die Illusion ausmachte. Dieses Zimmer gehörte dazu, dieses Zimmer, das eine

Vergangenheit behauptete, bis zurück in ihre Kindheit. Es war alles Illusion, aber mit überzeugendem Gewicht. Alles aus jener Zeit: die alten Holzspielzeuge, die Kleidung, selbst ihre Kinderzeichnungen an den Wänden, von einem Haus und einer Familie, vier Menschen, die sich unter einer riesigen Sonne an den Händen hielten. Die verzerrte Sonne hätte ein Hinweis sein sollen.

Auf dem Regal ihre Fotoalben. Er schnappte sich zwei ältere mit weißen Deckeln wie ausgeblichenes Linoleum und ging hinaus auf den Rasen.

Hab hier ein paar Alben, sagte er. Gute alte Zeit.

Lass die Finger davon.

Ziegen, sagte er. Viele Ziegen, dort drüben in der Plantage, und du im Sommerkleid.

Ich habe keine Abzüge davon, Galen.

Die Ziegen blickten in die Kamera, posierten neben Galens Mutter und Tante. Seine Tante älter, viel größer und ohne Schleife im Haar. Sie sah bereits unglücklich aus. Seine Mutter mit dem goldigsten Lächeln, kokett, der Kopf leicht zur Seite geneigt. Du warst ein bisschen wie Shirley Temple, sagte er.

Leg sie weg, Galen.

Hast du versucht, wie sie zu sein? Versuchst du immer noch, wie sie zu sein, wenn du so affektiert tust?

Galen wartete, aber seine Mutter antwortete nicht. Schon gut, sagte Galen. Ich weiß, dass du nicht reagierst, wenn es um was Echtes geht. Die goldigen Momente sind etwas Heiliges, über das man nicht sprechen kann. Er riss die Seite aus dem Album und zerknüllte sie, Karton und Fotos und dünne Plastikfolie.

Nein!, schrie sie. Hör sofort auf damit.

Das macht Spaß. Der Schuppen gefällt mir. Ich kann tun, was ich will. Ich hoffe, du klebst an den Ritzen zwischen den Brettern, damit du alles sehen kannst. Wäre doch jammerschade, das zu verpassen.

Du bist schlimmer als jede Phantasie, schlimmer als alle Worte. Ich habe keine Worte für dich.

Versuch's mal mit Sohn. Das Wort Sohn wäre eine Möglichkeit. Hier ist ein Foto von den Walnüssen. Die Scheißwalnüsse und alle Trockengestelle ausgebreitet.

Tu das weg.

Grandma und Grandpa sind hier gar nicht so alt. Ich kann mir fast vorstellen, dass sie ein echtes Leben hatten und nicht bloß Leute waren, die schon alt geboren wurden.

Sie hatten ein echtes Leben.

Keine Ahnung, sagte er, aber auf diesem Foto wirkt es so. Das Problem ist, dass es auf nichts eine Antwort gibt. Warum hat er sie geschlagen? Warum hat er die ganze Zeit gearbeitet? Wie hat sie ihr Gedächtnis verloren?

Du redest von ganzen Leben. Keiner kann ein ganzes Leben erklären.

Wow. Du redest mit mir über deine Eltern, mehr oder weniger. Das ist neu.

Ich habe immer von ihnen erzählt.

Nein, hast du nicht. Du hast nie irgendwas Aufrichtiges über irgendwas Wichtiges gesagt.

Galen.

Stimmt doch. Warum hat er sie geschlagen?

Er hat sie nicht geschlagen.

Siehst du?

Das war alles nicht so, wie du denkst.

Na, dann klär mich auf.

Wir waren eine Familie.

Nein. Genau das wart ihr nicht. Weil das Wort Familie dir viel bedeutet, und deine Familie hat auf dieses Wort nie gepasst. Weißt du, was komisch ist an dem Bild mit den Walnussgestellen?

Keine Antwort von seiner Mutter. Komisch ist, fuhr er fort, dass sie immer noch arbeiten. Sie unterbrechen ihre Arbeit nicht fürs Foto. Sie sehen nur kurz mal hoch. Beugen sich aber immer noch über die Gestelle. Und die Gestelle sind unendlich. So war das Leben deines Vaters. Bloß Arbeit, die sich in alle Richtungen unendlich ausbreitet, Arbeit als Selbstzweck und sonst nichts. Keine Familie.

Ich war dabei, also weiß ich Bescheid. Wir waren eine Familie, und wir haben nicht nur gearbeitet. Dad hat Akkordeon gespielt und Mom Klavier, und wir haben gemeinsam gesungen.

Grandma spielt Klavier?

Ja. Du weißt nämlich fast gar nichts.

Okay. Sagen wir also, ich will an diese Familie glauben. Dann muss ich noch immer alles zusammenfügen. Warum hat er sie geschlagen?

Zum Teufel mit dir. Hat er nicht.

Galen riss das Foto aus dem Album und zerknüllte es.

Halt! Ihre Stimme brach, rau und erschöpft.

Schone deine Stimme, sagte er. Das Foto ist kein Verlust. Schließlich ist das alles nicht passiert. Er hat sie nicht geschlagen, und es gab keine Familie, und es gab keine Trockengestelle, keine Walnüsse.

Galen hörte seine Mutter schluchzen, aber es war ihm egal. Er betrachtete die übrigen Fotos und riss sie heraus, eine Seite nach der anderen.

Hier bist du mit deinem neuen Fahrrad, sagte er, und er riss die Seite heraus. Hier bist du mit einem Hund. Wie hieß der noch mal?

Schatzi, sagte sie und schluchzte umso heftiger.

Bloß ein Hund, sagte er, und nicht der Rede wert. Diese Beine sind keine zehn Zentimeter lang. Was war das noch mal für eine Rasse?

Ein Dackel.

Ja, stimmt. Was für ein Irrtum der Natur.

Ich habe Schatzi geliebt.

Was bedeutet der Name noch mal?

Liebling.

Galen riss die Seite raus. Tja, es gibt eine Menge Fotos von dem Liebling, aber nach heute nicht mehr.

Ich hasse dich.

Ja, das weiß ich. Das hatten wir bereits. Wird Zeit, zum nächsten Thema überzugehen.

Ich bin deine Mutter.

Auch das hatten wir schon.

Du musst mich rauslassen.

Und noch so eine olle Kamelle. Ich hatte gehofft, diese Alben durchzukriegen, bevor ich die Ohrstöpsel hole, aber vielleicht brauche ich die früher.

Du bist ein Monster.

Ja, ja.

Du bist nicht mein Sohn.

Hm, hm. Er betrachtete ein weiteres Foto von Schatzi, unterm Weihnachtsbaum. Seine Mutter im Festtagskleid, das dick aussah, vielleicht aus Samt. Und der große Baum im Wohnzimmer, der zwei Stockwerke hoch war. Lametta und Unmengen von Schmuck und ein Stern obendrauf. Eine Filzdecke darunter und all die Geschenke, Berge von Geschenken. Schatzi mit den Pfoten auf ihr im Bemühen, ihr das Gesicht zu lecken, und sie hatte beide Arme um ihn gelegt, lachte und versuchte, ihr Gesicht vor seiner Zunge zu retten. Es sah beinahe so aus, wie sie behauptet hatte. Beinahe konnte er sich die Familie vorstellen, deren Existenz sie beteuerte. Und vielleicht hatte es schöne Augenblicke gegeben. Vielleicht dehnten sich diese Augenblicke und nahmen die meiste Zeit ein. Vielleicht waren die Schläge und Bevorzugungen und Täuschungen nur gelegentliche Vorkommnisse gewesen, Ausnahmen. Aber das würde er nie erfahren. Seiner Mutter war nicht zu trauen, weil sie zu sehr versuchte, zu mauern und zu leugnen. Seiner Tante war nicht zu trauen, weil sie zu sehr versuchte, zu zerstören. Und seine Großmutter konnte sich nicht erinnern. Diese Fotos waren zu flüchtig, bloße Momente. Sie konnten nicht beschreiben, wie sich ein Tag angefühlt hatte, wie die Stunden auch nur eines einzigen Tages vergangen waren. Und sowieso war das alles Ablenkung, die tiefste Form von Samsara, der Glaube an Zugehörigkeit, der Glaube an Familienbindung, an Ort und Zeit. Die letzte Bindung, die Grundlage für die Illusion des Selbst.

Die zerknüllten Seiten sahen beinahe aus wie Blumen, groß und glänzend, wie die weißen und dunklen Flächen von Blütenblättern. Riesige tintengefärbte Nelken. Zwei Alben bildeten ein Blumenbeet, das viel größer war als die Haufen aus den Kramschubladen.

Ich bin Gärtner, sagte er. Ich pflanze eine Familie. Und wenn alle Blumen blühen, begieße ich sie mit Benzin und zünde ein Streichholz an. Und das ist dann endlich Freiheit.

Du bist ein Teufel, sagte sie.

Du bist nicht mal gläubig.

Ich weiß. Aber du bist ein Teufel. Du bist eine Macht des Bösen. Du bist kein Mensch, der fehlgeleitet wurde. Du bist etwas, das dies hier immer in sich getragen hat. Das ist dein Wesen.

Du kannst nicht an das Böse glauben, wenn du nicht an Gott glaubst.

Ich kann die Wahrheit erkennen. Ich kann dich erkennen.

Das Böse gibt es nicht. Es gibt nur Fortschritt durch Gegensätze.

Du hast Blake nicht mal gelesen.

Wer ist Blake?

Blake ist der, dem du immer nachplapperst wie ein Papagei mit dem ganzen Zeug von Khalil Gibran und den anderen. Wärst du aufs College gegangen, wüsstest du das.

Galen ging zum Tisch, nahm einen der schweren Stühle und warf ihn an die Schuppenwand.

Damit ist es behoben, sagte seine Mutter. Du bist kein ungebildeter Trottel mehr.

Galen ging ins Haus, schnappte sich die restlichen Fotoalben und stand einfach da in ihrem Zimmer. Er hatte sich von ihr ablenken lassen. Er hatte endlich seine Meditation gefunden, und schon ließ er sich in etwas anderes verwickeln. Das war das Problem. Sie hatte eine unglaubliche Macht, ihn aus dem Gleichgewicht zu bringen, wie ein Magnet einen Kompass. Indem sie nur den Mund aufmachte, konnte sie alles zerstören.

Er ließ die Fotoalben auf den Boden fallen. Er musste die Ohrstöpsel finden.

Sie lagen nicht auf ihrem Nachttisch. Er sah im Bad nach, im Spiegelschränkchen über dem Waschbecken, und fand ein Paar alte, zwei schmutzige Batzen. Er stopfte sie sich in die Ohren und lauschte nun in seinen Kopf hinein, auf Puls und Synapsen, und genau dort sollte er sein. Keine Ablenkung mehr. Lautlos konnte sie ihn nicht mehr erreichen.

Er verband seine wunden Hände mit Mull und wühlte dann in ihrem Schrank nach Handschuhen, warf Sachen umher und leerte die Schubladen ihrer Kommode auf dem Boden aus, Socken und Unterwäsche und Büstenhalter und Blusen und alles, aber noch immer keine Handschuhe.

Also marschierte er zum Schuppen hinaus, ging ganz

herum zum kleinen Geräteschuppen. Bestimmt sprach sie jetzt mit ihm, aber er hörte nur den Luftraum in seinem Schädel.

Seine Augen mussten sich nach der grellen Sonne erst wieder umstellen, aber dann entdeckte er an einer Seite ein kleines Regal, und hier waren die Handschuhe. Er nahm sich ein Paar leichte aus Baumwolle, dunkel vor Schmutz und Schmiere, und klopfte sie aus, um Schwarze Witwen zu töten, falls da welche waren. Dann zog er sie über die Mullverbände. Jetzt würde er sich seiner Meditation widmen.

Er ging vor zur Schuppentür, stand am Rand der Plantage mit dem Rücken zu den Bäumen und besah sich den Erdhaufen, den er entlang der Wand aufgeschüttet hatte. Es war eine Furche, wie er jetzt sah, wie in der Plantage. Die Furche verband die Plantage mit dem Schuppen, kultivierte etwas.

Die Bäume in seinem Rücken eine Art Publikum, voller Erwartung. Schwer aus dem Boden gewachsen hingen sie nun in der Luft, bereit.

Okay, sagte er. Ich tu's. Und er ging zur Ecke, wo nur noch wenige Meter Wand übrig waren. Stach die Schaufel ein, und seine Hände brannten. Arme und Rücken schmerzten beim Heben. Er hatte sich bereits verkrampft.

Die Erde schien bloß Erde zu sein, sonst nichts. Von Aussehen, Gefühl und Geruch her Erde. Dreck. Die Schaufel schwer und der Wurf zu träge, eigentlich gar kein Wurf, nichts Schwebendes, bloß plumpe Schwerkraft.

Komm schon, sagte er. Er wusste, dass jede Meditation so anfing, uninspiriert, zäh wie Lehm, ohne Verbindung. Ein Übergang von der unachtsamen zur achtsamen Welt, eine Reise durchs Dickicht der Erscheinungen. Eine Art Begräbnis und Versuch, sich selbst auszugraben, und immer fühlte es sich unmöglich an. Jedes Mal, jedes einzelne Mal fühlte es sich an, als würde das Dickicht niemals enden, als würde die Welt nie wieder in etwas anderes kippen, nie wieder wandeln und werden.

Alles prickelte, Nacken und Rücken und Arme waren verbrannt, doch selbst das war keine Verwandlung. Selbst das war tot und schwer. Es tat bloß weh. Und er atmete hastig. Er war erschöpft.

Sein Rücken schmerzte so sehr, dass er sich eigentlich nicht mehr bücken konnte, trotzdem machte er weiter, schaufelte weiter, nahm die Ohrstöpsel raus und versuchte, der Erde und den Steinen beim Herabrieseln vom Schaufelblatt zu lauschen, ein Klang fast wie Wasser, und dann das schwere *Wumms* beim Abladen. Der schärfere Klang kleinerer Steine auf Holz, wenn er höher zielte. Er war jetzt an der östlichen Wand, teils im Schatten, arbeitete sich auf den Rasen zu. Der kühle Schatten etwas Wunderschönes.

Am liebsten mochte er die Schwebe, den Augenblick, in dem dieser ganze Dreck in der Luft hing. Er erinnerte sich jetzt, dass er sich in seiner Meditation zunächst darauf besonders konzentriert hatte. Der Tag im Fluss, kein Ofen mehr hier im Schatten, und der Hitzeschein um seinen Kopf aufgebrochen. Eine Rückkehr zur achtsamen Welt. Doch dann traf er auf härteren Boden.

Er wollte den Schwung nicht verlieren, aber er war am Rand der bestellten Plantage angelangt, auf festen Boden getroffen, und er konnte nicht die Schaufel einstechen und ausholen. Die Spitze tauchte nur wenige Zentimeter ein, und wenn er schaufelte, bewegte er fast nichts. Der Boden wie eine Rüstung, mit Steinen darin, alles fest.

Also ging er auf die andere Seite, zum Geräteschuppen, in die pralle Sonne. Der ganze Körper sofort glitschig, Wand und Boden hitzestrahlend. Hier konnte er seine Schaufel tief in lockeren Boden stechen, er hob und schwang sie, konzentrierte sich ganz auf dieses Gefühl, begutachtete den Augenblick mit jeder Schaufelladung, spürte, wie sein Körper durch Schwebe und Fall reiste.

Siddhartha hatte Tage, Monate, Jahre in Meditation ausgeharrt, am Ufer gesessen und gewartet, aber Galen hatte eine aktive Meditation gefunden, eine viel schnellere Form. Es war eine Gabe, die er mit anderen teilen sollte. Vielleicht sollte er selbst ein Buch über Meditation schreiben, eine Spur hinterlassen wie mit Brotkrumen, aber vielleicht würde er das auch überspringen und sich gleich der Lyrik zuwenden. Er hatte gesehen, was andere noch nicht gesehen hatten, also wäre selbst eine schlichte Beschreibung seiner Erfahrung schon ein Gedicht.

Er sah die Menschen vor sich, die Schlange standen, um ihn zu sehen, nicht nur vor Buchhandlungen und Bibliotheken, sondern sogar hier vor dem Haus. Eine Schlange den ganzen Heckenweg entlang, sobald sie einmal herausgefunden hatten, wo er wohnte. Sie würden kommen, um zu schaufeln, und jeden Tag müsste ein Bulldozer die Erde wieder einebnen.

Verdammt, sagte er. Hör auf zu denken. Einfach schaufeln. Einfach graben und werfen und die Erde beobachten. Das ist alles. Mehr gibt es nicht.

Mich gibt es noch, sagte seine Mutter, also steckte er die Ohrstöpsel wieder rein.

Die Erde war wieder Erde und sonst nichts. Bloß schwer, und der Tag war im Fluss gewesen, aber jetzt stockte er wieder.

Schön, sagte er und ließ die Schaufel fallen, nahm sie aber wieder auf, weil ihm einfiel, dass das Ganze einen Zweck verfolgte. Es war nicht bloß Meditation. Er häufte auch Erde an, damit sie sich nicht rausgraben konnte.

Seine Haut juckte. Ihm war heiß, alles brannte und juckte, er musste unterbrechen, um sich an den Armen und unter den Achseln und am Bauch und auf dem Rücken und im Schritt zu kratzen. Dieser ganze Schweiß in verschiedenen Schichten. Jennifer würde das niemals machen.

Er warf seine Schaufel weg, warf sie einfach in die Plantage. Jetzt würde er sich gar nicht mehr konzentrieren, die Gedanken außen vor lassen können. Jetzt dachte er an Jennifer, und das hielt an, bis er gewichst hatte, das wusste er. Nur das konnte die Gedanken stoppen.

Er trottete um den Schuppen herum über den Rasen am Krempelhaufen vorbei, den er schon vergessen hatte, den er später verbrennen musste, ging hinauf in sein Zimmer, holte sich einen *Hustler* und ging damit ins Zimmer seiner Mutter. Er war so dreckig, dass er sich nicht auf sein eigenes Bett legen wollte, und ihrs würde sie nicht mehr brauchen. Das ging sowieso alles auf den Scheiterhaufen. Er würde ihre Decken und Laken hinaustragen und ihr Kissen und sogar ihre Matratze. Alles würde brennen, bis dieses Zimmer kahl war. Nur noch Holz und Tapete.

Er zog Shorts und Unterhose aus, und sein Schritt sah so weiß aus neben dem sonnenverbrannten, dreckigen Rest. Schon einen Steifen vom bloßen Gedanken an Jennifer und den *Hustler*. Die Öffnung an der Spitze wie ein Auge, das ihn beobachtete, alles über ihn wusste, seine Geheimnisse kannte, jede Richtung, in die seine Gedanken je gewandert waren.

Er zog den Baumwollhandschuh aus, wickelte den Mull ab, und seine Hand brannte. Sie tat richtig weh an der Luft, die aufgebrochenen Blasen, das rohe Fleisch. Er versuchte, seinen Schwanz anzufassen, konnte aber nicht die Handfläche benutzen. Nur den Daumen und die Finger, aber so ließ sich nur wenig anstellen. Es war nicht sehr befriedigend.

Er mühte sich redlich. Der Mann im *Hustler* war gerade in die Stadt gekommen, mit Durst und einem Steifen. Selbst sein Pferd hatte einen Steifen. Es beäugte die Kamera.

Dieser Mann trug Sporen, stand an der Bar und kippte einen Whiskey, während eine Frau im roten Petticoat ihm einen blies. Der Mann bekam das kaum mit. Dann war sie über den Tisch gebeugt, und darauf konzentrierte sich Galen. Highheels und Netzstrümpfe und gespreizte Beine, entblößt und erwartungsvoll mit einem Blick nach hinten, um zu sehen, was auf sie zukam. Genau das wollte Galen. Er hatte Jennifer nie von hinten genommen. Etwas an dieser Position war einfach aufregender als alle anderen. Er schloss die Augen und versuchte, sie sich so vorzustellen, versuchte sie sich in diesem Kleid vorzustellen. Sie würden ein kleines Haus irgendwo in der Wüste beziehen, den Staub hineinwehen und den Boden bedecken lassen, und er würde Sporen tragen und sie über einen alten Holztisch beugen. Dabei würde er einen Whiskey trinken.

Galen musste mit der ganzen Hand zupacken. Sonst funktionierte es einfach nicht. Sie brannte fürchterlich, und das Bett seiner Mutter federte zu stark. Er bewegte sich auf und ab, was ablenkte. Außerdem war es ein bisschen komisch, auf dem Bett seiner Mutter zu wichsen. Es fühlte sich beinahe an, als würde sie ihn dabei beobachten, also machte er die Augen auf in der Erwartung, sie dort stehen zu sehen, aber dem war nicht so. Er war allein hier. Er musste sich konzentrieren und kommen und fertig werden und zu seiner Meditation zurückkehren.

Doch er war abgelenkt jetzt und erschöpft, unglaublich erschöpft. Es war ein langer Tag gewesen, viel zu lang, angefangen beim Frühstück in der Hütte und seiner Mutter, die alle rausgescheucht hatte. Alles, was seitdem passiert war, war Irrsinn, totaler Irrsinn.

Er musste wieder in die Zeitschrift sehen, die über den Tisch gebeugte Frau und den Mann, der sie von hinten nahm und noch einen Whiskey trank. Der Mann sah sie nicht mal an. Er sah an die Decke. Er war der Mann, der noch keine angesehen hatte, die er durchnahm. Es war irritierend. Galen machte die Augen wieder zu und versuchte sich daran zu erinnern, wie es sich in Jennifer angefühlt hatte, seidig, wusste er noch, heiß und eng und feucht, und er machte schneller und ging aufs Ganze, bemühte sich zu kommen, aber seine Hand tat weh, und er konnte sich nicht konzentrieren und gab schließlich auf.

Scheiße, sagte er. Ich kann nicht kommen und kann nicht aufhören, an Sex zu denken. Das ist die Hölle. Seine Hand pochte vor Schmerz.

Er rollte sich auf dem Bett seiner Mutter zusammen und ruhte sich aus. Augen geschlossen, Atem schwer, bloß ein paar Minuten ausruhen, dann würde er weiterschaufeln. Sein Brustkorb senkte sich tief beim Ausatmen, so viel erschöpfter, als er gedacht hatte, und er versank. Er versuchte, wieder emporzukommen, aber irgendwie sank er nur umso tiefer.

Eine riesige Graslandschaft, und Galen unterwegs. Das gelbe Gras sehr spitz, es wuchs in Büscheln wie Dornen, wuchs aus dem Felsen selbst.

Hitzewellen, die in dem Gelb und Schwarz und Rot Luftspiegelungen bildeten. Einsame Bäume und Kakteen immer in der Ferne, kein Schatten. Seine Füße und Beine nicht aus Fleisch und Blut, eher wie Radiergummis, die sich stetig abnutzten. Er wurde beim Gehen kleiner, also musste er sich beeilen. Er musste rüber, bevor er zu viel Gummi verlor.

Schatten von Vögeln im Flug, Raubvögel mit enormer Spannweite, aber die Vögel selbst konnte er nicht sehen. Er blinzelte in die Sonne, dann stolperte er, und ein Bein ruderte durch die Luft, und er wachte strampelnd auf.

Ah, sagte er. Ah. Nur mit Mühe konnte er den Traum abschütteln, hatte das Gefühl, noch immer die Wüste zu durchqueren. Er war im Zimmer seiner Mutter, auf ihrem Bett, kalt vor Schweiß und voller Dreck. Ah, sagte er.

Kein Licht an den Rändern der Vorhänge. Dunkelheit. Also war nicht mehr Tag. Er hatte geschlafen, aber wie lange? Inzwischen könnte sie sich ausgegraben haben.

Er stand schnell auf, zog Schuhe und Shorts an und stolperte die Treppe hinunter durch die Küche auf den Rasen. Mondlicht, der Schuppen leuchtend abgesetzt, ein dunkler Klotz mit weißen Konturen, die Knochenstämme in der Plantage dahinter aufgereiht. Der Himmel riesig. Galen lauschte, hörte jedoch nur seinen eigenen Puls und Atem und merkte dann, dass er noch immer Ohrstöpsel trug. Er zog sie raus und lief zum Schuppen, hörte Holz auf Holz schlagen.

Panik ergriff ihn, er konnte nicht ausmachen, wo die Schläge herkamen, sah aber ein Brett herausragen, eine lange Planke, die am Boden einen guten Meter hervorstak, noch mit der Wand verbunden.

Das Brett daneben stak einige Zentimeter heraus, und sie hämmerte von innen. Die Bretter so breit, dass sie hinausschlüpfen konnte, wenn sie zwei davon löste. Ganz knapp vor der Flucht.

Nein, sagte er. Aber sie hämmerte jetzt schneller, wahrscheinlich mit einem der Walnuss-Gestelle.

Er rannte zum Geräteschuppen, stolperte über Mulden, die er geschaufelt hatte in der weichen, nachgiebigen Erde, und als er die Tür aufmachte, sah er nichts. Er brauchte einen Hammer, aber die Werkzeuge lagen kreuz und quer. Er ertastete Holzgriffe, doch alle zu groß. Verdammt, sagte er.

Er lief wieder um den Schuppen herum, die Erde bestrebt, ihn aufzuhalten, der gesamte Planet gegen ihn verschworen, und versuchte, gegen die Bretter zu drücken, die sie löste, versuchte, sie mit den Händen zurückzudrücken, aber er war zu matt. Ein Ruck bei jedem Hämmern von innen. Er trat unten gegen das Holz, stemmte die Schulter dagegen, schlug mit den Fäusten, vergeblich.

Er versuchte es mit dem nächsten Brett, das nur noch

oben festhing, er schob es wieder rein, packte die Ränder mit den Händen, aber die Nägel passten nicht in die Löcher, und er sah nichts. Und dann zerquetschte sie ihm die linke Hand.

Galen schrie. Zermalmte Finger. Und seine Mutter stieß eine Art Kriegsgeheul aus. Er hielt seine verletzte Hand fest und versuchte sie im Mondlicht zu betrachten. Die Finger noch da, aber sie hatte sie mit etwas Hartem zertrümmert, der Kante eines Walnuss-Gestells, und es tat so weh, dass er keine Luft bekam. Der Schmerz loderte wie Feuer.

Er versuchte, nicht zu rennen. Er ging rasch und vorsichtig ins Haus, in das Bad neben der Küche, machte das Licht an und konnte am Mittelfinger bis zum weißen Knochen sehen. Nein, sagte er. Er heulte, sein Gesicht tränennass, und er wusste nicht, was er tun sollte. Er konnte niemanden anrufen.

Er versuchte, die Finger zu bewegen, und schrie wieder vor Schmerz auf, aber sie bewegten sich. Nichts abgetrennt, aber er sah Knochen und Sehnen, und da war Blut und die Haut zusammengeschoben an einer Seite, und er hatte das Gefühl, ohnmächtig zu werden. Er lehnte sich an und wandte den Blick ab. Nicht hingucken, sagte er sich. Ganz ruhig.

Sie würde entkommen. Wenn er nicht dort rausging und diese Bretter festnagelte, würde sie entkommen. Er hatte keine Zeit, sich um seine Hand zu kümmern.

Eine Taschenlampe, sagte er. Ich brauche eine Taschenlampe, und dann muss ich einen Hammer finden.

Er hatte alle Schubladen aus Küche, Speisekammer und

Flur geleert, also würde eine Taschenlampe in dem Haufen auf dem Rasen sein. Mist, sagte er.

Er ging raus, und es schien einfach hoffnungslos. Ein großer Haufen zerknüllter Fotos und der ganze Krempel darunter. Er tastete mit seiner heilen Hand, hielt die linke in die Luft, ein grausamer Schmerz, Blut, das den Arm herunterlief. So viele Formen in dem Haufen. Aus Plastik und Metall und Gummi und Papier, und das Mondlicht überhaupt keine Hilfe. Hier auf dem Rasen, auf den Knien, während seine Mutter hämmerte und bald ausbrach, mit dieser zerstörten Hand, war er verdammt. Er kam ins Gefängnis. Es gab keinen Ausweg. Dann fiel ihm ein, dass sie im Kofferraum Taschenlampen hatte.

Er rannte in die Küche, wo die Schlüssel hingen, ging zum Wagen, öffnete den Kofferraum und wühlte in der Notfallkiste. Wasserbehälter, Nahrungsriegel, Notdecke und zwei Taschenlampen. Er schnappte sich eine und rannte ums Haus herum, am Feigenbaum vorbei. Der Lichtkegel unstet, die Welt ein Flickenteppich.

Fleckige Erde im Kegel, der Schuppen ein Strudel, den er umkreiste, ein Sog zum alten Holz, in die Mitte, zu seiner Mutter, der Planet am Kippen.

Er wurde zum Geräteschuppen gespült, strandete vor der Tür, ließ den Kegel umherhuschen und entdeckte an einer Wand ordentlich aufgereihte Hämmer. Nahm einen, ließ die Taschenlampe fallen, kämpfte sich gegen die Strömung zurück, den Hammer erhoben wie ein Kriegsgerät. Aaah, schrie er und stapfte an der Wand entlang, bis er das Brett angreifen konnte, das sie zu befreien versuchte.

Galen trat mit dem Fuß und rammte mit der Schulter, duckte sich gegen die Flut und hämmerte drauflos, versenkte die Nägel erneut im Querbalken. Er traf nicht die alten Löcher, aber neu eingeschlagen waren die Nägel sowieso stabiler. Schwarzes Holz, alt, aber dick und noch immer stark genug, ein handgesägtes Brett. Gefurcht und geriffelt an der Oberfläche.

Seine Mutter trommelte und schrie auf der anderen Seite. Er spürte die Stöße. Aber er hämmerte weiter, schlug die beiden großen Nägel ein, bückte sich und prügelte die unteren Nägel in einen weiteren Querbalken nur Zentimeter über dem Boden. Er roch die Erde und begriff, dass es keine Flut gab. Gestrandet in der Wüste. Die Erde allerdings in Bewegung, was einen festen Stand erschwerte. Dieser ganze Krach mitten in der Nacht, doch sie waren allein. Niemand sonst auf dieser Welt.

Er nagelte das Brett fest, lehnte sich zurück und brüllte in die Leere, sein Kampfgeheul, sein Triumph, rannte in die Plantage, schüttelte den Hammer und die zerquetschte Hand, schreckliche Anhängsel, Klauen, die das Weltgewölbe krallen und herabreißen konnten. Die Erde bäumte sich unter ihm, die Furchen vom Mond bemalt, und er rannte wieder, sprang von Furche zu Furche. Der Schmerz ein Puls im Gefüge, und der Zorn kochte, und er wollte töten.

Er rannte die Furchen entlang, bis er mit voller Wucht gegen das lose Brett schlug, hinfiel und wieder aufstand, um mit dem Hammer darauf loszugehen. Seine Mutter drückte von der anderen Seite, aber sie war nichts. Die Nägel verschwanden, und sie konnte ihn nicht aufhalten.

Die Nägel höher gestimmt, je kürzer sie wurden, bis die Schläge flach wurden, das Brett flach war und sie ohne Ausweg.

Du bist, wo du bist, schrie er. Du bist verdammt noch mal, wo du bist. Und dann rannte er zu dem Stapel mit altem, aussortiertem Holz neben der Hecke. Ausgesondertes Holz von vor zehn Jahren, von vor fünfzig Jahren, wo Klapperschlange und Eidechse wohnten.

Aaah, brüllte er das Holz an, und er ließ den Hammer niedergehen, schlug die losen Bretter, um alles zu verscheuchen, Schlange und Eidechse und Spinne und alles andere. Verpisst euch, schrie er.

Der Stapel von tausenderlei Gestalt im Mondlicht, ein Schattenbau. Er zog ein langes Stück heraus, ein altes Brett mit Nägeln, und schleppte es unter den Arm geklemmt zurück zum Schuppen. Ohne die lädierte und nutzlose linke Hand versuchte er, das Brett mit einem Knie an der Wand zu halten. Er wollte es parallel zum Boden, in etwa einem Meter Höhe, über alle vertikalen Bretter, genau dort, wo der Querbalken saß. Er würde einen riesigen Sicherheitsgurt bauen. Um ein Brett zu lösen, müsste seine Mutter ein Dutzend gleichzeitig lösen. Das würde sie nie schaffen.

Er konnte nicht das ganze Brett hochhalten, also versuchte er, mit dem Bein ein Ende in der richtigen Höhe an die Wand zu drücken, und er hämmerte, aber die Nägel, die auf der anderen Seite herausstaken, waren knorrig und uralt und standen in lauter verschiedene Richtungen ab. Sie schrappten bloß und bogen sich und ließen das Brett hüpfen.

Verdammt, sagte er und ließ das Brett in die Erde fallen. Er holte die Taschenlampe aus dem Geräteschuppen und ging zurück zum Holzstapel. Der Zorn war gewichen. Einfach plötzlich weg, und er tat sich selbst so leid wegen der zerquetschten Hand. Er musste sie saubermachen und verbinden, und er konnte sich nicht vorstellen, sie überhaupt anzufassen.

Die Taschenlampe machte den Stapel flacher, zeigte staubiges Grau, braune Nägel. Kein einziges sauberes Stück Holz, überhaupt nichts einfach.

Galen machte die Taschenlampe aus, ging zu den Bäumen und legte sich in eine Furche. Hielt vorsichtig die linke Hand auf der Brust. Er wusste nicht, wieso er sich auf einmal so verloren fühlte. Als gäbe es nichts, wofür sich zu leben lohnte.

Verblassende Sterne, das tiefdunkle Blau des Himmels, das früheste Anzeichen des neuen Tages. Die Erde unter seinem Rücken noch warm vom Vortag, das trockene tote Unkraut um ihn herum reglos, und was kam, war eine Glut, ein Tag ohne Brise, ein Tag im Ofen. Die Luft bereits warm, wartend.

Er wollte die Sonne nicht sehen. Er wollte, dass sie heute nicht aufging, und er dachte, er wäre bereit, den Rest seines Lebens in genau dieser Tageszeit zuzubringen, mit einem wunderschönen dunkelblauen Himmel und warmer Luft und einem untergehenden Mond. Beinahe dunkel, alles da, aber noch nicht fertig, die ganze Welt im Werden, aber noch nicht angekommen. Das wäre die beste Zeit, der beste Augenblick zum Festhalten. Das würde ihm gefallen.

Stattdessen jedoch kam das Schlimmste, das wusste er. Der Himmel würde ausbleichen und sengen und aufflammen und keine Luft zum Atmen lassen, und er würde missgestaltete Holzstücke behämmern, während seine Mutter in ihrem Käfig schrie. Das erwartete ihn.

Als der Himmel heller wurde, als das Dunkelblau hellblau wurde und ins Weiß überging, stand er auf, zog Schuhe und Shorts aus und stand nackt da, bereit zum Opfer, bereit, vom Feuer verschlungen zu werden, und ging über den rauen Boden zum Geräteschuppen. Er suchte in den kleinen Regalen, bei Licht jetzt, bis er Nägel fand, zünftige, zehn Zentimeter lange Stahlnägel. Er schnappte sie sich mit der heilen Hand und ging zur Wand.

Das alte Brett lag auf dem Boden, die krummen Nägel nach oben gekehrt, und jetzt begriff er, dass die andere Seite glatt war. Er hatte sich selbst an der Nase herumgeführt. Er legte Hammer und Nägel dicht an die Wand, hob ein Ende des Brettes, legte die glatte Seite an den Schuppen und griff nach einem Nagel.

Er würde ihn mit seiner linken Hand festhalten müssen. Anders ging es nicht. Er versuchte, nur Daumen und kleinen Finger zu benutzen, und klopfte ganz behutsam mit dem Hammer darauf. Wenn er daneben traf, wäre der Schmerz unfassbar.

Er hörte seine Mutter weinen. Eigentlich brauchte er wieder Ohrstöpsel. Er klopfte auf den Nagel, holte vorsichtig aus, mit gemessenen Schlägen, und versenkte den ersten Nagel.

Du kommst nicht raus, sagte er. Ich nagel einen Riemen um den ganzen Schuppen, bis alle Bretter verbunden sind.

Ich bin deine Mutter.

Du bist die, die mich dazu treibt. Und das ist okay. Du bist die letzte Bindung, es ist normal, dass sich alles anfühlt wie die Hölle.

Ich bin deine Mutter.

Galen hob das andere Ende und sah zu, dass das Brett auf einer Höhe mit dem Querbalken saß. Er musste in den Balken nageln.

Menschen sind wirklich, Galen.

Er hielt einen weiteren Nagel zwischen Daumen und kleinem Finger und klopfte sanft. Dieses Geräusch von Metall auf Metall, ein Geräusch, das verriet, was Menschen waren, Macher von Metall. Er könnte Münzen herstellen, hier beim Schuppen prägen. Sein eigenes Bildnis aufdrucken, warum nicht? Die Welt war bloß das, was ein jeder aus ihr machte. Seine Münze würde als Der Galen bekannt werden. Eine vollkommene Aufgabe des Werdens. Münzen waren genau wie dieser dunkelblaue Himmel, ein im Entstehen begriffener Tag.

Rasches Morgengrauen jetzt allerdings, der Himmel zusehends bleicher, alles viel zu schnell genommen, jeglicher Trost, ein Test. Heute wurde er auf die Probe gestellt, das wusste er.

Er ging zum Holzstapel, um das nächste Stück zu holen. Keine Auswahl nötig, er würde sie alle brauchen. Ein Kantholz diesmal, sehr lang und leicht und wie geschaffen für diese Aufgabe. Er schleifte es her, hielt ein Ende an die Bretter, setzte seinen Nagel an und klopfte. Keine

Gussform für sein Bildnis, jede Münze würde individuell geprägt, jede eine Skulptur, entschleunigte Zivilisation. Ein endgültiges Eingeständnis, dass die Horden nicht existierten. Es gab überhaupt keine Abnehmer für Münzen. Jenseits dieses Schuppens und dieses ganzen Drecks und der Hecke, die zur Straße führte, jenseits der Plantage und der hohen Mauer war niemand. Galen bremste seine Atmung, ein langes Ausatmen. Da war niemand. Er konnte sich entspannen, die Bindung aufgeben. Der Schmerz in seiner Hand eine Illusion. Wenn er sich aufs Ausatmen konzentrierte, verblasste der Schmerz. Er zog sich zurück und rollte sich zusammen wie die Schlange, die er war.

Ich brauche Wasser, sagte sie, ihre Stimme ein heiserer Atem. Er hörte jetzt, wie ausgedörrt sie war. Aber er musste sich auf seine neue Meditation konzentrieren, das Hämmern.

Jeder Nagel individuell, maschinengefertigtes, aber unvollkommenes Metall, nicht ohne Variationen im Schliff der Spitze oder der Form des Kopfes. Außerdem Rillen im Stift, und in diesem Licht gab es keinen Schatten. Licht als Präsenz ohne Quelle oder Ziel oder Wärme, eine kalte, allgemeine Erhellung, und nur in diesem Licht konnte man die wahre Form einer Sache erkennen, den Nagel als Ganzes. Die robuste Präsenz eines Nagels. Er hätte ebenso gut zwanzig Meter hoch sein können. Von Nahem betrachtet wurde er riesig. Ein Gestaltwandler.

Galen hielt den Nagel zwischen Daumen und kleinem Finger. Sein Blut tropfte nicht mehr, verklumpte jetzt, verschorfte langsam und sah in diesem Licht oxydrot aus. Die geknautschte und eingerissene Haut schien nicht mehr zu ihm zu gehören. Sie würde trocknen und bleichen und abfallen. Was jetzt freilag, würde bald schon bedeckt sein, und es würde so aussehen, als wäre dies nie passiert.

Es war verführerisch, sich diese ersten Lichtstrahlen als Finger vorzustellen, die in die Walnussblätter griffen. Aber es handelte sich hier um ein zweites Erwachen. Das galt es stets zu bedenken. Das erste, das Licht, die Illumination, war ein Geschenk. Das zweite, die tatsächliche Präsenz, war etwas anderes. Das zweite Erwachen war Samsara. Wenn wir alt genug werden für Sex, ist das unsere zweite Geburt, und diese Geburt ist eine Deformation, ein Umkneten des Tons der ersten Geburt, und vor dem, was wir dann werden, müssen wir den Rest unseres Lebens davonlaufen.

Galen stellte sich flach an die Schuppenwand, stand da mit gespreizten Armen und geschlossenen Augen und wartete auf den Augenblick, da er von der Sonne entzündet wurde. Ans Kreuz genagelt. Wir werden alle geopfert, jeden Tag, und das kann uns keiner abnehmen. Das ist die Wahrheit.

Wasser, sagte seine Mutter.

Psst, sagte er. Ich konzentriere mich gerade.

Ich sterbe. Wenn du mich nicht rauslässt, wenn ich kein Wasser kriege, sterbe ich.

Psst, sagte er.

Deine Mutter stirbt. Deine eigene Mutter.

Galen versuchte, sich nur auf die Sonne zu konzentrieren. Er spürte sie über sich an der Schuppenwand, die

Abstrahlung der plötzlichen Hitze. Gleich würde sie ihn erreichen und in Brand setzen.

Du bist nach einem Arzt benannt, Galen. Einem griechischen Doktor aus der Antike. Du solltest Menschen helfen. Du solltest anders sein.

Er dachte an die Ohrstöpsel. Sie waren drüben auf dem Rasen, oder er könnte neue suchen. Aber er würde es wohl nicht rechtzeitig zur ersten Sonne zurückschaffen. Sie stieg schnell, wobei wir es Sinken nennen sollten, die Lichtstrahlen senken sich auf uns, eine riesige Wippe, die am Rande des Erdballs kippelt. Er spürte, wie das Holz über ihm brannte. Also harrte er aus, versuchte, nicht auf sie zu achten.

Galen.

Die Schultern taten weh, er würde die ausgebreiteten Arme nicht viel länger halten können. Komm schon, sagte er. Komm schon. Er wollte sein Opfer spüren. Er wollte die Form des Kreuzes spüren, wenn die Sonne ihn erwischte.

Ich zeig dich nicht an.

Psst, sagte er. Endlich spürte er es, in seinem Haar, auf der Stirn, die Hitze, das Brennen, aber nicht so heiß, wie er es sich vorgestellt hatte. Die Wucht, die er sich vorgestellt hatte, fehlte. Er würde nicht lodern, nur ein wenig aufwärmen, die übliche Enttäuschung. Die Sonne eine Verheerung, Milliarden Atombomben, die alle zur selben Zeit hochgehen, aber sie war zu weit weg, wie alles andere auch. Alles, was er erreichen wollte, entzog sich knapp seinem Zugriff. Die Welt eine kleine Leere, als würde man durchs falsche Ende eines Teleskops blicken.

Galen ließ die Arme sinken, die Schultern widersinnig heißer als die Sonne. Die Sonne wanderte über Gesicht und Hals auf die nackte Brust.

Ich zeige dich nicht an. Ich sage nichts. Und du musst nicht ausziehen. Wir machen einfach weiter wie bisher.

Na klar, sagte Galen. Kaum bist du draußen, fahren die Bullen vor und jagen mich und legen mich in Ketten, oder wie auch immer du dich ausgedrückt hast.

Ich unterschreibe etwas. Wir können was aufsetzen.

Meine Fingerabdrücke sind auf dem Schloss, wie du schon sagtest. Und du wirst ihnen zeigen, dass du kein Wasser hattest. Du wirst behaupten, ich hätte dich zur Unterschrift gezwungen. Du hast das alles unmöglich gemacht.

Die Sonne auf seiner Brust, und die Luft schon wärmer. Nicht das jähe Feuer, das er sich wünschte, stattdessen ein langsames Garen in einem Ofen. Er würde geröstet, und das war weder glorreich noch interessant.

Wir finden eine Lösung, sagte seine Mutter. Wir müssen nur gemeinsam daran arbeiten.

Meine Arbeit besteht darin, diese Bretter anzunageln, sagte er. Damit du nicht wieder deinen kleinen Coup hier starten kannst. Und das muss ich machen, bevor es zu heiß wird.

Galen, sagte sie, aber er ging in die Plantage, legte sich auf die Erde und wälzte sich darin, häufte sich mit der heilen Hand Erde über den ganzen Körper, rieb sie in die Haut, ins Haar, verpasste sich ein Sonnenschild. Er würde keine Kleidung mehr tragen. Das war sein Entschluss. Er würde nur noch Dreck tragen, denn Dreck war seine Meditation, und er durfte den Dreck nie wieder vergessen.

Satter Geruch von erdigem Dreck und Unkraut. Er kroch über den Boden, ohne die kaputten Finger zu belasten, gestützt auf den Handballen, er schnupperte, und ein Geruch war stärker als alle anderen, penetrant, kein süßer Geruch, und schließlich fand er ihn am Rand einer bewässerten Reihe neben einem Walnussstamm, einer Stelle mit mehr Wasser und Schatten. Ein blasses Grün, fast bläulich, mit einem samtigen Schimmer auf den Blättern. Eine Pflanze, die ihm noch nie aufgefallen war und deren Namen er nicht kannte. Sie wirkte deplatziert hier, nur durch die Bewässerung ermöglicht. Eine fast platte Pflanze mit Blättern, die sich wie die Beine eines Seesterns über den Boden streckten. Ein Vagabund aus einer anderen Welt. Die Plantage auf einmal neu, ein Ort, den er nie zuvor gesehen hatte.

Das war der Schlüssel: eine neue Welt innerhalb der alten zu finden. Das bittere, stinkende Gewächs eine perfekte Erinnerung. Aus irgendeinem Grund war ihm dieser kräftige Geruch nie aufgefallen, hatte er diese deplatzierte, üppige, samtige Pflanze inmitten all des dörren Unkrauts nie gesehen. Das war es, was er in den dörren Hülsen aller Illusionen vom Ich finden musste. Etwas Penetranteres als das Ich, etwas, das noch deplatzierter war, fremder, unwahrscheinlicher.

Galen legte sich neben die Pflanze, weil er wusste, dass die Bewässerungsanlage bald ansprang, und er wollte da sein, wenn das Wasser sprudelte. Er wollte fühlen, wie diese Pflanze nach Wasser griff. Bruderpflanze, sagte er.

Beinahe Zeit zu trinken. Und da merkte er, wie unglaublich durstig er war. Und dass er umkam vor Hunger. Aber das konnte man übergehen. Das war nur der Körper.

Er war sehr müde, also schloss er die Augen. Der Geruch dieser Pflanze eine starke Medizin, überwältigend, und er streckte sich aus und reiste in diesem Geruch, dehnte sich wie die Furchen, und er träumte nichts, woran er sich erinnern würde, war verloren in Schwärze und Vergessen und dem Nichts, zu dem wir alle zurückkehren, tauchte auf und verlor sich und tauchte wieder auf, und schließlich hörte er das Wasser.

Die Luft jetzt heiß. Das Wasser tröpfelte in die Furchen. Er wusste, er sollte Panik empfinden, sollte nachsehen, ob seine Mutter geflohen war, aber er empfand überhaupt keine Panik. Er beugte sich zum Bewässerungsschlauch und legte die Lippen daran, saugte das kühle Wasser auf. Unglaublich, Wasser. Das Gefühl auf den Lippen, im Mund, eine Art Frieden. Eine Entspannung des Körpers, eine Entspannung des Bedürfnisses, eine Linderung der Verzweiflung. Das, was seine Mutter brauchte. So simpel, so elementar, und wie lange halten wir ohne durch? Galen wusste es nicht, aber lange konnte es nicht sein. Luft brauchen wir dringender. Ohne Luft schaffen wir zwei, drei Minuten, aber danach kommt schon Wasser. Wasser war kein Luxus.

Er sollte seiner Mutter Wasser bringen wollen. Das sollte ein so elementares Bedürfnis für ihn sein wie das Bedürfnis zu trinken oder zu atmen. Und doch blieb es aus. Er fühlte nichts. Und dem galt es nachzugehen. Wie konnte es sein, dass er nichts fühlte?

Galen sog am Schlauch, suckelte an einer Art Titte, summend mit geschlossenen Augen, während er das Wasser aufnahm. Die Philosophie war zu so was da. Die Philosophie machte es möglich, der eigenen Mutter, die vor Durst starb, kein Wasser zu bringen. Und die Religion war dazu da, einen glauben zu machen, dass das, was man getan oder unterlassen hatte, gut war und richtig, insofern war sie sogar noch machtvoller. Was Galen allerdings fühlte oder nicht fühlte, ging über Philosophie und Religion hinaus, denn das waren noch Bindungssysteme. Was er fühlte, war Frieden, einfach Frieden, und das war das Ergebnis von Loslösung. Die Loslösung fühlte oder sah man nicht, man spürte nur ihr Symptom, diese Flut von Frieden. Aber vielleicht war Flut zu aktiv gedacht. Das Entscheidende war das Wissen oder Bewusstsein, dass es nichts gab wie eine Mutter, an die er gebunden sein könnte. Es gab niemanden, dem er Wasser bringen musste. Das war die Wahrheit.

Galen stand auf, er war bereit, das Festnageln der Bretter zu vollenden. Er sah auf seine verletzte Hand, dreckig und dunkel jetzt, rotbraun, und dachte, er würde sie vielleicht niemals saubermachen. Er würde sie einfach sein lassen, was immer aus ihr wurde. Sie tat noch weh, aber nicht so heftig wie zuvor. Steif fühlte sie sich an.

Er marschierte zum Holzstapel, um das nächste Stück zu holen, die Sonne drang herunter, und er blinzelte so viel im grellen Schein, dass seine Augen kaum geöffnet waren. Der Boden brannte ihm unter den Füßen. Die Füße waren ein Problem. Er wusste nicht, wie er mit bloßen Füßen den Tag überstehen sollte. Er versuchte, den Schmerz einfach zu ignorieren, versuchte, seine Füße als nicht zugehörig zu betrachten.

Außerdem war ihm schwindlig, weil er nichts gegessen hatte, aber diesen Schwindel mochte er. Er konnte ihn benutzen, um alles andere zu überwinden. Er schleifte ein zwei Meter langes Brett zur Schuppenwand und legte es an, schlug behutsam einen Nagel ein, versenkte ihn und hob das andere Ende an, um einen weiteren Nagel einzuschlagen und zu versenken.

Ich habe einen neuen Plan, sagte seine Mutter.

Ich will deinen Plan nicht hören.

Dieser ist gut. Er wird dir gefallen. Ihre Stimme war ein bloßes Flüstern von irgendwoher in der Dunkelheit des Schuppens.

Galen musste einen Nagel in jede vertikale Planke schlagen, um alle zu verbinden. Jedes horizontale Brett ein Sitzgurt mit einem Dutzend Nägeln. Das würde etwas dauern.

Ich habe ein zweites Scheckbuch, sagte sie. Als Verwalterin des Treuhandvermögens.

Interessiert mich nicht.

Da ist die Summe unbegrenzt.

Halt bitte den Mund.

Galen, du könntest eine Million Dollar bekommen, mehr als eine Million. Du könntest alles abheben oder mir vielleicht ein bisschen was übrig lassen, und dann könntest du weggehen, und wenn du in Sicherheit bist, könntest du die Polizei oder die Feuerwehr anrufen, damit sie mich hier rausholen.

Galen versuchte, sich aufs Hämmern zu konzentrieren. Die Sonne erbarmungslos, ein Feuer auf seinem Rücken, und seine Füße zerschunden. Verdammt, sagte er. Ich kann mich nicht konzentrieren. Wieso haben wir nichts von dem Scheißgeld ausgegeben? Ich glaub das nicht.

Ich wollte nicht, dass du gehst.

Wie bitte?

Ich wollte nicht, dass du mich verlässt. Ich wollte nicht, dass du aufs College gehst. Das war alles. Ich habe nicht versucht, das Geld für mich zu behalten. Ich wollte dich nur nicht verlieren, Galen.

Du bist krank.

Ich liebe dich, Galen.

Du bist irre. Hör auf, mit mir zu reden.

Ich wollte nur dein Bestes, Galen. Ich habe dich immer geliebt.

Halt den Mund.

Und du kannst alles haben. Du kannst dein Leben frei wählen.

Galen war das alles zuwider. Und seine Füße brannten. Er konnte nicht einfach so rumstehen. Also hoppelte er auf die schattige Seite. Aua, sagte er und setzte sich auf die Erde, fasste mit der heilen Hand einen Fuß an und fühlte, wie heiß und empfindlich die Haut geworden war.

Du wirst so viel Geld haben, dass du machen kannst, was du willst, flüsterte sie. Sie war ihm auf diese Seite gefolgt. Du musst niemals arbeiten. Du kannst dir irgendwo ein Haus kaufen.

Halt's Maul!, schrie er. Die Kehle ausgeblasen, der

Kopf schwindlig, wieder verloren. Sie hatte ihn daran gehindert, sein Leben zu leben. Dasselbe hatte sie Helen und Jennifer angetan. Jahrelang hatte sie alle angelogen. Er wollte ihr den Hammer auf den Kopf hauen.

Du könntest nach Mexiko gehen.

Verdammt noch mal!, brüllte er. Halt dein dreckiges Maul! Du versuchst, mich zu zerstören.

Ich versuche, zu leben. Ich versuche, hier drin nicht zu sterben.

Galen mühte sich, den inneren Frieden wiederzuerlangen, den er neben der Bewässerungsanlage empfunden hatte, beim Wassertrinken. Wie konnte der sich so schnell verflüchtigen? Er war wie ein Pingpong-Ball, der ständig hin- und herhüpfte.

Er brauchte Schuhe. Ohne Schuhe würde er sich nicht auf die Bretter konzentrieren können. Also hoppelte er in die Plantage, mied nach Möglichkeit die glühende Erde und fand seine Schuhe in einer Furche neben den Shorts. Band sie so schnell es ging im Sitzen, während die dünne Haut an seinem Hintern brannte.

Okay, sagte er und stand auf. Ich bin bereit. Keine Ablenkung mehr. Die Fußsohlen taten auch in den Schuhen noch weh. Sie waren wirklich verbrannt, verletzt. Erstaunlich, dass der Mensch überhaupt überlebt hatte. Eigentlich bräuchten wir dickere Fußsohlen und mehr Haar oder sogar eine Kruste, irgendeine Bedeckung.

Er schleppte ein weiteres Brett an, blinzelnd im grellen Licht, hob es an und nagelte es an den Schuppen, während die Sonne seinen Rücken röstete. Der Schweiß fast sofort überall, die Luft ein Sarg, eng und dicht und erstickend. Er holte das nächste Stück Holz und dann noch eins, fand seinen Rhythmus. Die Nägel heiß in den Fingern, die zerquetschte Hand lodernd vor Schmerz.

Ihm war so schwindlig vor Hunger, dass er gar nicht erst in die Meditation zu finden versuchte. Er versuchte lediglich, durchzuhalten und aufrecht stehen zu bleiben. Einfach jedes Brett hochzuheben, den Nagel anzusetzen, behutsam einzuschlagen, dann festzuhämmern. Wenn Rücken und Schultern und Nacken zu heftig brannten, griff er in die frische Erde, die er geschaufelt hatte, und bedeckte sich damit, und sie vermischte sich mit dem Schweiß zu einer Art Schlammpaste, die ihn schützen würde.

Seine Mutter, die ihn zerstörte und zu lieben vorgab, wie Helen bei Jennifer. Wobei Helen tatsächlich für Jennifer kämpfte. Helen war vielleicht wirklich. Sie schien nicht völlig unmöglich. Seine Mutter schon.

Galen kam gut voran. Die Sonne hoch oben, kein Schatten, nirgendwo Schatten, brennende Augen, weiß gewordene Welt, und schließlich ging er zum Wasserhahn neben dem Feigenbaum, drehte ihn weit auf und trank mit gierigen Schlucken, das Wasser zunächst warm, aber dann kühl, und er sank vor dem sprudelnden Wasser auf die Knie, tauchte ab und rollte sich im Gras und ließ sich kühlen und säubern, der ätherische Strom mit der Farbe von Glas, der Farbe von Licht, der Kraft, das Brennen aufzuhalten. Er war wieder achtsam, belebt, und er lag da, nur wenige Meter vom Schuppen auf dem Bauch, während das Wasser ihm auf den Rücken schwallte und in die Hand stach, und dachte an seine Mutter, die das

Wasser nicht erreichen konnte. Dieses viele Wasser so nah bei ihr. Er ließ es laufen und laufen und dachte daran, eine Weile zu schlafen, an Ort und Stelle, unter dem Wasser, aber er lag in der prallen Sonne, und er wusste, jetzt verbrannte er sich noch viel ärger, obwohl er es nicht spürte.

Also stand er auf, drehte den Wasserhahn zu und ging zur nächsten Furche, zur lockeren Erde, um sich große Hände voll davon über den Kopf zu häufen und mit der Erde zu duschen, solange er nass war, solange es kleben blieb und ihn bedecken und schützen würde.

Wasser, hörte er seine Mutter flüstern. Sie war ganz nah. Sie war nah, gerade mal einen Meter entfernt hinter der Wand. Beäugte ihn wahrscheinlich durch die Ritzen, aber er konnte sie nicht sehen.

Kein Wasser, sagte er. Kein Wasser. Meinst du, Helen schlägt Jennifer wirklich? Meinst du, sie boxt sie oder tritt sie oder so was?

Das würde sie nie tun.

Schon gut. Ich vergaß, mit wem ich hier rede, der großen Leugnerin vor dem Herrn. Nichts ist jemals geschehen.

Meine Schwester würde ihre Tochter nie schlagen.

Ja ja, sagte er. Deine Stimme klingt ein bisschen trocken. Er stapfte zur anderen Seite, zu Hammer und einem weiteren Brett. Er würde diese Aufgabe zu Ende bringen. Vor lauter Hunger fühlte er sich wie zerbrochen, selbst die Rippen und das Rückgrat hatten Hunger, aber auf Essen konnte man ziemlich lange verzichten. Das wusste er aus Erfahrung. Seine Form der Leugnung. Essen war überhaupt nicht wichtig. Er konnte wochenlang darauf verzichten, wenn er wollte. Nur die ersten paar Tage waren schwierig. Der Hunger war nicht wirklich. Er war trügerisch.

Galen wusste gar nicht, wieso er eigentlich aufgehört hatte zu essen. Er verstand nicht, womit das angefangen hatte. Die Entscheidung, ob er Orangensaft trinken sollte oder nicht. Vielleicht damit. Aber wer kann schon den Anfang von irgendetwas bestimmen, es hat doch alles vorher begonnen, in früheren Leben. Nichts zu essen war eine Möglichkeit, diese Existenz zu durchbrechen.

Das Klavier, flüsterte seine Mutter hinter der Wand.

Galen legte ein neues Brett an und schlug einen Nagel ein.

Das Klavier, flüsterte sie wieder.

Er hämmerte heftig auf den Nagel, verbog ihn, fluchte, setzte einen weiteren an, klopfte behutsam. Seine kaputte Hand fühlte sich doppelt so groß an wie die andere. Praktisch unmöglich, mit ihr irgendetwas Kleines wie einen Nagel zu halten. Das gehörte zu den Widrigkeiten einer körperlichen Existenz. Der Körper wuchs und schrumpfte stetig, immer unerhört, das ließ sich nicht kontrollieren.

Das Klavier, flüsterte sie.

Was? Das ist so verdammt nervig. Was ist mit dem Klavier?

Das Scheckbuch ist im Klavier.

Scheiße. Vor wem hast du das versteckt? Ich wusste nicht mal, dass es eins gibt.

Bring es her. Bald kann ich nicht mehr sprechen. Ich muss jetzt unterschreiben.

Nein. Ich habe zu tun. Er hämmerte und setzte Nägel an und hämmerte. Schmorend und schwitzend und überall Schmerz, in der Hand, im Bauch, auf den Fußsohlen und der Haut auf Rücken und Nacken, und im Kopf der Schwindel. Alles an dieser Existenz war mit Schmerz verbunden. Er hatte es satt.

Galen ließ den Hammer auf die Erde fallen und ging über den Rasen ins Haus. Er war entschlossen gewesen, nicht mehr hineinzugehen, einfach in der Plantage zu leben, aber hier war er schon wieder. Kein Vorsatz währte.

Das Haus innen zu behaglich, kühl und dunkel und mit Schlaf lockend. Er war sehr müde. Er wollte sich hinlegen und alles vergessen. Das war die Macht des Hauses, deshalb war es gefährlich. Dem Haus musste man widerstehen.

Er ging zum Flügel und wartete, bis sich die Augen ans Dämmerlicht gewöhnt hatten. Die Kanten schwebten und schwankten, die Holzkonturen wurden bei jedem Blinzeln weiß. Bloß eine dunkle Gestalt im Schatten, doch nach und nach erkannte er Farben, das tiefe Rot und die Maserung des dunklen Holzes, und der Flügel nahm seinen Platz ein, hörte auf zu schwimmen und zu schwanken.

Seine Großmutter am Flügel. Wieso konnte er sich daran nicht erinnern? Wenn sie als Familie tatsächlich gemeinsam gesungen hatten, wenn sie auf diesem Flügel gespielt hatte, warum hatte sie dann aufgehört? Wieso hörte in diesem Leben alles auf, bevor seine Erinnerung einsetzte? Wenn er sich mit dieser Zeit verbinden sollte, wieso wurde ihm dann jegliche Verbindung vorenthalten?

Er hob den Deckel an, ein großes, flaches, glänzendes Stück Holz an einem Scharnier, und irgendwie wusste er, dass das Holzstück drinnen als Stütze diente. Er wusste nicht, woher er es wusste, irgendein physischer Abdruck ohne begleitende Erinnerung. Vielleicht waren die meisten Erinnerungen so, nicht mehr zugänglich, aber noch immer irgendwo, und vielleicht spüren wir auf diese Weise auch unsere früheren Leben. Ihre Schatten und ihre Weisung, nichts jedoch, was wir noch sehen könnten. Sie warten und sammeln sich und machen sich auf andere Weise bemerkbar, sodass jede Entscheidung, die wir treffen, bereits getroffen ist und jede Zufallshandlung gesteuert und das Ich überhaupt keine Illusion, sondern etwas, das niemals stirbt.

Das Scheckbuch so klein, so schlicht. Eine unmögliche Vorstellung, dass darauf über eine Million Dollar sein sollten. Seit Jahren wollte er einen Walkman. Ein Walkman kostete etwa sechzig Dollar. Er hatte aufs College gewollt, und das hätte vielleicht zehntausend Dollar im Jahr gekostet. Er hatte für ein Jahr ins Ausland gewollt, und er wusste nicht, was das gekostet hätte, aber wahrscheinlich nicht viel mehr als ein College-Jahr. Alles war möglich gewesen, an Ort und Stelle, aber seine Mutter hatte nein gesagt.

Er begriff nichts von all dem, was mit seiner Mutter zu tun hatte, nichts. Dass sie ihn hierbehalten wollte als eine Art Ersatz-Ehemann. Er hatte keine Ahnung, wer sie war oder wie man aus ihr schlau wurde.

Er ging hinaus auf den Rasen, um einen Stift aus dem Krempel zu kramen. Das musste er heute alles verbrennen. Seine Aufgaben türmten sich. Er musste auch die Bretter noch fertig annageln und den kleinen Graben um den Schuppen zu Ende ziehen, und es war schon Nachmittag.

Er setzte sich unter den Feigenbaum, in seinen schönen Schatten an den schmiedeeisernen Tisch, und besah sich die Schecks.

Du hast das Scheckbuch, krächzte seine Mutter.

Genau.

Lass mich unterschreiben.

Okay. Er kniete sich an die Wand, schob das Scheckbuch durch die Lücke zwischen Boden und Schuppen und schob dann den Stift hinterher.

Ich lasse den Betrag frei. Du kannst eintragen, was du willst.

Unterschreib alle. Aber füll einige vollständig aus. Fang mit einem Scheck über 4300 Dollar an.

Wieso 4300 Dollar?

Weil das ein simpler Betrag ist. Weil es nichts ist.

Okay.

Und dann nehmen wir 47 500 Dollar. Galen wollte in den Feigenbaum klettern, um dort zu warten, aber er konnte nicht mit seiner kaputten Hand, also setzte er sich auf den schmiedeeisernen Stuhl am Tisch und blickte auf den Teil des Grundstücks, in den er nie ging. Hinter dem Haus und dem Rasen war ein Urwald aus Bäumen und Büschen, Land, das nie für die Plantage beansprucht worden war.

Warum geht die Plantage hinten nicht weiter?, fragte er.

Was?

Das Gewirr auf der anderen Seite vom Rasen. Das ist ein großes Stück Land, und nichts ist damit geschehen. Keine Walnussbäume. Warum nicht?

Das war Moms Land. Sie sollte einen Garten bekommen, aber dazu war nie Zeit.

Wieso habe ich nie was davon gehört?

Ich kann nicht sprechen. Wirklich nicht. Ich brauche Wasser.

Kein Wasser.

Dann kriegst du die Schecks nicht.

Meinetwegen. Scheiß drauf. Ich muss sowieso wieder an die Arbeit. Er lief um den Schuppen herum und trat in die Hitze, unter die pralle Nachmittagssonne. Er wollte, dass ihm so schwindlig wurde wie nur möglich. Er nahm ein splittriges Brett, das irgendwo rausgerissen und zugerichtet worden war, schleppte es zum Schuppen und hielt es an die Wand.

Er schlug einen Nagel ein und hämmerte und hörte seine Mutter kreischen, eine raue Stimme, wie er sie noch nicht gehört hatte, ein letztes Kreischen, das Ende einer Stimme. Es klang, als risse ihr die Kehle. Und das war ihm recht. Es war ihm scheißegal. Ich hab dich nicht gehört, brüllte er. Was hast du gesagt?

Natürlich keine Antwort. Er hämmerte auf die heißen Nägel ein und beschloss, dass nicht jedes vertikale Brett einen brauchte. Das waren zu viele. Sie würden vom Sicherheitsgurt gehalten, ohne je einen eigenen Nagel zu benötigen.

Er schleifte noch ein verunstaltetes Brett vom Stapel, dann noch eins, die Arbeit pendelte sich ein, und allmählich war der bleiche Boden auch nicht mehr so grell. Schatten bildeten sich in den Erdballen, und er schnallte eine weitere Seite des Schuppens fest, die mit dem Tor; links neigte sich die Sonne, die Zeit verstrich, ein Segen.

Die Sonne kam ihm vor wie eine Zeugin, immer wachsam. Verständlich, dass die Azteken oder die Maya oder wer auch immer die Sonne anbeten. Nachdem sie einen ganzen Tag gebrannt hatte, konnte ihr Untergehen wie ein Geschenk erscheinen. Man konnte anbeten, was einen beinahe zerstörte. Und wenn man allein war, konnte die Sonne sogar eine Begleiterin sein, die stetig mitwanderte, immer da war.

Galen hörte ein Geräusch, das er seit Jahren nicht gehört hatte. Er erkannte es sofort. Die Anlasserkurbel des Traktors. Seine Mutter kurbelte, versuchte, den Motor anzuwerfen.

Nein, sagte er. Er stand da mit dem Hammer und wusste nicht, was er tun sollte. Er konnte nicht rein, und wenn er nicht reinkonnte, konnte er sie nicht aufhalten. Sie würde den Traktor in Gang setzen und durch die Wand brechen. Der Traktor würde das locker schaffen.

Aufhören, sagte er. Sie kurbelte zwar langsam, bekam ihn aber vielleicht doch an. Galen stand am Tor, drückte sich dagegen, versuchte, durch den Spalt zu spähen, aber die Ritzen waren nicht breit genug, und es war zu dunkel da drin, zu hell hier draußen.

Er rannte zum Geräteschuppen und schmiss alle Werkzeuge auf die Erde: Schaufeln und Picken und Harken, Scheren, Hacken. Er musste an der Wand zum Traktor Platz schaffen, dort würde er reinsehen können. Die Kurbel drehte sich, und sie wurde schneller.

Warte, sagte er. Lass uns reden.

Keine Antwort. Er drückte sich gegen das Holz, hob beide Hände, um das Licht auszublenden, und sah jetzt den großen Schatten des Traktors, der in seinem Blickfeld waberte. Aber vom Kurbeln konnte er sie immer noch nicht abhalten. Sie würde durch die Wand in die

Plantage krachen, und es gab einen hohen Gang, der schnell war, einen Gang für die Straße.

Galen trat von der Wand zurück und blickte auf all die Werkzeuge, die er auf die Erde geworfen hatte. Er brauchte so etwas wie einen Speer. Etwas, das er werfen konnte. Das war seine einzige Chance. Die Mistgabel. Damit würde es gehen. Sie war nicht groß, vier Forken von je fünfzehn Zentimetern, insgesamt fünfzehn Zentimeter breit. Er wog sie in seiner heilen Hand, fand die richtige Balance und schleuderte sie auf die Walnussbäume. Sie flog etwa zehn Meter, nicht so weit wie erwartet, aber geradeaus, genug vielleicht.

Aber was hatte er eigentlich vor? Seine eigene Mutter mit einer Mistgabel aufzuspießen? Das ging nicht. Das gehörte nicht zu seinen Fähigkeiten.

Galen stand in der Sonne, machte die Augen zu und suchte nach einem Weg. Sein einziger Gedanke war: Gefängnis. Weggeschleppt, in eine Zelle gesperrt, und nie wieder würde er den Tag sehen. Nie Bäume sehen, nie Erde, nie den Mond betrachten. Nie frei herumlaufen. Nie Jennifer sehen, nie nach Europa gehen, nie in einer Furche liegen und schlafen. Nie wieder die Berge sehen oder die Hütte, nie Kitaro hören oder *Siddhartha* lesen. Er würde in eine Schachtel gesteckt, und die Schachtel würde versiegelt und irgendwo auf Abruf ins Regal gestellt werden. Vielleicht würde man ihn dort einfach vergessen.

Galen breitete die Arme aus und versuchte, seinem höheren Selbst zu folgen. Er versuchte, sein Kronenchakra zu öffnen.

Er hörte die Kurbel, seine Mutter ackerte, drehte so schnell sie konnte, aber der Motor sprang nicht an. Wieso nur. Vielleicht musste er bloß aufwärmen, schwer zu glauben an einem so heißen Tag. Es waren knapp vierzig Grad.

Der beängstigendste Gedanke war, dass das Gefängnis eine psychiatrische Anstalt sein könnte, ein Irrenhaus. Damit hatte sie gedroht, und dafür, dass er seine Mutter in einen Schuppen gesperrt hatte, könnten sie ihn da hinbringen. Viel schlimmer als allein in einer Schachtel: in einer Schachtel mit den Irren. Und den Medikamenten. Sie würden ihn damit so vollpumpen, dass er nicht mehr bei sich wäre. Wenn sie ihn einmal dort hatten, konnten sie alles mit ihm machen, und keiner hier draußen würde es jemals erfahren oder wissen wollen.

Galen schüttelte den Kopf und die Hände und den ganzen Rücken, ein Schauder. Er ging nicht ins Irrenhaus. Er wollte da nicht hin.

Er holte die Mistgabel. Wenn sie durch diese Wand kam, war er bereit.

Er stand an der Ecke, wo er zwei Wände im Auge hatte, und lauschte der Kurbelei. Sie musste irgendwann erschöpft sein. Kurbeln war schwer, und sie war schon eine ganze Weile dabei. Sie ließ etwas nach.

Die Sonne noch heiß auf Rücken und Nacken und Po und Beinen. Und was bot sich für ein Anblick, wenn jemand durch die Hecke in die Plantage kam? Galen bezweifelte, dass sich irgendjemand einen Reim darauf machen könnte. Er war nackt bis auf die Schuhe, verbrannt und mit Dreck zugekleistert, in seiner Hand eine Mistgabel als Speer, und er wartete, ein Wächter. Raue Bretter krumm um den Schuppen genagelt, darum ein Graben. Er wusste, es würde vollkommen wahnsinnig aussehen. Wenn man nicht dabei gewesen war, wenn man nicht jeden Schritt mit vollzogen hatte, war das alles völlig abwegig.

Bis zum Ende dieser Inkarnation musste Galen allein sein. Das erkannte er jetzt. Andere Menschen waren das Problem. Sie bedeuteten Ablenkung und Bindung. Sie bedeuteten Krach. Er brauchte Stille. Er musste über ganze Leben hinweg zurücklauschen, und das erforderte eine Ruhe, die nicht eintrat, solange noch irgendjemand in der Nähe war. Die letzte Inkarnation sollte in einer Höhle stattfinden, und diese Plantage war seine Höhle, abgeschottet von der Außenwelt. Niemand würde hier nachsehen. Wenn erst die letzte Bindung in Form seiner Mutter gekappt wäre, dann wäre er hier sicher. Er musste hämmern und graben und diesen letzten Kampf bestreiten, weil es sein innerer Kampf war, der in der Welt Gestalt annahm. Dieses Geschenk hatte er empfangen, einen äußeren Weg, um die innere Reise zu inszenieren und zu vollenden, die letzte Reise vor der Ruhe. Er errichtete eine Festung gegen alle Ablenkung. Wenn sie weg war, würde er sich auf die Erde setzen und über all die sich wandelnden Formen des Selbst und des Seins hinweg lauschen, und auch wenn er nicht wusste, was danach kam, weil er dort noch nicht gewesen war, wusste er, dass alles darauf hinauslief.

Seine Mutter kurbelte länger am Traktor herum, als er für möglich gehalten hätte. Also war dies ihr letzter Akt. Sie sagte nichts. Es würde keinen weiteren Versuch geben, sich auszugraben oder die Planken zu lockern. Wenn der Traktor nicht ansprang, war es das. Dann bliebe ihr nichts mehr.

Galen lauschte dem Kurbeln aufmerksam, denn er wusste, dass dies eine Meditation war, ein Geschenk, das sie ihm auf ihrem Weg hinaus hinterließ. Ein merkwürdiges Geräusch und ein mächtiges, weil es zurückreichte in seine und ihre Kindheit. Es war ein Geräusch, das seine Reise über verschiedene Leben hinweg einläuten konnte, ein Kabel, das er greifen konnte, das in die Finsternis zurückgewickelt wurde.

Danke, sagte er. Ich ehre und akzeptiere dieses Geschenk.

Mit seiner Mistgabel und seiner Dreckschicht war er für eine symbolische Reise gewappnet, und seine Mutter war der Auftakt.

Das Geräusch schwächer mit jedem Aufwärtskurbeln, beim Herunterdrücken stark, und es gab ein Husten jedes Mal, wenn der Kolben durchgedrückt wurde. Beim Husten trat Galen vor, trat mit dem linken Fuß in eine Furche. Beim Aufkurbeln schwang er zurück, beim Runterdrücken trat er wieder vor. Ein Tanz.

Galen ging tiefer in die Hocke, setzte die Schritte fester und fester, hielt den Speer in seiner rechten Hand. Im Takt stampfte er vorwärts, schüttelte seinen Speer, fühlte die Hitze in sich aufsteigen, der ganze Körper schweißnass. Er musste den richtigen Laut finden, die richtige Stimme, passend zum Schritt, und er hatte Angst, es zu probieren, Angst, den falschen Ton rauszubringen und den Augenblick zu verderben. Etwas baute sich auf hier, er steuerte darauf zu. Das war das Geschenk seiner Mutter für ihn. Er wusste nicht, ob es eher ein Grunzen oder eher ein *Ho* werden sollte. Das Ho feierlicher, aber das Grunzen authentischer. Oder ein *Aah*, eher wie ein Schrei. Er versuchte, das Geschehen einfach geschehen zu lassen.

Heraus kam ein Grunzen, ein leises *Hu*. Und das fühlte sich gut an. Und richtig. Es war echt, nur ein leises Grunzen, der erste Laut eines Menschen, ein Frühlaut. Er schüttelte seinen Speer und grunzte tief aus dem Bauch, tief aus seinem Wurzelchakra, seiner Basis, seinem Chi.

Das Grunzen erschütterte die Geistermauern in ihm, der lange Kehlakkord verband seine Stimme mit seinem Chi, selbst die Lungenwände bebten, und der gute Geruch der Erde, sein Wegweiser, war jetzt bei ihm, immer bei ihm, der Dreck der Erde, und er langte hinunter mit seiner kaputten Hand, schöpfte Erde und warf sie sich in den Mund, heulte auf vor Schmerz, ein Auflodern der zerquetschten Hand, und er heulte und grunzte und kaute die Erde, und der Schmerz stieg ihm in Wellen in den Kopf, die Hand eine pulsierende Masse, sodass er sie vor sich ausstreckte, als Wegweiser in die Geisterwelt.

Wir sehen sie nicht, aber wir bewegen uns jeden Augenblick eines jeden Tages in ihr. Der Trick bestand darin, mitten im Traum aufzuwachen und trotzdem weiterzuträumen, dann konnte man kämpfen. Um aufzuwachen, musste man die Illusion einreißen, und seine Hand eignete sich dafür. Die Kurbelei des Traktors eignete sich dafür.

Das Kurbeln, das *Wumm* bei jeder Umdrehung, das hustende Geräusch und der Kolben, seine Mutter eine Art Schamanin, die ihn führte, und er tanzte, er stampfte so fest auf, wie er konnte, erschütterte alles in sich und versuchte, durch die Zeit zu tanzen. Das war eine Möglichkeit, den Traum zu durchbrechen, die Zeit zu versetzen, in eine ältere Plantage zu tanzen. Alte Mauer, alte Erde, alter Dreck, Tanz zurück.

Der Speer eine uralte Waffe, vom allerersten Tanz. Der lange Gelenkarm ein Werfer, hierfür geformt. Für den ersten Mann, der den Speer schüttelte, gegen die Wildnis wütete, gegen die Leere, die Welt für sich beanspruchte. Galen versuchte, in der Zeit zurückzutanzen, versuchte, Verbindung aufzunehmen. Versuchte, dieser erste Mensch zu werden, Erde stampfend, von Atem befeuert, ein Lodern rings um ihn, und er trampelte so kräftig, dass Furche und Kruste brachen, spürte die Kraft des Speers, und dann sprang er. Er sprang in die Wand, sprang mit dem Kopf voran schreiend durch die Luft und bohrte diesen Speer in die Wand, in die Geisterfestung, dass er abprallte, und er flog und knallte mit Schulter und Kopf gegen die Wand und fiel zu Boden und stand wieder auf. Aaaah!, brüllte er. Aaah! Seine Hand ein lebendiges Etwas, ein wimmelnder Schmerz.

Er nahm den Speer, kehrte an seinen Platz zurück und fuhr fort mit dem Stampfen. Derselbe Flecken Erde, seine Wucht durch die Kruste hindurch spürbar, in Stoßwellen weit hinunter. Er sammelte sich wieder, Schritt und Takt und das leise, tiefe Grunzen, er spürte seine Quelle, die Energie, die aus seinem Innersten kam. Er würde alles nutzen, um die Geistermauer zu durchbrechen. Er würde zurückgehen, den Kreis schließen und aus einer anderen Zeit wiederkehren.

Galen stampfte im Kreis und schüttelte den Speer. Die Schatten lang, Walnussbäume wie Wachposten, die ihr wahres Selbst über die Furchen warfen. Darauf hatten sie gewartet, mehrere Leben lang, auf ihn, auf sein Kommen. Sie würden sich aus ihren Schatten auf der Erde erheben, und daraus würde ihre Gestalt erwachsen. Nicht die Gestalt eines Baumes, nicht die unserer Vorstellung, sondern eine tiefere Form. Mit Triumphgeheul ergriff Galen seinen Speer. Er hatte in die Welt der Geister geblickt. Es war seine erste wahre Vision gewesen, er hatte gesehen, dass die Bäume sich aus ihren Schatten formen würden, dass sie aus Erde gemacht waren, nicht aus Holz. Vielleicht hatte er es sogar als erster Mensch gesehen, als erster Mensch die Bäume erkannt. Ho!, schrie er, in Würdigung des Geschenks. Er kreiste und trampelte und blickte seitlich auf die langen Schatten um ihn herum, und er begriff jetzt, dass sein Stampfen die Geister der Bäume befreite. Er war der Wegbereiter, er war es, der die Mauer durchbrach. Er bohrte seinen Speer in die Erde und rüttelte beim Tanzen am Schaft, um alles zu lösen, was sie zurückhielt.

Mit abnehmendem Licht wuchsen sie, und sie würden unmöglich hoch aufragen, große, dunkle Erdpräsenzen, die in den Himmel strebten. Sie würden Meilen zurücklegen mit jedem Schritt, Kontinente durchmessen. Sie würden ihn tragen, heben und werfen.

In halbwachem Zustand lebte Galen in einer Doppelwelt, sah die Präsenzen und war doch noch an Erscheinungen gekettet. Er durfte nicht zu lange auf einen Schatten sehen, weil der sonst zum bloßen Schatten wurde und Erde bloß Erde war. Er musste seinen Blick bewegen, sich drehen und kreisen. Von Feuer umhüllt, seines Atems beraubt, mit schwindenden Kräften, doch erstarkendem Geist.

Galen merkte jetzt, dass er sang, ein tiefes, kehliges Lied, ein Lied des Werdens. Während er seine früheren Leben um sich scharte, erkannte er, dass sie die Zeit selbst waren. Er beschwor die Zeit und das Sein im letzten Schub seines Werdens.

Und jetzt fürchtete sich Galen vor dem, was hier geschah. Das Schamanische war anders als das Meditative. Beim Erdeschaufeln hatte er sich auf das Werfen und Fallen konzentriert und auf das Nichts. Es war eine Zerstreuung gewesen. Dies hingegen war eine Sammlung, etwas ganz anderes, etwas Beängstigendes, weil es genau der falsche Weg sein mochte, eine Finte. Wie konnte Werden das Ziel sein? Loslösung sollte doch das Ziel sein, und Lösen war nicht dasselbe wie Werden.

Galen kreiste und stampfte, aber er war erschöpft und verwirrt. Er verstand nicht, wie das alles zusammenpasste, und seine Verwirrung hatte die Geister verscheucht. Ihm war heiß, er war müde und nass und schlammig, und die Schatten der Bäume waren bloß Schatten, und alles war so schnell und so schrecklich in sich zusammengefallen. Er spürte die Knochen in seinen dünnen Beinen, die Muskeln sahen verkrampft und steif aus. Leer, all seine Bewegungen jetzt.

Galen hörte auf zu tanzen, verharrte benommen und hungrig und durstig. Er war allein. Die Luft still, kein Wind. Das endlose Brummen der Klimaanlagen entlang der hohen Mauer. Da fiel ihm auf, dass nicht mehr gekurbelt wurde. Das Geräusch war verstummt. Wie lange wohl schon. Er hatte lange getanzt.

Er ließ die Mistgabel fallen. Die Sonne nicht mehr brennend heiß, die Plantage größtenteils im Schatten, und er legte sich in eine Furche, in die wärmestrahlende Erde, beschloss, hier einfach liegenzubleiben, bis er begriff, aber er kam um vor Hunger und Durst und konnte sich überhaupt nicht konzentrieren. Kopf und Schulter schmerzten vom Sprung in den Schuppen. Er stand auf und stakste langsam mit verkrampften Beinen ins Haus.

Der Haufen auf dem Rasen wartete immer noch darauf, verbrannt zu werden. Das Gras darauf, geschnitten zu werden. Das Haus wartete immer, seit mehreren Leben. Unmöglich groß und verschnörkelt und weiß. Eine unehrliche Kompaktheit. Der große Kamin in der Mitte und die riesigen Bäume. Ein Haus, das Frieden verhieß und vernünftige Menschen, doch nur Irre beherbergt hatte. Ein Haus, in dem man sich verbergen konnte.

Galen ging in die Küche und holte sich ein Glas Wasser, stürzte es hinunter, und dann noch eins. Und hatte noch immer Durst.

Er wusste nicht, was er essen sollte. Immer ein Problem. An der offenen Kühlschranktür starrte er auf zu viele sinnlose Sachen. Pickle Relish. Nicht so einfach, aus Würzsauce eine Mahlzeit zu machen. Sauerkraut. Das könnte er vielleicht essen. Auf einem mit Zellophan abgedeckten Teller. Er trug ihn zum Küchentisch, nahm eine Gabel aus der Schublade. Echtes Silber, unpoliert.

Zum Sauerkraut gehörte noch etwas. Er sah sich in der Speisekammer um, bei den Dosen, fand Schnittbohnen und nahm sie zur Anrichte mit, zum elektrischen Dosenöffner.

Er setzte sich und gabelte die grünen Bohnen aus der Dose, kalt und salzig und ohne anderen Geschmack. Er kaute und schluckte, und es fühlte sich an, als wäre sein Magen eingefallen, als müsste das Essen die Falten von innen wieder ausbeulen. Er gabelte Sauerkraut und genoss den Essig. Essig war das Richtige.

Während er aß, wurde es dämmerig im Haus. Der Himmel draußen wurde dunkelblau. Galen aß die grünen Bohnen und fast das ganze Sauerkraut auf, trank noch ein Glas Wasser und ging zur Spüle, wo normalerweise seine Mutter stand, sah zum Schuppen hinaus, zur Plantage und zum Himmel. Alles weiter weg im schwindenden Licht, die Entfernungen größer.

Er dachte, er würde eine Weile an der Spüle stehenbleiben, stieg jedoch unversehens die Treppe zum Zimmer seiner Mutter hinauf, stand schwankend in der Tür, gedankenleer, und ging zu ihrem Bett. Das Haus nicht so heiß wie draußen, dank der hohen Wände und der Vorhänge eine Zuflucht.

Er legte sich auf ihr Bett, machte die Augen zu und fühlte, wie es sich in ihm drehte und neigte, wie alles nachgab. Der Dreck auf seiner Haut seine Decke, die Hand dumpf und tröstlich pochend, und alles war so friedlich. Seine Mutter ruhte jetzt auch, dort am Ort ihrer Erinnerung, in ihrer eigenen Zuflucht. Das Land um sie herum atmete auf, die Plantage ruhte, die Hecken, der Feigenbaum, die Eiche. Alles ruhte endlich, und die Hitze ließ nach. Sie hatte ihn hierbehalten wollen, und hier war er.

Schwarzer Stein. Vulkanisch. Gestein, das gekocht hatte, von Luft durchschossen war. Geborsten jetzt, zerteilt und geschoren und scharf wie Glas. Poren und Höhlen. Walnussbäume, die aus dem Stein wuchsen, Wurzeln, die sich in Löcher und Röhren bohrten, an Spalten entlangschlängelten. Weiches Holzfleisch in der Hülle.

An der Oberfläche nicht erkennbar, wie weit sie reichten. Die Wurzeln und Stämme weiß auf schwarz.

Meilen von einem Baum zum nächsten, die Plantage gewachsen. Galen schleppte einen Beutel mit Wasser, einen Beutel, der aus Fleisch bestand, und er musste ein paar Tropfen auf die Wurzeln jedes Baumes fallen lassen. Selten, dass er überhaupt einen Baum sah. Hauptsächlich wandernd, suchend nach dem nächsten, und das Land wuchs, während er lief, brach auf und dehnte sich, dass sich große Spalten auftaten, die sich mit Schmelze füllten und hart wurden, und er ging weiter.

Seine Füße zerschunden, bloß, klackend auf dem Gestein. Auch die Gelenke klackend, bei jeder Bewegung, Knie, Hüfte, Knöchel, selbst die Augen. Der dicke Fettbeutel hatte sehr wenig Wasser und musste vorsichtig gehalten werden. Nicht fallen lassen. Wenn er ihn fallen ließ, war alles verloren. Also starrte er aufs Gestein, setzte jeden klackenden Schritt mit Bedacht.

Galen wusste, dass Jahre vergingen, dass er keine

Chance hatte, alle Bäume rechtzeitig zu erreichen. Vielleicht erreichte er nicht mal den nächsten. Das Wasser schwand beim Gehen, war nur noch ein Film an den Fettwänden.

Die Oberfläche des Planeten bog sich. Aber das andere Problem war die Schmelze. Die Schmelze hielt ihn auf, weil er nicht wegsehen konnte. Ein tiefes Rot, verwandeltes Gestein, alle Muster rund und schwarz umrandet, ein langsames Kochen und Aufwallen, dann ein Verblassen, wenn der Stein abkühlte und seine Farbe verlor.

Selbst beim Aufwachen ging er weiter, hielt am Traum fest, versuchte, ihn zu verlängern und zu begreifen. Ging zum nächsten Baum. Seltsamer Traum. Er versuchte, nicht zu denken, nicht seinen Wachverstand ranzulassen, versuchte, zurückzukehren zum großen Verstand. Aber der kleine Verstand weigerte sich. Galen musste pinkeln, und der kleine Verstand konzentrierte sich sehr darauf.

Schön, sagte er, stand auf und pinkelte in die Toilette seiner Mutter, und nichts erschien wirklich. Hier im Bad seiner Mutter zu stehen, von Dreck überzogen. Im Bett seiner Mutter zu schlafen. Seine Mutter noch da draußen. Das ergab alles keinen Sinn, und er wollte nicht mehr mitmachen. Er wollte wieder einschlafen und träumen.

Also legte er sich hin und weigerte sich aufzuwachen. Er war noch immer erschöpft, unglaublich müde, und schaffte es, erneut dem Verstand zu entfallen, bis er wieder aufwachte, diesmal ohne Träume, mit trockenem Mund und einem hungrigen Magen.

Er stand auf, pinkelte wieder und beugte sich zum Wasserhahn hinunter, um zu trinken, Schluck auf Schluck, so trocken. Die Zahnbürste seiner Mutter, lila und weiß, etwas aus einem anderen Leben, einem Leben, das bereits schwer zu erinnern oder auch nur zu glauben war. Wer wir jetzt sind, sagte er.

Er ging in die Küche hinunter, Beine schmerzhaft steif, Gelenke, die klackten wie im Traum, Knochen, die beim Gehen schnappten. Die Hüften saßen nicht mehr richtig.

Erneut das Problem, was man essen sollte. Eine ständige Erinnerung daran, dass Inkarnation Versklavung war. Er wollte das Essen einfach hinter sich lassen, wollte seinen Magen herausreißen und sich anderen Dingen widmen. Aber er ließ sich nicht ignorieren. Fordernd und begierig, und solange er ihm nicht nachgab, hatte er keine Ruhe.

Was wünschen Eure Majestät?, fragte er. Die Speisekammer ein Farbenwirrwarr, aber das Bunteste eine große Dose Obstsalat. Die knallroten Kirschen, Gelbes und Weißes und Grünes, die Trauben. Alles in zu süßem Sirup.

Schwere Dose. Er hielt sie an den Öffner, während der sich drehte. Obstsalatsandwiches, sagte er.

Galen häufte das Obst in eine Hängematte aus Brot und biss hinein, das Brot teigig von der Flüssigkeit. Er aß eine einzelne Kirsche, schmeckte den Farbstoff. Von den Kirschen abgesehen waren alle Früchte gleich geworden, alles ein Geschmack. Es war einfach Obst, nicht Pfirsich oder Birne oder Traube oder was immer. Und das galt auch für das Leben der Menschen, gleiche Arbeit, gleiche Häuser, diese Häuser auf der anderen Seite der Mauer. Doch nicht Galens Leben. Galens Leben war anders. Er trug Dreck, und das war der große Unterschied. Den Menschen erkennt man an seiner Kleidung.

Galen würde heute Bäume gießen. Dazu musste er seinen Fleischbeutel mit dem bisschen Wasser mitführen und jeden Baum in dieser Landschaft aus schwarzem Gestein und Schmelze mit einigen Tropfen versorgen. Wobei die Plantage aus Erde bestand, nicht Gestein, und zwischen den Stämmen lagen nicht Meilen, die sich auftaten und streckten. Wie der Traum in die Wachwelt passte, war nie ganz klar.

Galen ließ das Brot liegen, gabelte das Obst in großen Happen aus der Dose und kaute schnell. Er wusste, dass der Gedanke, vor dem er sich fürchtete, seiner Mutter galt. Essen immer ein Ersatz, nie das Eigentliche. Er schnürte seine Schuhe und trat hinaus in die Gluthitze.

Bereits Nachmittag, ein Brennofen für Ziegelsteine, trocken und stechend in der Lunge. Jeder Tag wirkte heißer denn je, aber es war alles dasselbe Inferno. Der Schuppen vom grellen Licht geblichen, Hitzeflimmern auf der Plantage, tatsächliche Wellen wie geschmolzenes Glas einige Handbreit über dem Boden, die die Konturen von Baumstämmen und Unkraut und Furchen verzerrten. Die Plantage sah aus, als wäre sie vielleicht drei Meter breit, ein Streifen, den man mit einem langen Schritt durchmessen konnte. Sie konnte aber auch eine Meile breit sein. Unmöglich, Entfernungen zu schätzen.

Er wollte nicht in die Nähe des Schuppens. Dieser grobe Holzgürtel, eine Teilfurche an der Plantagenwand, seine Mutter irgendwo da drin. Dass sein Leben hierin gemündet war, fand er ungerecht.

Er trat aus dem Schatten in die pralle Sonne. Das Licht strömte unfassbar schnell und traf pulsierend auf, riss alles fort. Schutz war nicht von Dauer. Am Ende nahm die Sonne alles.

Galen beim Gehen beinahe blind. Ein Körper in wankender Landschaft, aber das Licht konstant. Hier draußen konnte er nicht lange bleiben.

Alles schrumpfte im gleißenden Licht. Das Schuppendach etwa einen halben Meter tiefer, die Bretter gut einen Zentimeter dünner. Der Feigenbaum gedrungener am Boden, nicht so hoch wie zuvor. Die Furchen flach. Galen wusste nicht, was es zu bedeuten hatte, dass bei schwindendem Licht alles wuchs und bei Tag wieder schrumpfte. Das galt auch für Präsenzen, Schatten und Nacht schienen bewohnt und der helle Tag nicht. Am Mittag war alles Leben leer, und doch musste Galen darin zahllose Stunden umherwandern, immer eine Wüste durchwandern.

Der Weg vom Rasen zur Plantage immer auf der linken Seite, an der Sonnenaufgangswand entlang, gen Osten. Hier hatte seine Mutter die Bretter losgehämmert. Hier hatte er als Kreuz gestanden. Und hier fand er jetzt das Scheckbuch, durch die Lücke zwischen Mutterboden und harter, steinbewehrter Erde geschoben, wo er nicht hatte graben können.

Er hob es auf und blätterte blinzelnd. Sie hatte jeden Scheck unterschrieben, und auf einem Dutzend standen Beträge. Auf dem letzten 430 000 Dollar. So viel Geld.

Er wandte den Blick ab, sah die Walnussbäume, geweißt. Sah wieder aufs Scheckbuch, hielt es in beiden Händen, drehte es um und entdeckte eine Notiz. *Bitte, mein Sohn, ich liebe dich.*

Trotzdem war sie bereit gewesen, ihn wegzuwerfen. Sie hatte ihn ein Tier genannt und wollte, dass er den Rest seines Lebens wie ein Tier im Käfig verbrachte.

Bitte, mein Sohn, ich liebe dich. Er wusste nicht, was er davon zu halten hatte, denn das Problem war: Er glaubte ihr. Er wusste, dass er ihr alles verdankte, dass jeder Sohn seiner Mutter alles verdankte. Und er wusste, dass sie ihn liebte und dass er sie liebte. Aber er wusste auch, dass sie bereit gewesen war, ihn wegzuwerfen. Und es war nicht möglich, das eine und das andere zusammenzubringen.

Mom?, rief er.

Er konnte hier nicht lange rumstehen. Die Sonne ließ das nicht zu. Mom, wiederholte er.

Aber es kam keine Antwort. Er ging nah ran, legte das Ohr an eine Ritze zwischen den Brettern und versuchte, eine Regung zu hören, eine trockene Stimme, irgendwas.

Die Landung von Grashüpfern, ein gelbes Geräusch ohne Tiefe. Das ferne, unaufhaltsame Brummen der Klimaanlagen. Ein vorbeifahrendes Auto auf der Straße, sehr gedämpft durch die Hecken. Sonst nichts. Nur sein eigener Puls und sein eigener Atem.

Er ging zur nächsten Wand, der mit dem Tor und dem rostigen alten Schloss. Mom?, versuchte er es erneut, doch keine Antwort. Also ging er zur dritten Wand, der Seite mit dem Geräteschuppen, wo er den Nachmittag hindurch geschmort hatte, und er stand dort und blinzelte das alte Holz an. Ich werde nicht schlau aus dir, sagte er.

Sie war aufgeregt gewesen, atemlos und erregt bei der Vorstellung, dass man ihn ins Gefängnis schleppen würde. Sie hatte gesagt, sie habe Angst vor ihm, aber weshalb? Er hatte nichts getan. Sie hatte ihn einen Vergewaltiger genannt, ihren eigenen Sohn, der nichts getan hatte. Was er mit Jennifer geteilt hatte, war kein Verbrechen.

Du, sagte er. Du hast das gemacht. Du hast mich dazu getrieben.

Sie reagierte nicht. Er wollte mit ihr reden. Er wollte wissen, wieso.

Das ist ungerecht, sagte er, da bekomme ich nur eine Mutter, nur ein Elternteil, und dann ist die verrückt. Ungerecht. Und jetzt rede ich hier gegen eine Wand, genauso verrückt wie du. Danke, Mom.

Es würde keinen Frieden geben, niemals. Das war ihm klar. Er würde gedanklich immer an sie gekettet sein. Mit Schuld und Wut und Scham und allem anderen, das ein Leben schmälerte. Sie hatte alles zerstört. Er hatte sich auf seine Meditation konzentrieren wollen. Das war alles. Er hatte seine Ruhe haben wollen.

Er konnte hier nicht einfach so rumstehen. Er ging ans Schloss, hielt es in der Hand, riss daran, um zu sehen, ob es vielleicht aufging. Er hatte keine Ahnung, wo der Schlüssel sein könnte. Rostiges altes Schloss, viel größer als nötig, dicker Stahl.

Galen suchte im Geräteschuppen nach dem Schlüssel.

Auf den kleinen Regalen und Simsen, die über die Jahre in die Wände gehauen worden waren. Sein Großvater eine Art Hamster. Und das Problem war nicht, einen Schlüssel zu finden. Das Problem war, dass es zu viele Schlüssel gab, Dutzende an Ringen und einzeln verstreut im Staub. Er nahm alle und ging damit zurück zum Tor, legte sie vorsichtig in eine Furche.

Rostige, dreckige Schlüssel und ein rostiges, dreckiges Schloss. Selbst wenn er den passenden Schlüssel fand, merkte er es vielleicht nicht, weil er nicht so einfach reinging. Das Schloss so heiß in der Sonne, dass es seine Hände ansengte, trotzdem probierte er einen Schlüssel nach dem anderen, zog schließlich Baumwollhandschuhe aus dem Geräteschuppen an und probierte weiter.

Ich habe noch nichts beschlossen, sagte er zu ihr. Mach dir nicht zu viele Hoffnungen, ich prüfe nur, ob ich den Schlüssel habe.

Dann fiel ihm das WD-40 ein. Das würde enorm helfen. Er ging an all dem Krempel vorbei, der im Dreck verstreut lag, all dem, was er aus dem Geräteschuppen geworfen hatte, und konnte keine blau-gelbe Dose finden. Er ging in den Geräteschuppen, wartete kurz, bis er etwas erkennen konnte, kniete sich hin, suchte die Wand unter dem Schrägdach ab und fand halbleere Dosen mit Farbe, Fett und Motoröl und schließlich das WD-40.

Galen besprühte das Schlüsselloch im Schloss, wich dem Gestank aus, besprühte die Schlüssel auf der Erde. Er brauchte einen Lappen oder so was, um sie zu reinigen, aber er hatte nur die Baumwollhandschuhe. Bevor er die Schlüssel probierte, wischte er sie auf beiden Seiten mit dem linken Handschuh ab, mit der Handfläche, die Finger noch immer gekrümmt vor Schmerz, die Hand allmählich ein Klumpen.

Einige Schlüssel hatten die richtige Größe und ließen sich ein Stück ins Schloss schieben, aber keiner ganz.

Wie ist das möglich?, fragte er. Eine Million Schlüssel und ein Schloss. Wieso kann ich den Schlüssel hier nicht haben? Wo ist der Schlüssel, Mom?

Keiner passte. Er ging zum Rasen, zu dem Haufen zerknüllter Fotos und Krempel aus den Schubladen. Zog den rechten Handschuh aus und wühlte nach Schlüsseln, fand Dutzende weitere. So viele Schlüssel waren völlig widersinnig, als hätte die Familie die ganze Welt besessen. Was schlossen diese Schlüssel alles auf? Was war übrig? All die Illusionen in diesem Leben, und wir bleiben mit einem Haufen Schlüssel zurück, die nichts öffnen. Genau so, sagte Galen. Genau so ist es.

Er nahm alle Schlüssel mit zum Schloss, und er wusste, dass keiner passte, aber er probierte sie trotzdem, einen nach dem anderen, in einer Art Ritual, das geradezu heilig war. Ich gelobe, sagte er. Wenn ein Schlüssel passt, bist du frei.

Duselig von den WD-40-Dämpfen. Duselig von der Sonne, vom Leben in diesem Brennofen. Ein Grashüpfer landete auf dem Schloss, und er ließ ihn dort sitzen und zusehen. Ein Hülsenkörper, der wie Weizen gedroschen werden könnte. Schönes Grashüpferbrot, das Galen mal probieren würde.

Als der letzte Schlüssel versagt hatte, ließ Galen das Schloss gegen das Holz fallen, und der Grashüpfer machte sich davon. Galen auf Knien im Dreck, glühheiß. Er wusste nicht, was er als Nächstes tun sollte.

Seine Mutter starb auf der anderen Seite dieser Tür. Das war nicht zu leugnen. Er hatte keine Entscheidung getroffen. Er hatte nie die Entscheidung getroffen, sie sterben zu lassen, aber sie starb trotzdem. Es war ihre Schuld, etwas, das sie sich selbst eingebrockt hatte, aber er trug auch eine Verantwortung. Die hatte sie ihm aufgehalst. Ich verfluche dich, sagte er.

Unsere Handlungen gesteuert, und wir wissen nicht, von wem. Galen hätte nichts von alldem vorhersehen können, und doch hatte er genau das bekommen.

Er meinte ebenfalls zu sterben, wenn er hier weiter in Dreck und Sonne kniete, also stand er steifbeinig auf und ging zum Feigenbaum, drehte den Wasserhahn weit auf und trank einen Schluck nach dem anderen. Er könnte ihr Wasser reichen, den Schlauch durch eine Ritze in der Wand durchschieben und das Wasser laufenlassen. Vielleicht musste er das tun. Oder sie rauslassen. Aber wie konnte er. Sie hatte ihm keine Wahl gelassen. Herzlichen Dank, sagte er.

Galen ging in die Wildnis auf der anderen Seite des Rasens, in das, was Großmutters Garten hätte werden sollen. Disteln und trockenes gelbes Gras bis zu den Schultern, die Füße außer Sicht, Klapperschlange und Eidechse. Ihm war egal, was passierte. Die Schlegeleiche mit ihren dornig zulaufenden Blättern kratzte ihm über die ganze Haut, durch seinen Panzer aus Dreck hindurch. Ein Dickicht, und er wühlte sich durch, genoss die Bewusstheit, die all diese Schnitte mit sich brachten. Ein Wald zum

Häuten. Die Blätter nur halb lebendig, halb grün, die Stämme dünn und zahlreich und im Schatten verborgen. Sein Kopf noch immer der Sonne ausgesetzt, während er sich durchwühlte, kurze Bäume ohne richtigen Schatten.

Die Wildnis dehnte sich aus, streckte sich immer weiter, Distel und Gras und Schlegeleiche. Beine und Bauch von Disteln gekrallt, Füße von Dorn und Zweig und Stein durchbohrt. Er streckte die Arme aus, wenn er konnte, um noch mehr Disteln und Eichen zu erwischen. Ein trockenes flaches Meer, durch das er watete, erbarmungsloses Meer, brennende Augen, der Geschmack von Salz, und er der einzige Mensch, der hier watete.

Bärentraube. Die fand Galen in der Wildnis. Er hatte das nicht vorhergesehen, er hatte gedacht, sie wüchse nur an Berghängen. Und dann stand er vor ihr, rote Borke, dünn wie Papier. Weiche, beinahe schillernde Stämme, Schattenwinkel, die das Licht ins Türkise bündelten, Augenspiegelung. Die Äste geschwollene, obszöne rote Gliedmaßen, rund und prall, dass die Haut abplatzte und in Röllchen abfiel. Er pflückte ein Röllchen ab und hinterließ einen Riss, unter dem ein helles, weißliches Grün zum Vorschein kam, kein rotes Fleisch.

So wenig in der Hand, dieses Röllchen. Gar nichts, wenn es einmal vom Baum gelöst war, von seinem Werden. Er ließ es fallen und hörte nichts. Die Blätter hellgrün und hart, feste Tränen von kaum drei Zentimeter Durchmesser, samtig und unwahrscheinlich in dieser Hitze, wo alles so trocken war.

Die Bärentraube schien ihre eigene Wasserquelle zu besitzen, wohlbehütet und geheim. Ein Dutzend Stämme, die sich alle nach außen bogen wie zu einem Korb, Raum abwehrend und schaffend. Galen stellte sich eine Pfahlwurzel vor, etwas, das tiefer hinunterreichte, als die anderen je ermessen konnten, aber das traf ganz gewiss nicht zu. Vielleicht trieb sie kurz unter der Oberfläche.

Er wollte der Bärentraube seine Reverenz erweisen, wusste aber nicht, wie. Die ganze Zeit hatte er nicht gewusst, dass es sie hier gab. Er kauerte sich hin und kroch nah heran, kam aber nicht in die Mitte. Eine Art Käfig, der ihn aussperrte.

Galen kroch weg von der Bärentraube, fühlte sich wohl auf Händen und Knien, mit dem Boden im Blick und dem trockenen Gras über ihm. So viel besser, als die blanke Luft über sich zu haben. Wie sein Körper vorwärtskroch, katzenhaft, mit erhöhter Achtsamkeit. Geräusche und Bilder ganz nah, und das Gefühl, dass andere Dinge ihn beobachteten. Er wollte einer Klapperschlange ins Angesicht sehen, wollte spüren, wie sein Herz einen Sprung machte.

Er stellte sich seine Mutter vor, dicht am Boden, auf der Seite liegend, Kräfte sparend. Verborgen im Schatten des Schuppens bei den Trockengestellen auf der Suche nach kühler Erde. Er stellte sich ihre Haut vor, die dünn wurde wie Papier, wie die Bärentraubenborke beim Trocknen.

Die dichten Disteln eine Art Festung, die sich in Lagen auftürmte, am breitesten unten. Wachsgrün und dick mit milchig weißen Venen, die violette Blüte hoch oben eine Quaste aus Seide. Distel und Bärentraube hielten ihre Farbe, während die anderen austrockneten, gelb und braun wurden, die Distel noch saftiger, sog ihre weiße Milch aus dem Nirgendwo.

Galen kroch zum Fuß einer Schlegeleiche in breiteren Schatten, die Dornen kritzelten scharf auf seinen Rücken. Laub schnitt ihm in Hände und Knie. Überall Ameisen, rote und schwarze, ein Leben in Totholz. Galen legte sich zu ihnen und wartete. Lag da, wie seine Mutter dalag, teilte mit ihr den Boden.

Dies sind die Wahrheiten, sagte Galen. Meine Mutter könnte tot sein. Oder liegt im Sterben. Und ich helfe ihr nicht. Ich habe ihr kein Wasser gebracht, und jetzt helfe ich ihr auch nicht. Ich liege im trockenen Gras unter der Schlegeleiche und warte darauf, dass sie stirbt. Das mache ich hier nämlich.

Die Ameisen überall auf ihm, kleine Besucher auf ihren unmöglichen Spaziergängen. Zum Mond und zurück war eine Kleinigkeit für eine Ameise. Sobald eine Ameise nach Hause kam, zog sie wieder los. Weil eine Ameise nie darüber nachdenken musste, was sie tat. Es gab keine Ameisen, die ihre Mutter verstehen wollten.

Ich verstehe nicht viel, sagte Galen. Ich arbeite daran, verstehe aber immer noch nicht viel. Ich habe ein paar Ahnungen. Ich weiß, dass sie versucht hat, ihren Vater ins Gefängnis zu stecken. Ich weiß, dass sie uns beide verwechselt. Und weil sie ihren Vater gehasst hat, hat sie mich vielleicht auch immer gehasst. Kann sein, dass von Anfang an Krieg herrschte, und entweder sie musste sterben oder ich.

Er fuhr mit der heilen Hand durchs Eichenlaub, all die kleinen Dornen. Die Erde darunter trocken. Er wischte einen Flecken frei und sah Risse.

Er dachte an seine Fick-Grimasse, daran, dass seine Mutter sie gesehen und sein Stöhnen gehört hatte, als er auf Jennifer kam. Wie er sich geschämt hatte. Das war das Problem mit Müttern. Immer auf dem Beobachtungsposten, dabei sollte doch keiner sehen, was aus uns wurde. Vielleicht müssen unsere Mütter sterben. Die Vorstellung, dass wir mit unseren Müttern schlafen und unsere

Väter umbringen wollen, war lächerlich. Die Väter waren noch nicht mal aufzufinden.

Krieg von Anfang an. Vielleicht müssen unsere Mütter uns auch töten. Seine Großmutter konnte nicht gut sein, solange Helen lebte. Sie würde sich niemals als gut empfinden können. Ihr gesamtes Leben musste fortwährend verdrängt werden. Und Helen würde ihre Kindheit niemals auslöschen können, bis sie Jennifer ausgelöscht hatte. Jennifer eine unwillkommene Erinnerung.

Helen kämpfte für Jennifer, versuchte, sie vor Übervorteilung und Lüge und Geld und allem anderen zu schützen, doch niemand hatte Helen in jungen Jahren zu schützen versucht, und aus Zorn darüber misshandelte sie Jennifer. Jennifer hatte behauptet, so zeigten sie ihre Liebe. Also war Helen gewissermaßen eine Tragödie, weil sie ihre Tochter zu retten versuchte und dabei zerstörte, jeder Schritt ihres Lebens ein blinder Schritt, alle Bemühungen durch alle anderen Bemühungen zunichtegemacht. Und Galens Mutter sogar noch blinder, weil sie einen Sohn als Ehemann hielt, um einen Vater zu bestrafen.

Dieses Land war nicht als Wohnstatt gedacht. Hier konnte man nicht heimisch werden. Seine Familie war aus Deutschland und Island gekommen und hatte sich mitten in der Wüste niedergelassen. Sie hatten eine Hecke hochgezogen, sich von einer Baufirma die Mauer hochziehen lassen und von anderen Menschen abgesondert. Sie hatten das einzige Land auf der Welt gefunden, das es ermöglichte, vollkommen losgelöst von anderen zu leben. Das einzige Land, in dem man Familie auf die Familie selbst reduzieren, abschotten konnte, und sein Großvater hatte diese Familie nach seinem Abbild geformt, Gewalt und Scham geschmiedet, die eine unaufhaltsame Dynamik entwickelten. Helen hatte eine Tochter und sah sich selbst in dieser Tochter und strafte. Galens Mutter hatte einen Sohn und sah ihren Vater in diesem Sohn und strafte. Helen und seine Mutter machten im Prinzip das Gleiche, beide unkontrolliert.

Galen wusste nicht, wie er einen anderen Weg finden sollte. Er würde darauf warten, dass seine Mutter starb, aber was danach passierte, wusste er nicht. Vielleicht holte er seine Großmutter nach Hause. Das erschien ihm richtig. Darüber hinaus allerdings wusste er gar nichts.

Galen wurde von einigen roten Ameisen gebissen, was nervte, also kroch er unter der Schlegeleiche hervor und richtete sich im hohen Gras auf. Gelbbraunes Meer und er, eingetaucht bis zu den Schultern. Er watete weiter ins Nichts, und Traurigkeit durchströmte ihn. Eine müde, schwere Traurigkeit. Trockene Halme, kein Wind, die drückende Sonne, und die Traurigkeit hing ihm von jeder Rippe. Das war keine Meditation, bloß Schwere. Seine Familie ein Gewicht. Besser, keiner von ihnen wäre jemals gewesen. Er ging und wurde verbrannt und gekratzt und im Vorbeigehen von unzähligen Dingen gepiekst, und einzig das Gehen war ihm geblieben, im Kreis zu gehen, bis er schließlich wieder am Rande des Rasens stand und auf das künstliche Grün herabblickte, die Oase.

Der Haufen auf dem Rasen gehörte aufgeräumt. Das Zimmer seiner Mutter auch. Und die Bretter um den

Schuppen und die Furchen auch. Das Schloss. Irgendjemand würde es entdecken. Er musste alle Indizien beseitigen.

Als er an sich hinuntersah, auf den Dreck, der Füße, Beine, Bauch bedeckte, wusste er, dass er das zuallererst beseitigen musste. Wer ihn so sah, würde sich Fragen stellen.

Galen ging ins Haus, auf sein Zimmer, unter die Dusche. Kalt zunächst, ein unmittelbares Frösteln, der unglaubliche Kontrast zur Glut. Aber dann wurde das Wasser wärmer, und er stand da und sah Schlammrinnsalen nach, den Deltas, die sich zwischen seinen Beinen bildeten wie Adern, ein Geflecht aus Außenadern, unser Blut außerhalb des Körpers, von der Welt zur Verfügung gestellt. Schlamm, der an ihm klebte, große dunkle Inseln, feuchtschwarz, und Flüsse, die zwischen ihnen die Ufer anknabberten, Flüsse, die rötlich waren von der freigelegten, versengten Haut.

Alles brannte. Am schlimmsten seine Hand, aber auch die versengte Haut. Er drehte das heiße Wasser auf, wollte seine Haut glühen sehen, wollte, dass die Flüsse glommen. Der Schlamm beharrlich, haftend und schwer, eingebrannt. Von Armen, Schultern und Brust, dort, wo das Wasser auftraf, größtenteils weggewaschen, doch zäh an den Oberschenkeln und praktisch unberührt an den Waden. Rote Flüsse, die sich langsam ausdehnten.

Galen wusste nicht, was es zu bedeuten hatte, aber er wusste, dass der Schlamm sein Lehrer war, die Erde. In jedem Augenblick, ganz plötzlich, lehrte ihn die Erde etwas. Besser als Studieren. Was er vielleicht doch nie tun würde, nicht mal mit all dem Geld. Vielleicht fing er einfach hier mit dem Lernen an, in diesem alten Haus, in dieser Plantage.

Aber es war schwer, an eine Zukunft zu glauben, schwer, sich darum zu scheren.

Er hatte solche Schmerzen, dass er schließlich das kalte Wasser aufdrehen musste. Sein ganzer Körper pulsierte heiß. Einhändig hantierte er mit dem Shampoo, versuchte, es ins Haar zu massieren, aber da war zu viel Dreck. Der Scheitel verkrustet, also steckte er den Kopf unter den Wasserstrahl und fuhr lange Zeit mit einer Hand darüber. Es fühlte sich richtig an, dort mit gebeugtem Kopf zu stehen und mit einer Hand darauf zu rubbeln, ein Ausdruck von Verzweiflung. Er stöhnte ein wenig dazu, und auch das fühlte sich richtig an. Warten auf den Tod der Mutter. Die Transzendenz schien weit weg. Das große Problem war, dass er nie weit genug blicken konnte. Wie sollen wir Transzendenz erreichen, wenn wir immer wieder in den Hinterhalt geraten?

Große Schlammschlieren auf den Oberschenkeln, als er sie mit Seife schrubbte. Schwarz wurde hellbraun und verschwand. Kiesel sammelten sich im Ausguss und Laubspitzen und Gras und Dornen.

Hinunter zu den Waden, schrubben, bis der letzte Dreck weg war, ein Verlust. Es hatte sich richtig angefühlt, von Dreck bedeckt zu sein. Jetzt war er nackt.

Er stellte das Wasser ab. Seine Hand sah nicht gut aus. Wund und aufgedunsen und rot an den Rändern, entzündet. Er trocknete sie vorsichtig ab und suchte nach Neosporin-Salbe. Neosporin war Glaube an die Zukunft. Im

Schränkchen fand er sie, trug sie großzügig auf, wickelte die Hand in sauberen Mull, trottete in sein Zimmer, zog ein sauberes T-Shirt an und Shorts, saubere Socken und seine schmutzigen alten Converse-Turnschuhe. Dann ging er in ihr Zimmer.

Alles auf dem Fußboden. Das Bett dunkel vor Dreck. Er war müde. Er wollte sich jetzt nicht darum kümmern. Und der Schuppen war sowieso wichtiger. Er musste die Bretter lösen, die er rundherum angenagelt hatte als eine Art Gürtel. Das fiel auf.

Halbwach, sagte Galen. Halbwach spulen wir unsere Routine ab. Ich habe all diese Nägel eingeschlagen, und jetzt muss ich sie wieder rausholen.

Die Treppe runter in die Küche, wo er große Schlucke Wasser trank, so viel Durst, und zwei Stück Brot aß und noch mehr Wasser trank.

Es war inzwischen später Nachmittag. Verstreichen von Zeit. Genau das wollte er. Er wollte, dass der Tag verging, aber die Zeit war so langsam.

Der Schatten hing von der Ostwand, streckte sich in die Furchen. Er legte ein Ohr an die Wand, versuchte, ein Zeichen von ihr zu erlauschen, und sei es nur das leiseste Atmen, aber sie war verschwunden. Er wollte nicht zu früh rein und sie lebend vorfinden. Denn wenn er sie lebend fand, musste er einen Krankenwagen rufen. Das nicht zu tun wäre unmöglich. Also musste er warten.

Er ging zum Geräteschuppen, fühlte sich zu sauber, zu unverbunden. Er war nicht mehr Teil dieses Ortes. Er blickte sich nach einem Hammer um, bis ihm einfiel, dass es mit einer Brechstange wahrscheinlich schneller ging. Sein Großvater hatte drei davon, sie standen in einer Ecke. Altes Metall, unlackiert, ölbeschmiert, rau an den Kanten. Galen nahm die schmalste, kürzeste, und selbst die war schwer. Werkzeugnutzer. Es war möglich, den Menschen als etwas völlig anderes zu sehen. Keine Seele, keine Transzendenz, kein früheres Leben, bloß ein Tier, das sich bessere Tricks angeeignet hat. Alles zwecklos.

Galen legte die Daumen um die Brechstange und schob das dünne Blatt zwischen Brett und Wand. Hebelte, ließ ein Ende des Brettes abplatzen und arbeitete sich so lange vor, bis es sich löste, zu Boden fiel. Ging zum nächsten Brett über, ließ die hungrigen dünnen Zähne der Brechstange ihre Arbeit verrichten.

Die Sonne im Nacken. Sein Körper glitschig, das T-Shirt klebrig. Ihm war schwindelig, und das war in Ordnung. Er versuchte, sich in der Arbeit zu verlieren und nicht nachzudenken. Die Furche entlang der Wand ein Ärgernis, weil sie ihn daran hinderte, so nah heranzutreten, wie er wollte. Er musste sich vorbeugen, und sein Rücken verspannte sich.

Das Entfernen der Bretter ging so viel schneller als das Annageln. Galen war im Nu an der zweiten Wand, der mit dem Tor, mit dem Rücken zu den Bäumen. Das alte Schloss noch immer dran. Er wusste nicht, was er damit machen würde. Er hatte noch immer keinen Schlüssel, und es schien zu groß für die Brechstange.

Vorerst würde er sich auf die Bretter konzentrieren. Eins nach dem anderen. Sie fielen wie Schorf herunter, rau und uneben, altes Holz, das nägelgespickt im Dreck lag. Galen kam auf den Gedanken, den gesamten Schuppen zu demontieren. Er konnte ein Brett nach dem anderen entfernen und alle in die Plantage schleppen. Schuppen aufgelöst, Bretter in jeder Furche. Der Traktor und die Trockengestelle wären der Sonne und dem Mond ausgesetzt. Ihm gefiel diese Vorstellung. Einfach alles aufzulösen und in der Plantage darauf zu warten, dass das Holz moderte und wieder zu Erde wurde und keinen Hinweis darauf ließ, dass der Schuppen je existiert hatte. Bis dahin war er alt, und sein letztes Projekt bestünde darin, das Haus aufzulösen. Er würde es Brett für Brett auseinandernehmen genau wie den Schuppen, und am Ende wäre nur der Flügel übrig und vielleicht dieser kühle Holzfußboden, dann der Sonne ausgesetzt.

Könnte Galen doch nur lange genug leben, um zu erleben, wie Bretter zu Staub zerfielen. Um hier in der Plantage zu stehen und zuzusehen, wie Mauer und Siedlung zerbröselten, zuzusehen, wie das Land wieder zur Wüste wurde, ohne Wasser, ohne Spur von Zivilisation, um zuzusehen, wie der Regen kam und die Pflanzen wuchsen und Wind und Stürme und Wasser zunahmen, bis er in einem Dschungel aus Palmwedeln und Farnen und Ranken stand und die Luft sich mit Wasser füllte. Galen wollte das. Er wollte nicht Teil der menschlichen Gesellschaft sein. Er wollte sich der geologischen Zeit anschließen. Doch zunächst musste er durch diesen einen Tag kommen, und der allein schien so lang wie der Wandel von Wüste zu Dschungel.

Galen ließ die Brechstange ruhen, nahm ein Brett in die heile Hand und schleifte es zu dem Haufen an der

Hecke. Zog eine Spur durch den Staub, der einzige Hinweis, den konnte er verwischen. Der Haufen war zu beinahe nichts zusammengefallen, ein paar Reste, aber jetzt würde er wieder wachsen. Galen ging gemächlich zurück zum nächsten Brett. Er glaubte eigentlich nicht, dass Besuch kam. In einem Jahr würde Jennifer ihren ersten Scheck fürs College brauchen. Aber bis dahin, nein. Die Bretter zu entfernen war eine Routine, die er abspulte, noch so eine Inszenierung ohne Publikum.

Er nahm das nächste, schleifte es hinüber und lauschte dem hohlen Geräusch aus dem Holz. Ein leiser Laut über dem Schleifen, etwas, das sich über die gesamte Brettlänge zog. Immer wieder etwas Neues zu hören und zu sehen. Man konnte gar nicht wach genug sein. Er warf das Brett auf den Haufen und beugte sich vor, Hände auf den Knien. Er fühlte sich verloren, ein Vakuum in ihm. Er musste atmen, sich nur auf seinen Atem konzentrieren, dann richtete er sich wieder auf.

Eins nach dem anderen schleifte er die Bretter hinüber, und die Sonne senkte sich. Sie war langsam, aber sie senkte sich. Er nahm das Brecheisen wieder auf und hebelte die im Schatten liegende Ostwand auf. Vor der Sonne verborgen. Versteckt vor allem, bis auf seine Mutter vielleicht. Er fragte sich, ob sie ihn noch sehen und hören konnte, seine Umrisse in den Ritzen, vor dem Himmel. Am ehesten an der Westwand, wo er vermutlich einen Schatten warf, viel schwieriger an dieser Wand. Ein friedlicher Abschied, Mangel an Wasser. Ein Schwindel und eine Ruhe, die schließlich ins Nichts blendet, eine Meditation über Licht und Laut und Luft.

Galen arbeitete in der Dunkelheit an der Furche, kein Mond. Tastete sich mit der Schaufel an den Wänden entlang. Die Luft schal, Zeit der Flaute. Alle Geräusche verstärkt.

Er benutzte die Schaufel mit dem flachen Blatt, stieß die gerade Kante entlang der Bretter in die lockere, aufgehäufte Erde und zog. Die Erde schwer und unsichtbar und laut. Das Scharren des Blatts, wenn er die Ladung einen Meter zog und das Erdreich verteilte. Ein Beet für einen neuen Garten schuf, seine Schritte pflanzte.

Manchmal war es, als wäre seine Mutter gar nicht da drin. Oder als könnte sie von selbst verschwinden. Es war, als gäbe es keine anderen Menschen auf der Welt. Und sobald er dieses Gefühl bekam, versuchte er, daran festzuhalten, weil er gern der letzte Mensch auf Erden war. Diese Vorstellung fand er ungeheuer tröstlich.

Galen mochte körperliche Arbeit. Er schaufelte gern die Erde von der Wand weg, räumte und glättete, und als er fertig war, hätte er am liebsten noch mal angefangen, wünschte er sich, erneut aufgehäufte Erde vorzufinden. Schwierig war immer der Übergang, mit der nächsten Aufgabe weiterzumachen und hineinzufinden. Er mochte Wiederholung. Sie war die Grundlage von Religion. Die Wiederholung der immer selben Wörter oder der Kniefall oder das Sitzen und die Konzentration auf die Atmung. Uns schreckt das Nichts, nicht zu wissen, was als Nächstes geschieht oder was wir tun sollen oder wer wir sein sollen. Wiederholung ein Fixpunkt, eine Zuflucht.

Galen wartete in der Dunkelheit darauf, dass dieser Mond aufging. Er stach die Schaufel ein, ging rückwärts, zog, verteilte den Boden, doch die ganze Zeit wartete er. Und als der Mond endlich aufging, war sein Gesicht unmöglich groß, entstellt durch zu große Nähe zur Erde. Eine Lektion, Verzerrung durch Nähe. Der Mond würde seine wahre Gestalt erst kennen, wenn er alleine da hing.

Lichtgeschwollen jetzt, fett am Horizont, schwer. Der kleine Mann kniend im Gebet, derart vergrößert, dass Galen den Raum über dessen Kopf sehen und fühlen konnte, die schwebende Leere zwischen dem Mann und dem offenen Mund der Schlange. Galen ließ die Schaufel fallen, breitete die Arme aus und starrte den Mond an, würdigte still seine Fülle und wusste, dass sie mit jedem Moment schrumpfte, dass er zu seiner festeren Gestalt abkühlte, sich entfernte, knochenweiß wurde, die Farbe ausgewaschen. Bruder Mond, sagte er. Jeder von uns allein auf seinem Weg.

Galen ließ die Arme sinken und blickte auf die verwandelte Plantage, wo die Bäume in den zweiten Tag tauchten, den Mondtag. Die Walnussbäume, an ihnen lag es. In den Jahren, die sie hier standen, hatten sie Einfluss auf die Gestalt der Dinge gewonnen. Das konnten sie nicht verhehlen.

Galen nahm die Schaufel und kehrte zu seiner Arbeit zurück. Machte die Wand zur Plantage fertig, die Südwand. Der Schuppen perfekt platziert in alle vier Richtungen, das konnte kein Zufall sein, trotzdem konnte sich Galen keinen Reim darauf machen. Ihr Haus nach Norden, der Feigenbaum und die Teestunde am Nachmittag nach Norden und der Rasen und die große Eiche mit ihrem Zweisitzer darunter. All das Zivilisation. Das bedeutete vielleicht etwas. Die Straße nach Westen. Die Plantage zum Süden hin und weiter gen Osten, und Galen wurde erst jetzt bewusst, dass er nie ganz an den östlichen Rand gelaufen war, zur Quelle. Darin konnte eine Bedeutung liegen, aber vielleicht auch nicht. Denksysteme, die Fesseln des Verstandes. So schnell verlor man die Orientierung. Er musste sich aufs Schaufeln konzentrieren.

Zünftiges Schürfen von Erde. Darauf konnte er sich verlassen. Im Mondlicht konnte er sehen, wie die Erde zu beiden Seiten der Schaufel wegrieselte. Er konnte die Kanten formen. Muster, die vielleicht gedeutet wurden.

Die Arbeit war etwas Gutes, eine Ablenkung. Er machte diese Wand fertig und ging zur Ostwand über, wo die Furche nicht fertig gezogen war, wo er auf unbestellten Boden getroffen war und aufgehört hatte.

Sie hatte gar nicht versucht, sich rauszugraben. Zwecklose Furche und zwecklos, sie jetzt zu beseitigen. Wen kümmerte es, wenn an einem Teil des Schuppens ein bisschen Erde aufgeschüttet war? Im Grunde aber versuchte er nur, Zeit verstreichen zu lassen. Also kerbte er die Schaufel entlang der Wand ein, rutschte mit der heilen Hand den Stiel hinunter, ging langsam rückwärts und zog, verteilte die Erde. Betrachtete die Ränder wie ein

Kielwasser, strich sie an beiden Seiten behutsam mit der Schaufel glatt. Er wollte sie nicht sehen, wollte sie nicht finden. Er wollte es so lange wie möglich aufschieben.

Aber die Furche endete. Bald war keine Furche mehr da zum Einebnen, und es war noch immer Nacht, der Mond jetzt höher, klein und fern und am Entgleiten. Tja, sagte Galen. Es gab keine Arbeit mehr am Schuppen, nur das Schloss musste er noch entfernen, und das kam später dran. Also ging er zum Haufen auf dem Rasen.

Er hatte vorgehabt, ihn anzuzünden, aber das würde zu sehr auffallen. Er würde die Schubladen rausbringen, eine nach der anderen, mit Krempel füllen und wieder an ihren Platz schieben. Keiner würde je den Unterschied bemerken.

Und so begann er damit. Arbeit. Eine Schublade nehmen, rausgehen, auf dem Rasen knien, Klammern einsammeln und Gummibänder und alte Knäufe und Knöpfe, die Familie, Bruchstücke der Familie und der Zeit, und alles in die Schublade kippen. Neu geordnet jetzt, durcheinander und verschoben, kehrten die Stücke an andere Stellen zurück, eine Störung des Musters, aber hatte es je ein Muster gegeben? Störung oder Schicksal. Das war nie klar. Wir haben getan, was wir getan haben, und gegrübelt, und das war's. Blinde Bewegungen im leeren Raum.

Die zerknüllten Fotos passten nicht in die Schubladen. Und in die Alben zurück gingen sie natürlich auch nicht. Er wusste nicht recht, was er machen sollte. Er kniete im Gras und betrachtete sie im Mondlicht. Sie gehörten jetzt ihm, nicht mehr ihr, also musste er sie erhalten. Er versuchte, sie zu glätten, aber wenn Fotopapier einmal geknickt war, war es geknickt, die Faltstellen weiß. Schatzi dunkler, eine Art Geschoss unter den Fotos, ein Eindringling, verschwunden lange vor Galens Geburt.

Er sammelte die Fotos ein, schwarzweiße Blüten, und nahm sie in die Arme, ging nach oben in sein Zimmer und ließ sie in seinen Schrank fallen. Dann machte er die Tür zu, und weg waren sie. So einfach.

Blieb ihr Zimmer übrig. Kleidung über den ganzen Boden verstreut. Lose Bügel, und er hängte ihre Kleider, Mäntel, Hemden wieder auf. Ordnete sie sorgsam von lang nach kurz. Befühlte die Stoffe, glatt und kühl. Farbenfroh. Türkis und rosa. Dieses Zimmer würde eine Art Museum werden, und er würde hineingehen, um sich an sie zu erinnern, also war es wichtig, jetzt alles sorgfältig aufzuräumen.

Ein Leben passt in so engen Raum. Sechsundvierzig Jahre in einem Zimmer. Heiliges Zimmer. Als der Boden aufgeräumt war und alles aufgehängt, raffte Galen Decke und Laken zusammen, ging hinaus auf den Rasen und schüttelte sie im Mondlicht aus, um den Dreck loszuwerden. Er kam sich vor wie ein Verbrecher. Während alles schlief, schüttelte er hier draußen Laken aus, beseitigte Hinweise. Doch ihm blieb nichts anderes übrig. Jeder Weg führte irgendwohin, und niemand konnte innehalten auf seinem Weg. Wir sind immer in Bewegung.

Galen trug Laken und Decke in die Speisekammer, zur Waschmaschine. Sah das Wasser einlaufen, füllte Waschmittel ein und machte die Klappe zu.

Obwohl mitten in der Nacht, beschloss Galen, sich

eine Limonade zuzubereiten, mit richtigen Zitronen, wie seine Mutter es immer gemacht hatte. Er ging hinaus zu dem kleinen Zitronenbaum an der Hecke. Der riesige Feigenbaum ließ alles um sich her schrumpfen, warf im schwindenden Mondlicht Schatten an die Schuppenwand, große Blätter wie Prankenabdrücke, ein mythisches Ungeheuer, das lautlos vorüberzog.

Galen fühlte sich gejagt, entblößt, ungeschützt. Er pflückte einen Arm voll Zitronen und eilte zurück ins Haus, konzentrierte sich auf seine Aufgabe und versuchte, an nichts sonst zu denken. Schnitt die Zitronen auf und presste sie aus, goss den Saft aus, wenn die Presse voll war. Fügte Wasser hinzu und Zucker und rührte mit einem langen Glasrührstab um.

Er schenkte sich ein Glas ein und setzte sich an den Tisch. Sichtbar für alles, was von draußen hineinsah, und er würde nichts kommen hören wegen der Waschmaschine. Er versuchte, die Limonade zu genießen, löschte jedoch bald das Licht. Er konnte nicht zum Tisch zurück. Mit dem Glas in der Hand trat er in eine dunkle Ecke, von der man nach draußen blicken konnte. Von hinten konnte nichts kommen.

Obszön lautes Tuckern der Waschmaschine. Saugen und Schwappen. Galen stand in der Dunkelheit und wachte und wartete.

Das Haus unmöglich groß. Kein Versteck darin. Zu viele Fenster und Türen. Hunderte Dinge konnten hier drin lauern, von denen er nichts wusste. Zu riskant sogar der Versuch, zur Treppe zu gelangen. Galen wollte Tageslicht. Die Dunkelheit verband alle Orte miteinander und vergrößerte das Vakuum in seinen Ohren und das Pochen in seinem Herzen.

Das Haus fühlte sich nicht unbelebt an. Es hatte eine Rolle gespielt in allem, was hier geschehen war. Und Galen wünschte sich, er könnte vorausschauen. Wenn er seine Großmutter heimholte, würde das Haus vielleicht beschwichtigt werden. Holz konnte zu Holz zurückkehren.

Galen stellte sein Glas leise auf dem Fußboden ab und bewegte sich langsam an der Wand entlang zur Treppe. Die Waschmaschine etwas Geisteskrankes, das sich aufbäumte und vor sich hin tuckerte, viel zu viel Aufmerksamkeit auf dieses Haus lenkte, alles aus den leiseren Ecken dort draußen anzog.

Galen rannte. Er rannte um die Ecke und die Treppe hinauf ins Zimmer seiner Mutter, schloss die Tür, schloss sie ab und dachte dann voller Panik, etwas sei mit ihm im Zimmer. Er schlug an die Wand, fand den Lichtschalter nicht, spürte etwas hinter sich und bekam kaum Luft, drückte den Lichtschalter, drehte sich um, kauerte sich hin und sah nichts.

Das Zimmer hell, ihre nackte Matratze, unbedecktes Bett, alles ordentlich in ihrem Schrank und auf den Regalen. Ihr Zimmer so, wie es immer gewesen war, und er wusste nicht, wie er so schreckhaft hatte sein können. Angst vor der Dunkelheit war das Gegenteil von Transzendenz. Das genaue Gegenteil. Die schlimmste Richtung überhaupt. Zum Höhlenmenschen, der am Feuer kauerte, über die Schulter blickte, dem knackenden Holz lauschte. Angst vor der Dunkelheit bedeutete voller Glaube an die Welt, volle Versklavung. Es bedeutete, dass er keinen Schritt weiter gekommen war. Er sammelte Wissen, aber irgendwie fügte es sich nicht zusammen. Statt sich einem Ziel zu nähern, tauchte er blitzartig auf und verschwand wieder, ohne bestimmen zu können, wo er als Nächstes auftauchte.

Galen beruhigte seinen Atem, ging zum Bett seiner Mutter und legte sich hin. Er würde das Licht brennen lassen, das wusste er. So hilflos sich selbst ausgeliefert, so beherrscht von Nichts.

Am Morgen stand Galen vor dem Schloss. Er schob eine Brechstange hinein und begriff, dass er eher den ganzen Schuppen abreißen und ein Loch in den Boden buddeln würde, bevor dieses Schloss aufsprang. So ein Schloss war eigentlich nicht schlecht, um Menschen auszusperren.

Der Morgen so wie alle anderen, genau wie alle anderen, die Luft stetig heißer, Schatten, die sich zum Mittag hin bündelten. Der letzte Tag seiner Prüfung, doch die Außenwelt war gleichgültig. Er würde fertig sein, bevor die Nacht erneut hereinbrach, selbst wenn es die Welt nicht scherte.

Galen ging zum Geräteschuppen. Das könnte sein Eingang sein. Wenn er durch diese Innenwand brach, konnte er den Geräteschuppen noch immer abschließen, und es gab keine äußeren Anzeichen.

Also räumte er die letzten Werkzeuge weg, nahm eine Axt und schwang sie zum Holz, schwang sie hoch in einem scharfen Winkel zur Wand. Das Blatt tauchte tief ein und blieb stecken. Er zog am Stiel und konnte ihn ein wenig hin und her ruckeln, aber die Axt kam nicht heraus, und sie steckte so hoch oben in der Wand, dass er sie nicht herausziehen konnte. Verdammt, sagte er.

Er sah sich nach einer weiteren Axt um. All diese Werkzeuge kreuz und quer auf der Erde und keine zweite Axt.

In der Hütte gab es ein ganzes Sortiment, aber hier nur eine.

Dann entdeckte er den Pickel. Eine Spitzhacke, Überbleibsel vom Goldrausch.

Galen stellte sich breitbeinig vor die Wand, die rechte Hand weit unten am Griff, um das schwere Ende zu heben, und holte mit aller Kraft aus. Ah, brüllte er, und die schmale, scharfe Spitze des Pickels bohrte sich geradewegs durch die Wand, verschwand auf der Stelle bis zum Stiel, und er schrammte mit den Knöcheln beider Hände übers Holz.

Galen jaulte auf vor Schmerz, die linke Hand entflammt. Er taumelte durch die Furchen, wedelte mit der eingemullten Hand und atmete zischend, ein weiterer Tanz in der Plantage, eine Marionette. Er konnte wirklich gar nichts.

Die Bäume enthielten sich des Kommentars. Dumpf in der Sonne, zunehmend kleiner und härter.

Er tanzte, bis der Schmerz so weit nachließ, dass er seine Sinne wiederfand und seinen Atem und zum Schuppen zurückfand, zu dieser Wand. Zwei lange Griffe hingen jetzt dort, die Axt schräg, darunter der Pickel, gerade.

Toll, sagte er. Das andere Ende des Pickels, das herausstand, war ein knapp zehn Zentimeter breites Blatt. Also hatte er das falsche Ende genommen.

Er sah sich nach den anderen Werkzeugen um, Schaufeln und Harken. Einige Sägen unterschiedlicher Größe und Art, sämtlich nutzlos, weil die Ritzen zwischen den Brettern zu schmal waren, um eine Säge quer hineinzuschieben.

Aber es gab einen Vorschlaghammer. Eine große Metallfaust am Ende eines Stiels, und das passte. Genau so fühlte er sich. Er würde diesen Wandabschnitt einreißen und dann vielleicht einfach weitermachen.

Seine linke Hand wollte nichts greifen, aber er zwang sie dazu und schwang das Metall heftig wie ein durchgedrehter Wikinger und hörte Holz splittern, und die Axt löste sich, kam mit dem Blatt auf ihn zu, und er sprang zur Seite und sah, wie sie zu Boden fiel. Dann schwang er den Hammer erneut und krachte durch ein Brett, der uralte Schuppen gab jetzt nach, und der Hammer blieb stecken, und er musste nah ran und ihn wieder rausziehen.

Galen schnaufte. Der Hammer schwer und die Luft immer heißer. Gesplittertes Brett, und jetzt attackierte er das Nachbarbrett, spürte, wie das Eisen einen Bogen durch die Luft beschrieb, spürte die unaufhaltsame Kraft, als es durchs Holz krachte. Wucht. Ein Hammer war ein Zeichen. Er war Schicksal und Verhängnis. Er war genau wie die Wucht unseres Lebens. Unmöglich, einen Hammer aufzuhalten, wenn er einmal in Bewegung war. Man konnte nur daran festhalten und den Aufprall spüren.

Das obere Ende zweier Bretter war gebrochen, und jetzt zielte er tiefer, um sie an ihren Wurzeln zu packen. Ein Krocketschläger. Auf dem Rasen hatten sie in seiner Kindheit sonntagnachmittags gespielt, rote und blaue Bälle und Tore, und seine Großeltern am weißen Eisentisch unter dem Feigenbaum. Etwas, an das er sich so lange nicht mehr erinnert hatte. Seine Mutter mit einem Sonnenhut, der unter dem Kinn gebunden wurde. Komischer Hut, aus einer anderen Zeit, als hätte sich seine Kindheit vor fünfzig oder sogar hundert Jahren abgespielt.

Doch Erinnerung war nur Ablenkung. Er musste sich von allen Erinnerungen befreien, musste sich auf das Schwingen des Metalls durch die Luft konzentrieren, den Aufprall. Holz splitterte, und das Brett zitterte, nur in der Mitte fest, wo es an einen Querbalken genagelt war. Galen ging zum Nachbarn über, schmetterte auf ihn ein, bis beide dort bebend hingen, mitsamt dem Pickel.

Die Erinnerung ist ein Problem, weil sie uns erzählt, was wir hören wollen. Sie hat keine eigene Gestalt.

Galen ließ den Vorschlaghammer fallen, ein schwerer Aufprall und eine Staubwolke in der stillen Luft. Warum gab es in diesem Sommer bloß keinen Wind. In früheren Sommern hatte es Wind gegeben, aber in diesem sollten sie wohl ihre eigene Luft wieder einatmen, ein schleichender Verlust von Sauerstoff und Gedanken. Nichts weiter zu tun in diesem Sommer, als den Verstand zu verlieren.

Ich brauche eine Säge, sagte Galen. Er konnte durch die schmalen Ritzen zwischen den Brettern den Querbalken durchsägen und so die beiden Bretter lösen. Aber ihm fehlte jetzt schon der Vorschlaghammer, das Gefühl der Kraft, also hob er ihn wieder auf, obwohl keine Chance bestand, den Balken hinter den Brettern durchzubrechen.

Galen holte kräftig aus, und der Aufprall schoss ihm in die Hände, zu fest und unversöhnlich. Er ließ den Hammer fallen und hechelte, bis der scharfe Schmerz in seiner zerquetschten Hand nur noch pulsierte. Staub in den Nasenlöchern.

Er trat aus dem Geräteschuppen und betrachtete die über den Boden verstreuten Werkzeuge. Als hätte die Erde diese Geräte dargeboten, als seien sie dem Boden entsprungen. Werkzeuge von der Farbe des Bodens, abgegriffenes braunes Holz und ausgeblichenes Eisen.

Er wählte eine Baumsäge mit zackigen Zähnen. Kurzer dicker Griff wie eine uralte Pistole, Galen ein Eroberer von vor knapp fünfhundert Jahren. Er wusste, dass eine normale Handsäge, mit der man Brennholz zerkleinerte, besser wäre, aber diese gefiel ihm, wie sie aussah, wie sie sich anfasste. Sie würde haken und hängen, und das erschien ihm passend. Er wollte nur mit Mühe in den Schuppen kommen.

Er setzte das Blatt zwischen die Bretter, bis er auf den Balken traf, und zog, um die erste Kerbe zu sägen. Schob, und das Blatt blieb stecken, regte sich nicht. Also hob er die Säge an, platzierte sie neu und zog, um eine tiefere Kerbe zu schneiden, das Sägemehl hellgelb, schob wieder und blieb stecken. Noch ein Zeichen. Wie die Schwerkraft, wie Stagnation. Rückwärts kein Problem, vorwärts Blockade.

Galen schwand der Kampfgeist. Er ließ die Baumsäge fallen und holte sich einen normalen Fuchsschwanz mit breitem Blatt und kleinen Zähnen, die Säge, die er gleich hätte nehmen sollen. Und diese funktionierte viel besser. Schieben und ziehen, zunächst sachte, dann mit Druck, Sägemehl so fein, dass er es einatmete.

Im Nu war der Balken durch und drückte aufs Sägeblatt, die ganze Schwerkraft des Schuppens, und er musste die Säge herauszerren.

Zur nächsten Ritze, der anderen Seite seiner beiden hängenden Bretter, und er sägte schnell, riss am Holz, war auf einmal durch, und die beiden Bretter fielen in den Schuppen und klapperten gegen den Traktor.

Jetzt begriff er, was er getan hatte. Die Wand war weg. Der Schuppen kein Käfig mehr.

Mom?

Dunkler im Schuppen, das meiste im Schatten, seine Augen in Panik, überall hinblickend, aber nichts bewegte sich. Er wollte, dass sich etwas bewegte. Er wollte, dass seine Mutter lebte.

Der grüne Traktor, die Stapel der Trockengestelle, der Lehmboden. Doch keine Bewegung und kein Geräusch außer dem Puls in seinen Ohren. Mom?

Galen war, als stünde er am Rand der Welt, als würde er beim nächsten Schritt hinunterfallen. Er wankte, schwindlig vor Höhenangst, und wollte einen Schritt zurücktreten, weg vom Rand, sich hinkauern, nah am Boden.

Aber er trat vor, in den Schuppen, und der Boden tat sich nicht auf. Er trug ihn, und Galen war jetzt hier drin bei seiner Mutter, und er wusste nicht, wo sie war. Mom?

Er hatte Angst, sich umzusehen. Sein Blick wanderte über den Boden, die Wand entlang, auf der Suche nach ihr, dann an die Decke, alles zu schnell, um etwas mitzukriegen. Er wollte es nicht sehen.

Der Schuppen größer als in seiner Erinnerung, und sie schien zu wachsen, die Wände zu weichen.

Er ging vorn um den Traktor herum, die linke Hand als Halt auf der Kühlerschnauze. Jeden Moment konnte er in ein Vakuum gesogen werden.

Furcht. Eine physische Präsenz. Er wollte den Moment nicht, in dem er sie fand. Sah hinunter, sah weg, überall Schatten, jeder einen Augenblick lang seine Mutter und dann nichts.

Er blieb beim Traktor, wollte nicht weiter in den Schuppen hinein. Die kaputten Gestelle hinter dem Traktor, in Wartestellung seit Jahrzehnten, am selben Platz. Er hob eins hoch, staubiges Holz und ein altes Metallnetz, in der Mitte zerrissen, und nahm es mit zu der leeren Stelle vor dem Traktor. Dann hob er noch eins hoch und nahm es an dieselbe Stelle mit, errichtete einen neuen Stapel.

Der Weg von altem Stapel zu neuem Stapel, zusammengehalten vom Traktor. Galen konzentrierte sich auf die Gestelle, das Holz, das gar nicht kühl war wie erwartet, sondern warm. Der Schuppen überhaupt keine richtige Zuflucht. Die Luft so heiß wie draußen. Wie konnte das sein. Ein schattiger Ort, aber vielleicht heizten Dach und Wände auf und wurden zum Ofen, erhitzten die stehende Luft.

Geruch von Walnuss, alten Schalen. Säuerlich und scharf, ein grüner und schwarzer Geruch, und der Geruch von Staub. Das Geräusch von Hitze, ein Dach, das sich ausdehnte.

Galen trug Gestelle, Dutzende, bis hinter dem Traktor nur noch blanke Erde war, alte Erde, bedeckt seit der

Kindheit seiner Mutter. Ältere Erde roch eher nach Stein. Hier würde er graben.

Er ging durch den Geräteschuppen nach draußen, um die Schaufel zu holen, trat blinzelnd ins grelle Licht. Fand eine Schaufel mit einem scharfen Blatt und ging wieder rein.

Galen setzte die Schaufel an und drückte kräftig mit dem Fuß nach, und die Schaufel ging ein Stück hinein, doch beim Rausziehen lagen nur ein paar Krümel auf dem Blatt. Das konnte dauern.

Er holte den Pickel, zog ihn aus seinem Brett, das gegen den Traktor lehnte. Er schwang ihn mit der größeren Spitze zum Boden, und der Aufprall war zu hart, zu viel Widerstand, also probierte er die andere Seite, eine lange, gebogene Spitze, die das Brett durchbohrt hatte, und diese grub sich tief und mühelos ein, ohne seine Hände zu erschüttern. Er stemmte sich gegen den Griff und trat vor, um die Spitze durch den Boden zu ziehen, die Erde zu lockern.

Erde ist unausweichlich. Stets eine Rückkehr zu Erde. Galen stach immer wieder zu, brach die Oberfläche in ein knapp zwei Meter langes, fünfzig Zentimeter breites Oval auf. Tief brauchte es nicht zu sein. Er würde die Holzgestelle darauf stapeln.

Aufgebrochener Boden, altes Handwerk, schwingendes Metall. Wer er war, spielte keine Rolle mehr. Eine Frage aus früherer Zeit. Totengräber. Muttertotengräber.

Mit jedem Pickelschlag wurde der eingeschlossene Geruch des Bodens frei, Geruch vergangener Jahrzehnte, des früheren Schuppens und seiner Mutter, die hier als

Mädchen gespielt hatte. Geruch der Arbeit seines Großvaters und all derer, die ihm vorangegangen waren.

Galen formte ein Oval, das so schön war wie ein Buntglasfenster. Ein Oval aus Brüchen. Dann ließ er den Pickel fallen und hob die Schaufel. Vorsichtig tauchte er das Blatt ein, hob die losen Ballen und Körner und häufte sie ordentlich neben dem Grab auf.

Schaufel um Schaufel. Das Geräusch. Dazwischen tropfender Schweiß. Jede Arbeit dauert länger, als wir annehmen. Ein kleines Oval, kleines Fenster, und doch war es mehr, als es schien, und der Haufen bereits größer als erwartet, selbst für diese erste flache Stufe, diesen bloßen Beginn.

Das Graben eine Ewigkeit für sich, ein Ort, an dem die Zeit zerfiel. Die Erde wusste, wofür sie wich.

Mit der Schaufel scharren, die letzten losen Reste zusammenfegen, dann wieder den Pickel schwingen, das Schlagen des Metalls gegen Steine, der Boden durchsetzt davon. Boden, der nicht zum Pflanzen gedacht war.

Das gähnende Loch unter ihm. Das tiefste Loch, das Grab seiner eigenen Mutter zu schaufeln. Deshalb huschte die Welt nach allen Seiten davon. Ohne Mutter hielt die Welt nicht mehr zusammen.

Seine Gedanken in Panik, kein Fixpunkt irgendwo. Huschend wie die Erde und die Luft. Das Bedürfnis, sich umzublicken, sie zu finden, festzustellen, ob sie noch lebte, doch außerstande, von hier aus fortzufahren, das Ringen um festen Boden.

Der Pickel groß, der Stiel wie ein Knochen, vergrößert, innen hohl, unhandlich. Dunklerer Boden jetzt, älter, jenseits der Zeit seiner Familie. Er trat in eine frühere Zeit ein.

Das war vielleicht die Bedeutung von Erde. Die Schaufel, die Zeit wegschaffte. Die Äonen, die es brauchte, aus Stein Erde zu formen. Das Wasser und die Luft, die sich durch Millionen oder gar Milliarden von Jahren arbeiten mussten, um die Erde zu lösen, dann ihre Bewegung, ihre Ablagerung, Schicht um Schicht, die Zeit. Sein Leben jetzt nur noch ein kurzes Aufblitzen. Jede Bindung absurd. Das lehrte sie, die Erde. Wenn er sich weiter auf die geologische Zeit konzentrieren konnte, würde die menschliche Zeit ihn nie erreichen.

Die Schaufel bereit, immer bereit. Und die Erde auch. So lange Wartezeit und kein Widerstand gegen die Bewegung. Die Ordnung auf den Kopf gestellt, das Gefüge der Körner, aber kein Widerstand, also kein Leiden.

Der Haufen an einer Seite des Grabs, direkt an seinem Rand. Die Erde dehnte sich aus, wenn sie herausgenommen wurde. Eine dunkle Bergkette entstand. Noch eine Schicht weggescharrt, und er fragte sich, ob sie das hörte. Nicht zu wissen, ob sie das hören konnte, gefiel ihm nicht. Er blickte sich immer wieder um in Erwartung, sie dort stehen zu sehen, auf sich zukommen zu sehen.

Er arbeitete so schnell er konnte. Er wollte nicht bis in die Nacht weitermachen.

Der Boden wurde noch härter, steiniger und kompakter. Ein großer Stein, der seine Hände zittern ließ, als der Pickel auftraf, und er musste drumherum schaufeln, eine Handbreit auf jeder Seite wegräumen, graue Haut mit weißer Narbe vom Pickel, dann stieg er auf Händen und Knien ins Grab und rüttelte am Stein, seine Finger krallten durch die Handschuhe hindurch, suchten einen festen Halt, fanden ihn, und er hob den Stein in seinen Schoß. Schwerer Stein, damit konnte er ihr Grab markieren. Er würde ihn an einem Ende aufstellen, mit der Markierung vom Pickel, seiner Markierung, und keiner sonst würde davon wissen. Ein geeigneter Grabstein.

Galen rutschte mit dem Stein im Schoß zum Kopfende des Grabs und rollte ihn hoch. Glatter Stein, glatte Haut, alter Flussstein, der irgendwie hier gelandet war, so weit weg vom Wasser.

Galen stand im Grab, knietief inzwischen. Von hier aus schwang er den Pickel. Es muss nicht tief sein, sagte er sich, aber dann stellte er sich vor, wie er hinunterlangen und sie aus dem Grab ziehen müsste, in seine Arme, wenn es nicht tief genug war.

Also schwang er weiter den Pickel, hackte sich tief in die nächste Schicht, und der Tag war ein Inferno, aber der Boden kühler dort unten, mit eigenem Atem. Schichten zu durchbrechen war wie das Durchbrechen der Illusion des Selbst, die Feststellung, dass da kein Kern war, nur die Schichten.

Steiniger, zitternder, rutschender Pickel. Funken. Ein Minenarbeiter.

Er ging ans andere Ende, weiche, durchgekaute Erde jetzt, die Füße sanken ein, und er nahm sich die Stelle vor, auf der er gestanden hatte. Er ging hin und her, zwei Seiten eines Spiegels, langsam immer tiefer.

Die Erde beinahe feucht. Dunkler und schwerer und nicht schlammig, aber fast. Er hatte sein T-Shirt ausgezogen und war voller Dreck, wiederhergestellt. Eine Schaufel nach der anderen, der Haufen so hoch, dass er die andere Seite benutzen musste.

Und er hätte ewig weitermachen können, vielleicht, tief und tiefer graben, weil das besser war, als sich der nächsten Aufgabe zu stellen, doch irgendwann musste er sich eingestehen, dass er tief genug war. Mindestens hüfttief, mehr brauchte er nicht. Späterer Nachmittag, und nach Einbruch der Dunkelheit wollte er nicht hier sein.

Also stieg er aus dem Grab und ging ein paar Schritte in den Schuppen hinein, dann blieb er stehen. Unzuverlässiger Boden. Er ging noch ein paar Schritte bis zum Rand des Gestellstapels, und er wusste, wenn er von hier zur Ostwand ging, würde er sie finden. Dort hatte er das Scheckbuch gefunden, und dort hatte sie sich hingelegt. Bestimmt. Seine Augen nach dem langen Schaufeln an die Dunkelheit gewöhnt, also würden ihn auch die Schatten nicht mehr retten.

Drei Reihen Gestelle musste er passieren, und sie konnte überall sein.

Hinter der ersten Reihe war nur Boden. Alles vor ihm fliehend, ein Nichts ohne Zeichen, gedankenleer.

Und hinter der zweiten Reihe sah er wieder nichts. Er meinte zu stolpern. Die Furcht überwältigend jetzt, das Schicksal unausweichlich mit nur einer verbliebenen Reihe und keiner Wahl, nie.

Er ging an der letzten Gestellreihe vorbei. Seine Mutter auf dem Boden, mit dem Gesicht im Dreck. Beinahe friedlich, der Kopf auf einem ausgestreckten Arm, die Hand entspannt. Sie trug eine Schürze über Rock und Bluse. Daran erinnerte er sich nicht. Der Tag, an dem sie in den Schuppen gegangen war, erschien ihm lange her, eine Ewigkeit, eine Zeit, da sie beide andere Menschen gewesen waren, unwiderruflich vergangen. Eine Schürze mit Blumengesichtern vorne drauf, eine Schürze aus frühester Erinnerung.

Galen wurde klar, dass er jetzt etwas empfinden sollte.

Er stand da mit hilflos herabhängenden Armen. Er spürte, wie er kippte. Nicht zu glauben, dass es seine Mutter war, die dort lag. Und er wusste nicht, ob sie tot war. Er sah bloß keine Regung.

Er musste sie zum Grab tragen. Er musste so schnell wie möglich hier raus. Aber er konnte sich nur hinknien. Er kam nicht nah genug ran, um sie hochzuheben. Er wollte sie nicht an seiner Schulter haben oder an der Brust.

Mom?

Galen hatte diesen Augenblick nicht geplant. Irgendwie hatte er sich weismachen können, dieser Augenblick käme nie.

Er kroch näher heran und erwartete jeden Moment, dass sie sich bewegte. Dann würde er einen Krankenwagen rufen. Es lag bei ihr. Mom?

Sie sah kleiner aus als in seiner Erinnerung.

Ihm war schwindlig, selbst auf Händen und Knien, also legte er sich hin, ganz kurz, legte sich auf die Seite mit Blick zu ihr. Atmete flach, versuchte aber, ruhig zu bleiben. Alles wird gut, sagte er.

Er machte die Augen zu. Er purzelte durch seinen Brustkasten, stürzte zu auf einen fernen Punkt. Ein Sog, in dem er sich überschlug, über und über. Wo er hinfiel, wollte er nicht sein. Dunkle Höhle, Druckwände, Rippen gepresst, je weiter sie wuchsen. Wände gebläht aus Blut und Knochen, der Körper anschwellend, und er fiel schrumpfend durch die Mitte.

Aber er konnte es sich nicht leisten, hier zu liegen. Wenn jetzt jemand kam und ihn fand, das ausgehobene Grab, auf dem Boden neben seiner Mutter.

Galen öffnete die Augen und setzte sich auf. Er schüttelte den Kopf. Los, sagte er. Mach schon.

Er packte ihre Fußgelenke, versuchte, diesen Körper nicht mit seiner Mutter in Verbindung zu bringen, zog einfach und schleifte, und ihr Rock wurde hochgeschoben, legte ihre Unterwäsche frei, und das wollte er nicht sehen, also ließ er die Beine los, ging zu ihrem Kopf, packte die Arme, zog sie heran, bis er ihre Handgelenke zu fassen kriegte, schmale Handgelenke, ihr Körper schlaffer, als er hätte sein sollen, keine Totenstarre, die Haut nicht kalt, und er geriet in Panik. Vielleicht lebte sie noch.

Er ließ die Arme los, atmete schwer, suchte nach einer Regung. Aber sie regte sich nicht. Es war einfach nur heiß in diesem Schuppen. Darum war sie nicht kalt. Und darum war sie nicht steif. Bloß die Hitze in diesem Schuppen.

Er sollte auf ihren Atem horchen, aber er wollte sich nicht hinknien und das Ohr an ihren Mund legen. Also griff er wieder nach den Handgelenken und schleifte ihren schlaffen Körper zur Grube. Er zog so schnell er konnte. Sie war schwer.

Er zog und blickte sich nach dem Boden um. Sie konnte er nicht ansehen. An den Gestellen vorbei.

Seine Hände an ihren Handgelenken, und immer wieder meinte er einen Puls zu fühlen, versuchte, sich stattdessen auf den Boden zu konzentrieren. Ihr Gewicht, als wäre sein eigener Körper gewachsen, ein riesiger aufgeblähter Bauch, der über die Erde schleifte. Ein Wesen, dazu verdammt, ewig rückwärts zu laufen, Beine schwach und ackernd, das schmale Rückgrat bemüht, die Lunge zu klein. Ein Ding, das nie ruhte. Halbtot durch diesen Dreck sich schleppend und noch weiter vielleicht, durch Furchen und Plantage, aufs trockene Gras, über schwarzes Vulkangestein. Diese Last immer weiter schleppend, während die Kruste aufbrach und sich füllte und wuchs. Genau wie in meinen Träumen, sagte er.

Aber er zog weiter, und als er zur Grube kam, schleppte er sie an die Seite mit weniger Erde, und sie kippte vom Haufen loser, dunkler Erde und rollte und fiel hinein, er hatte das nicht gewollt, aber er musste loslassen. Verdammt, sagte er.

Galen wusste nicht, wie er sie ins Grab hatte legen wollen, aber nicht so, nicht unkontrolliert, irgendwie zu einem Knäuel verschlungen, ihr Gesicht nach unten.

Er musste sie ausstrecken und mit dem Gesicht nach oben hinlegen, aber er wollte nicht zu ihr ins Grab steigen.

Ihm fiel nur die Schaufel ein. Er stand in der lockeren Erde am Rand, beugte sich vor und versuchte, mit der Schaufel an ihren Beinen zu ziehen, aber sie fand nirgendwo Halt. Die Schaufel glitt über ihre Waden.

Er brauchte etwas, das greifen konnte. Etwas, das Walnüsse oder Obst aus dem Baum holte, einen Pflücker. Er trat in die noch helle Nachmittagssonne und beschirmte die Augen, suchte auf der Erde nach einem Gerät mit Haken. Er stellte sich einen Hebel oder eine Schnur oder so etwas vor, irgendwas zum Greifen.

Aber so ein Gerät gab es nicht. Er blinzelte und zwinkerte und stolperte über die Erde und bekam nicht, was er brauchte. Dann entdeckte er eine Hacke mit festem

Blatt und eine weitere Hacke mit vier Zinken und Lücken dazwischen. Wie eine Mistgabel, aber im rechten Winkel abgebogen. Damit konnte es gehen.

Drinnen mussten sich die Augen erst wieder anpassen. Das Grab war dunkel, seine Mutter im Schatten verborgen. Er kniete sich in den Erdhaufen und versuchte, mit der Hacke oder Harke oder was immer das war – eine Harke vielleicht – eins ihrer Knie zu erwischen. Wenn er ein Knie erwischte, konnte er das Bein strecken.

Er riskierte allerdings, das Gleichgewicht zu verlieren und reinzufallen, und das wäre ein Alptraum, also ging er in die Hocke und setzte sich rittlings übers Grab. Das war besser. Er saß an einem Ende, dem Ende ihrer Füße, und konnte mit der Harke hinunterlangen und nach ihren Beinen angeln.

Galen erwischte ein Knie und streckte es vorsichtig, fragte sich erneut, was mit der Totenstarre war und warum sie nicht einsetzte, und dann erwischte er die andere Wade und zog, aber das Bein klemmte. Sie war zusammengeknäuelt, ihr Po in der Luft, die Arme unter dem Oberkörper, und das Ganze war ein einziges Durcheinander.

Seine Füße steckten in den lockeren Erdhaufen, die Körner sammelten sich auf seinen Turnschuhen, und er fühlte sich bedrängt, als käme alles näher. Er stieg ins Grab, kniete sich zu ihren Füßen, und die ganze Welt brach über ihn herein, die Körner rieselten von den Rändern ins Grab, und er musste sich beeilen, um nicht mit ihr begraben zu werden.

Er steckte die Hände unter ihren Körper, schob sich

durch die kühle Erde, beugte sich vor, umarmte sie und zog, um sie so sachte wie möglich umzudrehen.

Beine und Hüfte waren nun nach oben gekehrt, und er rutschte höher, legte die Arme vollständig um sie, bis er sie auf den Rücken drehen konnte, und dabei hielt er sie fest. Er lag mit dem Gesicht an ihrer Brust. Hier würde er einen Augenblick ruhen. Mom, sagte er.

Der Atem stockte und bebte, und das Schluchzen rüttelte an seiner Brust. Er hatte nie gewollt, dass seine Mutter starb. Er hatte doch nur sie.

Mom, sagte er, und die Trauer war gewaltiger als erwartet. Er musste sich daran erinnern, dass sie nicht wirklich war, dass sie nur eine Illusion war, manifestiert, um ihn etwas zu lehren. Seine letzte Bindung. Es gab nichts mehr, das ihn in dieser Welt hielt, und das war richtig so. Das war gut und wichtig.

Sie war noch warm, ihre Brust noch warm. Ich liebe dich, sagte er. Danke, dass du in meine Welt gekommen bist. Ich halte dich in Ehren. Mutter. Er machte eine feierliche Pause und sagte es nochmals. Mutter.

Er hielt sie so fest wie nur möglich, und er bildete sich ein, ihren Herzschlag zu hören, wusste aber, dass es nur sein eigener Puls und Atem waren.

Mom, sagte er und gab sich seinen Tränen hin, seinem Schluchzen und Weinen, hielt sich nicht länger zurück, drückte sich an sie, und jetzt meinte er tatsächlich, ihr Herz zu hören, und er setzte sich rasch auf.

Er saß ganz still und lauschte, als könnte er es in der Luft noch einmal hören, stand auf, kletterte schnell aus dem Grab, nahm die Schaufel und warf eine Ladung Erde auf sie, doch eine Schaufel reichte nicht. Das ging nicht schnell genug.

Galen warf sich mit Händen und Knien auf den größten Haufen. Eine Bergkette, die es zu bewegen galt. Er stemmte die Füße gegen ein Traktorrad, um mit der Brust und beiden Armen zu schieben, verwandelte sich selbst in einen Pflug, der das Grab auffüllte. Ihr Gesicht und der Oberkörper jetzt verschwunden, die Erde bereits tief, und er wechselte die Position, stemmte sich gegen das nächste Rad, kippte einen weiteren Berg hinein. Er war ein Riese, der das Erdreich formte und entschied, wie die Welt aussehen sollte. Ursprünge. Den Ursprüngen näher kommen, eine weitere Gabe der Erde. Ein Erdrutsch, Jahrhunderte aufgetürmt, nun hinabflutend auf ihren Bauch und die Hüften, auf Beine und Füße, und als sie schon verschwunden war, schob er noch weiter, atmete die gute Erde ein, spürte, wie sie seine Augen und seinen Mund verklebte, der Geschmack von Zeit, Anhäufung und Auflösung von Zeit, und spürte seine Hände wie Klauen.

Danksagung

Ich möchte der John Simon Guggenheim Memorial Foundation und der University of San Francisco für ihre großzügige Unterstützung meiner Arbeit an diesem Roman danken, außerdem Colm Tóibín, Janet Burroway und David Kirby für ihre Empfehlungen.

Ich möchte allen bei Harper danken, insbesondere Gail Winston, Jonathan Burnham, Jane Beirn und Maya Ziv, sowie allen Mitarbeitern von Inkwell, besonders Kim Witherspoon, David Forrer, Lyndsey Blessing, Patricia Burke und Alexis Hurley.

Und natürlich muss ich Galen Palmer danken, meinem besten Freund auf der Highschool, dessen Namen ich mir ausgeborgt habe. Damals war er derjenige, der mir geholfen hat, meinem Leben eine neue Richtung zu geben.